Anna Donig

Erwachen

Dieses Buch widme ich den Menschen, ohne die mein Traum niemals Gestalt angenommen hätte.

Alex
Ohne dich würde ich noch immer für mich schreiben

Kleiner
Erst die Diskussionen mit dir sorgen für den letzten Schliff

Mama
Ohne dich hätte ich mich nie getraut den Schritt zu wagen

Vielen Dank!

Die Autorin
Anna Donig wurde 1992 in Moosburg a. d. Isar geboren und ist im Landkreis Erding aufgewachsen. Vor zehn Jahren kam die Studentin durch eine Freundin zum Schreiben, der sie von ihren verrückten Träumen erzählte. Was zunächst nur ein Zeitvertreib war, wurde mehr und mehr zur Leidenschaft und wandelte sich in den Wunsch, Menschen mit den eigenen Geschichten zu unterhalten und mitzureißen. Mittlerweile ist sie fast nicht mehr ohne Laptop anzutreffen. Sie schreibt, wo und wann sie nur kann. Ihre Familie und Freunde hat sie bereits als Fans gewonnen. Größter Fan und zugleich schärfster Kritiker ist ihr Bruder, der aus ihren Ideen immer noch mehr herausholt. Jetzt hofft sie, dass viele Menschen Spaß daran haben, ihre Geschichten zu lesen und Lust auf mehr bekommen.

Das Buch
Als Neila, gerade zur Vollwaise geworden, an ihrem siebzehnten Geburtstag erfährt, dass sie ein Engel ist, beginnt für sie ein neues Leben. Nicht nur, dass sie nun besondere Fähigkeiten hat, sie wird auch in ein uraltes Geheimnis eingeweiht, von dem keiner erfahren darf. Selbst Raphael nicht, obwohl auch er ein Engel ist. Die beiden fühlen sich stark zueinander hingezogen und werden immer wieder in Versuchung geführt. Neila hat kaum Zeit, sich an all das zu gewöhnen, bis sie erkennen muss, dass sie neue Gegner hat, die größer sind als alles, was sie bisher kannte.

Anna Donig

Erwachen

Saga der Mondlilie

Roman

Bibliographische Informationen der Deutschen Nationalbibliothek:
Die Deutsche Nationalbibliothek verzeichnet diese Publikation
in der Deutschen Nationalbibliographie; detaillierte bibliographische
Daten sind im Internet über http://dnb.dnb.de abrufbar.

© 2017 Anna Donig
Herstellung und Verlag:
BoD – Books on Demand, Nordersted

ISBN: 978-3-7460-3340-2

Prolog

»Johnson!«

Langsam sah er von seinem Buch auf, überrascht darüber, um diese Zeit gestört zu werden. Essenszeit war doch gerade erst. Polner sah ihn düster an und machte eine Kopfbewegung auf den Gang.

»Dein Anwalt.«

Er zögerte, doch dann stand er schließlich seufzend auf. »Du willst wohl wirklich noch ein paar Jahre kriegen, oder?«, meinte der Wärter und packte ihn am Oberarm, während sein Kollege, dessen Name ihm immer wieder entfiel, hinter ihm seine Zellentür wieder verschließen konnte.

Er schwieg beharrlich weiter. Darin war er inzwischen wirklich gut geworden. Schweigen. Reden brachte einem an diesem Ort meist sowieso nur Schwierigkeiten.

»Ich geb dir einen gut gemeinten Rat. Rede wenigstens diesmal mit deinem Anwalt, ansonsten kommt Leopold mit der Klage noch durch, und du sitzt weitere drei Jahre.«

Er schwieg weiterhin, während sie durch den Trakt der JVA gingen, dann hinaus und über einen eingezäunten Weg zu einem separaten Gebäude hinüber, in dem sich der Besuchertrakt befand. Besuch. Etwas, was er nun wohl nicht mehr bekommen würde.

Seine einzige Besucherin war tot, auch wenn er das noch immer nicht so richtig begreifen konnte. Hier drin hatte man das Gefühl, als wäre die Welt stehen geblieben.

Ehe er es sich aber versah, liefen sie durch den Gang, dessen Wände aus Glas bestanden, wodurch die Wärter perfekte Sicht auf die Gefangenen und ihre Besucher hatten. Sie ließen die großen Besucherräume hinter sich und bogen in den Gang mit den kleinen, privateren Räumen für vertrauliche Gespräche ein, deren Türen lediglich aus Glas bestanden. Vor einer blieben sie stehen.

Leicht genervt betrat er den Raum und setzte sich, ohne nach links oder rechts zu schauen, auf einen der beiden Stühle an den einfachen Tisch. Hinter ihm aus der Ecke erklangen Schritte. Aus dem Augenwinkel konnte er eine Hand sehen, die in einer schwarzen Anzughose steckte.

Und eine Armbanduhr. Schlagartig war er hellwach. Sein Körper stand mit einem Mal unter Hochspannung. Noch bevor er das Gesicht des Mannes sah, der definitiv nicht sein Anwalt war, wusste er, wer sich ihm da gleich gegenübersetzen würde.

»Hallo, Daniel.«

Seine Hände ballten sich reflexartig zu Fäusten. Er sah noch genauso wie in seinen Erinnerungen aus. Markante Gesichtszüge, glattrasiert, tiefe, dunkelblaue und unergründliche Augen. Selbst die gleiche Frisur hatte er noch. Und er trug immer noch Anzüge.

»Was willst du?«, brachte er irgendwie zwischen seinen Zähnen hervor. Reflexartig griff er sich mit der linken Hand um seine Rechte. Verbarg das kühle Metall um seinen Daumen.

»Dir mitteilen, dass die Anklage von Herrn Leopold fallen gelassen wurde.«

»Was willst du hier? Wie hast du mich überhaupt gefunden?«

Siebzehn Jahre. Siebzehn Jahre umsonst. Sein Vater würde sich im Grab umdrehen, wenn er das sehen würde.

»Ich bekam letzte Woche ein Schreiben vom ansässigen Jugendamt.«

»Nein ...«, zischte er und richtete sich auf. Sein Gegenüber hob missbilligend die Augenbrauen.

»Du würdest es lieber sehen, wenn deine Geschwister getrennt werden, als dass ich sie zu mir nehme?«

Er erstarrte zur Salzsäule. »Was?«

»Was, glaubst du, passiert mit Vollwaisen, die keine bekannten nächsten Verwandten haben oder sonst nirgends unterkommen können? Das Jugendamt übernimmt die Vormundschaft. Elion war deshalb in den letzten Wochen bei einer Pflegefamilie. Deine Schwester sollte demnächst in ein betreutes Wohnen aufgenommen werden, wenn eure Nachbarin nicht beim Aufräumen das Testament eurer Mutter gefunden hätte.«

»Sie hat doch nicht ...«

»Sie hat mich zum Vormund bestimmt. Ob es dir passt oder nicht.«

Sein Vater würde sich nicht nur im Grab umdrehen, sondern vor Wut von den Toten wiederauferstehen. Der Mann, den er so sehr gehasst hatte, dass er alles dafür getan hatte, nicht von ihm gefunden werden zu können, sollte jetzt die Verantwortung für seine Kinder haben? Andererseits musste Daniel zugeben, dass diese Lösung viel besser war, als dass seine Geschwister getrennt würden. Er seufzte und schloss für einen Moment die Augen. Im Grunde hatte er jedes Recht verloren, sich darüber aufzuregen. Immerhin würden seine Geschwister nicht vor diesem Problem stehen, wenn er nicht hier drin wäre. Gott, er hatte jedes Recht verloren, zu bestimmen, was gut für sie war und was nicht.

9

»Es ist wohl besser so«, gab er zähneknirschend zu.

»Ich werd ihnen helfen, mit den letzten Jahren fertig zu werden. Besonders deiner Schwester. Wie man hört, hat sie nicht nur eure Mutter gefunden, sondern war auch bei dem Raubüberfall dabei.«

Er nickte kaum merklich. Unterdrückte diese Welle an tiefer Scham und Schuldgefühlen, die jedes Mal aufstiegen, wenn er an seine kleine Schwester denken musste. Wie gern würde er die Zeit zurückdrehen. Allerdings, hätte er es dann nicht wieder genauso gemacht?

»Ich würde auch dir gerne helfen, Daniel.«

»Mir kannst du nicht helfen«, erwiderte er schroff und ohne den Blick von ihm zu nehmen. »Vergeude deine Zeit nicht, sondern hilf lieber Neila. Hast du sie schon kennengelernt?«

Er schüttelte den Kopf. »Noch nicht. Ich hab erst gestern von allem erfahren. Aber ich treff mich in zwei Stunden mit ihr und den Vertretern des Jugendamts, um alles Weitere zu klären. Die Frau vom Amt meinte, Neila hat noch nie von mir gehört.«

»Dein Name und der der anderen waren verboten. Dad ist eine Zeit lang jedes Mal an die Decke gegangen, wenn einer davon gefallen ist. Da haben Mom und ich uns gehütet. Für ihn wart ihr tot.«

Sein Gegenüber nickte langsam.

»Ich würde gerne dein Mandat übernehmen, Daniel.«

Daniel stieß ein leises Seufzen aus und zuckte mit den Schultern. »Von mir aus, aber auch du wirst mich nicht zum Reden bringen. Allerdings kann ich mir dich eigentlich auch gar nicht leisten, Herr Staranwalt.«

»Auch wenn du das nicht so siehst. Du gehörst zur Familie und bist im Übrigen mein Patenkind. Da ist das selbstverständlich.«

Er konnte nicht anders. Über diese Behauptung musste er einfach lachen. »Was ist aus ...?«, keuchte er und wurde sofort wieder ernst. »Der Bastard wird nie ein Teil dieser Familie sein?«

Die Gesichtszüge seines Gegenübers blieben gleich. »Mom und ich waren nie Teil eurer Familie. Ihr wolltet uns nicht! Da soll ich dir abnehmen, dass du und der Rest deiner Familie eine Hundertachtzig-Grad-Wendung gemacht habt? Aber sicher doch.«

Daniel lehnte sich nach vorne und legte all seine Verachtung für diesen Mann in seine Mimik. »Ich weiß genau, weshalb du hier bist. Aber du kriegst ihn nicht. Nur über meine Leiche!«

Eine Weile lang starrten sie sich an. Doch auch diesmal blieb der Ausdruck seines Gegenübers ausdruckslos, wie die perfekte Maske. Daniel war es egal.

»Verstanden.«

Urplötzlich zog er etwas aus seiner Jackettasche hervor. »Lies ihn dir in Ruhe durch. Ich hab Zeit.« Mit diesen Worten legte er ihm, ohne die Miene zu verziehen, einen Vertrag vor.

Er starrte ihn eine Weile an. Dann begann er jedes noch so kleine Detail zu lesen, ehe er seine Unterschrift daruntersetzte, nachdem er keine Schlupflöcher oder sonstiges Kleingedrucktes gefunden hatte, das ihm seltsam vorgekommen wäre.

»Du willst mir wirklich nicht ein paar Fragen zu dem Vorfall beantworten?«

»Nein!«, erwiderte er bestimmt. »Da gibt's nichts zu beantworten.«

Sein Gegenüber legte den Kopf schief und stand schließlich auf. »Das wird sich noch zeigen.«

Daniel zuckte gleichgültig mit den Achseln. Es gab Dinge, die selbst der Staranwalt Michael von Schwarzbach nicht ändern konnte, weil sie nun mal so waren, wie sie waren.

Dafür hatte Daniel gesorgt.

#1

Nach sechs langen Wochen voller Hilflosigkeit, Angst, Verzweiflung und Ungewissheit war Neila Johnson mit ihren Nerven endgültig am Ende. Äußerlich ausgezehrt, erschöpft von zu wenig Schlaf und innerlich vollkommen ausgebrannt von der schonungslosen Achterbahnfahrt ihrer Gefühle.

Jetzt, wo sicher war, dass sie und ihr kleiner Bruder nicht getrennt werden würden und außerdem aus diesem kleinen Ort rauskamen, fühlte Neila nur noch dieses riesige, schmerzende Loch in ihrem Herzen und die Sehnsucht nach ihrer Mom. Das kleine Einfamilienhaus am Rande einer Siedlung war von einer Sekunde auf die andere zu ihrer privaten Hölle geworden.

Die Hölle kannte Neila bereits sehr gut. Zu gut für ihren Geschmack. Sie hatte immer gefleht, dass ihr so etwas wie vor drei Jahren nicht mehr passieren würde. Wer hatte auch so viel Pech, dabei zusehen zu müssen, wie erst der eigene Vater vor seinen Augen bei einem Raubüberfall auf ein Juweliergeschäft erschossen wird, und drei Jahre später seine Mutter im Garten in ihrem eigenen Blut und mit leeren Augen vorzufinden?

Neila hatte bereits vor drei Jahren die Erfahrung gemacht, dass sich nach dem »Warum passiert das ausgerechnet mir?« zu fragen, überhaupt nichts brachte. Wer konnte ihr das schon beantworten?

Nein, sie wusste nur eins.

Raus und weg! Wenn sie erst hier weg war, würde es besser werden, sodass sie für ihren kleinen Bruder stark sein konnte. Elion war erst fünf. An ihren Dad hatte er keine Erinnerungen, dafür aber umso mehr an ihre Mom. Ihr kleiner Sonnenschein, der in den letzten Jahren ihr und auch ihrer Mom mit seinen Grübchen über den Tod ihres Dads hinweggeholfen hatte, weinte seit Wochen fast ununterbrochen.

Die Pflegefamilie hatte einige Schwierigkeiten gehabt, ihn zum Essen zu bewegen oder ihn ins Bett zu bringen, sodass Neila einige Male zu ihnen hatte kommen müssen, um ihn wieder zu beruhigen. Seit gestern Nachmittag war er jetzt wieder bei ihr, und heute würden sie beide zusammen dieser Hölle entkommen. Nicht mal mehr zwei Stunden, dann würde ihr Vormund, ein Verwandter ihres Dads, kommen und sie abholen.

Vorher musste Neila jedoch noch etwas erledigen. Ihr Blick glitt von der einfachen weißen Haustür vor ihr zurück zu dem Schlüsselbund in ihrer Hand, den ihr der Anwalt, der das Testament ihrer Mom geprüft hatte, gestern bei der Verlesung überreicht hatte. Neila hatte ihn sofort wiedererkannt und gewusst, wofür zumindest einer der Schlüssel war. Er passte zu einer alten hölzernen Truhe, die der Großmutter ihrer Mom gehört hatte und die einige persönliche Erinnerungsstücke beherbergte, die ihrer Mom sehr am Herzen gelegen hatten, da sie selbst im Alter von dreizehn ihre Eltern und ihren Bruder bei einem Brand verloren hatte und danach bei ihrer Großmutter aufgewachsen war. Sie hatte es Neila vor einiger Zeit gezeigt und ihren »Schatz an Erinnerungen« genannt.

Das Problem war nur, dass dieser Schatz in ihrem Keller stand. In ihrem Haus. In ihrer privaten Hölle. Schon die letzten Male hatte es sie einiges an Überwindung gekostet, den Fuß über diese Türschwelle zu setzen und die Erinnerungen an ebendiesen Tag zu unterdrücken. Ihre ältere Nachbarin hatte ihr in den letzten Wochen dabei zur Seite gestanden.

Jetzt war sie allein, und ein großer Teil in ihr flehte sie aus Leibeskräften an, sofort auf dem Absatz kehrtzumachen und sich irgendwo zu verkriechen. Neila holte trotzdem den Haustürschlüssel aus ihrer Hosentasche hervor, drehte ihn im Schloss herum und betrat den schmalen Flur. Sofort hatte sie wieder das Bild der Verwüstung vor Augen, das sie vor sechs Wochen und zwei Tagen vorgefunden hatte. Sie unterdrückte die aufkommenden Erinnerungen, hastete an den Kartons vorbei zur Treppe und schnell hinunter in den Keller, wo sie noch einen leeren Umzugskarton fand. Ihr pochendes Herz entspannte sich allerdings erst, als sie hinter sich die Tür der Waschküche geschlossen hatte und sich voll und ganz auf das konzentrierte, was sich in der kleinen Nische hinter der Tür unter einer verstaubten schwarzen Decke befand.

Sie glaubte sich zwar daran zu erinnern, dass ihr neuer Vormund etwas davon gesagt hatte, dass sie so viel mitnehmen konnten, wie sie brauchten und wollten, wusste aber nicht, ob er auch Platz für diese Truhe haben würde. Vielleicht konnte man sie in der Zwischenzeit irgendwo lagern, bis Neila achtzehn war und eine eigene Bleibe hatte. Aber ihren Inhalt wollte sie so lange gut aufgehoben wissen. Das war sie ihrer Mom schuldig.

Deshalb baute sie rasch den Karton zusammen, zog die Decke von der Truhe und öffnete sie schließlich mithilfe des größten und rostigsten der drei Schlüssel. Der Deckel war schwer, doch sie schaffte es nach ein paar Anläufen, ihn anzuheben. Wie schon beim ersten Mal, als ihre Mom sie ihr gezeigt hatte, war sie sofort von der Schnitzerei auf dessen ebener Innenseite fasziniert. Es war die unglaublich detailgenaue Darstellung eines Engels, der seine Federflügel über die gesamte Seite des Deckels ausgebreitet hatte. Um ihn herum war ein Geflecht aus Ranken, doch anstatt der Blüten trugen sie Sterne. Auf der Innenseite der Truhe wurde dieses Rankenmuster fortgeführt, das nun aber von kleinen Schachteln und allerlei anderen Dingen verdeckt wurde.

Neben einem Karton mit alten Bildern, die nicht nur ihre Mom als Kind zeigten, sondern auch ihre gesamte Familie mütterlicherseits – wobei auf manche eine Jahreszahl gekritzelt war, die Neila verriet, dass sie ihre Vorfahren von 1878 vor sich sah –, gab es auch ein paar in Folie verpackte kleine Landschaftsgemälde, die ihre Urgroßmutter gemalt hatte. Ebenso ein paar von ihren Notizbüchern, die voll waren mit Kochrezepten. Dann kamen die Sachen, die Neila wie beim letzten Mal einen Stich versetzten und um die es ihr wirklich ging.

Der Stapel auf der linken Seite der Truhe war nicht besonders groß. Er bestand aus einem kleinen Fotoalbum mit Fotos von ihren Eltern, drei flachen Schmuckschachteln und einem großen weißen Karton, von dem Neila wusste, dass er das Hochzeitskleid ihrer Mom beherbergte. Es war mit einer lila Schleife zusammengebunden und das Einzige, was Neila sich nicht zu öffnen traute. Sie ließ es so schön verpackt in den Umzugskarton gleiten, in dem bereits das Fotoalbum war, sodass er nun voll war.

Neila fiel in dem Moment, in dem sie die hohe Schmuckschatulle öffnete, ein Stein vom Herzen, von dem sie gar nicht gewusst hatte, dass er dort gewesen war. Zum Vorschein kamen die beiden goldenen Eheringe ihrer Eltern, die an einer langen Goldkette aufgefädelt waren. Sie hatte befürchtet, dass sie mit all dem anderen Schmuck gestohlen worden waren und ebenso das Collier, das ihre Mom auf ihrem Hochzeitsfoto trug und das nun in dem breiteren Schmuckkästchen zum Vorschein kam. Ob die kleinen Steine oder das Silber echt waren, wusste sie nicht. Nur, dass ihre Mom sehr daran gehangen hatte, weil es wiederum ihre Mutter bei ihrer Hochzeit getragen hatte.

Bei der dritten, einer länglichen und noch neu wirkenden Schatulle gefror ihr das kleine Lächeln. Klappernd fiel es zu Boden und der Zettel, der im Deckel gesteckt hatte, heraus. Er blieb genauso liegen, dass Neila ihn ohne Probleme lesen konnte.

»Mein herzlichstes und aufrichtigstes Beileid.

Mir war es ein sehr wichtiges Anliegen, Ihnen das Geschenk, das Ihr Mann bei uns erstanden hat, zukommen zu lassen. Sollten Sie oder Ihre Familie je Hilfe brauchen, zögern Sie nicht, mich darum zu bitten. Hochachtungsvoll K. Huber.«

Das einfache silberne Armkettchen, das scheinbar unberührt in dem dunkelblauen Futter lag, kannte sie. Sie hatte es immerhin ausgesucht. Nur die Gravur hatte ihr Dad bestimmt. Sie hob mit zitternden Fingern das schmale Plättchen empor, um die schrägen Worte besser zu lesen. Er hatte es ihr nicht verraten wollen und sie dem Verkäufer einfach aufgeschrieben.

»Liebe meines Lebens«, las sie mit erstickter Stimme in die Stille hinein vor. Ihr Blick verschwamm, und Tränen liefen ihr über die Wangen. Einen Augenblick war sie wie erstarrt. Doch schon riss sie sich zusammen. Sie hatte keine Zeit und außerdem schon viel zu viel geweint. Krampfhaft den dicken Kloß in ihrem Hals hinunterschluckend, wischte sie sich mit einer energischen Bewegung über die Augen und schloss das Schmuckkästchen wieder. Zusammen mit den anderen beiden legte sie es beiseite. Diese Dinge würde sie in ihrem Koffer transportieren und irgendwo in ihrer Nähe sicher deponieren.

Neila stand schließlich auf und machte den Umzugskarton zu. Als sie jedoch die Truhe ebenfalls schließen wollte, wurde ihre Aufmerksamkeit auf etwas an der rechten Ecke im Inneren der Truhe gelenkt. Dort fehlte ein kleines Dreieck von der ebenen Bodenplatte. Gerade so, dass eine Fingerkuppe Platz hatte. Schnell wurde Neila klar, dass diese dünne Platte nicht der eigentliche Boden der Truhe war.

Mit gespannter Erwartung hob sie sie an. Dann verschlug es ihr den Atem. Die Schnitzerei auf der Innenseite des Deckels war allein schon beeindruckend, doch der Boden übertraf sie noch um Längen. Neila wusste nicht, was für ein Material es war. Die glatte und ebene Oberfläche war definitiv kein Holz. Noch dazu erstrahlte das Motiv in leuchtenden Farben. Wieder war jedes noch so kleine Detail der Federflügel zu erkennen. Es waren jedoch nur Flügel ohne einen Körper, die dort zu sehen waren. Das Ganze wirkte wie eine Art Wappen.

Die geknickten weißen Flügel bildeten dabei den Rahmen. Die schwarzen Linien, die sie umgaben, erinnerten an ein lang gezogenes »M«. Kleine Federn in allen Farben flogen vereinzelt darüber, als würden sich die Flügel gerade um das Gebilde schließen und dabei diese Federn aufwirbeln. Drei große, leuchtende, sechseckige goldene Sterne waren schließlich in ein gleichseitiges Dreieck gemalt worden, in dem die Ranken endeten, wodurch der Eindruck erweckt wurde, das »M« entstünde aus diesen drei Sternen. Neila konnte nicht widerstehen und ließ ihre Finger über die glatte Oberfläche fahren.

17

Als sie den obersten Stern berührte, stutzte sie jedoch. Langsam fuhr sie die kaum spürbaren Einkerbungen in dessen Mitte nach. Die Form eines Schlüssellochs. Ohne zu zögern, zog sie den Schlüssel aus dem Schloss der Truhe und drückte den etwas kleineren keine zwei Sekunden später vorsichtig an die Stelle, die sofort nachgab.

Gespannt drehte Neila den Schlüssel herum und wartete. Sie glaubte ein leises Klicken zu hören, dann sah sie, wie die beiden anderen Sterne sich ein paar Millimeter aus dem Boden herausdrückten. Neila probierte eine Zeit lang an dem rechten herum, bis sie ihn schließlich noch ein Stück weiter herauszog. Sie stieß einen leisen, überraschten Laut aus, als plötzlich et-was gegen ihre Stirn knallte.

»Au!« Sie wich reflexartig zurück. Der Schmerz war sofort vergessen. Im Deckel hatte sich ein kleines rechteckiges Stück gelöst und war nach unten geklappt. Anstatt des Engelskörpers sah sie nun eine lila Wand vor sich. Als sie die Hand danach ausstreckte, wusste sie jedoch schnell, dass es keine Wand war. Es war lediglich etwas, das mit lila Geschenkpapier eingewickelt war. Es war so groß, dass es gerade so durch die Öffnung passte. Und es war schwer.

Darauf klebte ein quadratischer Briefumschlag, der eine ihr vertraute Handschrift trug und Neilas Herz sich noch mal zusammenziehen ließ, sie aber gleichzeitig zum Lächeln brachte.

»*Für Neila*«, stand dort in der feinen Schrift ihrer Mutter. »*Herzlichen Glückwunsch zu deinem 17. Geburtstag. Bitte erst am 30. August 2012 um 23:55 Uhr öffnen!*«

Das war typisch ihre Mom. Sie liebte solche kleinen Spielereien zu ihren Geburtstagen. Hatte es geliebt.

Allerdings – Neila wurde mulmig im Bauch – hieß das, dass sie ihr Geburtstagsgeschenk bereits drei

Monaten vorher gehabt haben musste. Das war dann doch etwas seltsam. Und es wurde noch schräger.

»*Für Elion. Herzlichen Glückwunsch zu deinem 17. Geburtstag. Bitte erst am 3. März 2024 um 10:09 Uhr öffnen!*«, stand auf einem weiteren Umschlag, den sie aus dem Fach herauszog.

Das war nicht seltsam oder schräg, sondern fast schon gruselig. Fast so als hätte ihre Mom Vorkehrungen für sie getroffen oder damit gerechnet, dass sie sterben würde. Neila verbannte diese Gedanken schnell wieder.

Sie hatte schon vor Jahren gelernt, dass es nur schmerzhaft war, sich Verschwörungstheorien auszudenken. Obwohl ihr in diesem Moment eine leise Stimme in ihrem Hinterkopf zuflüsterte, dass da noch diese Sache mit ihrer Familie war, von der sie keine Ahnung gehabt hatte. Oder die Tatsache, dass sie, seit sie denken konnte, beinahe alle zwei Jahre umgezogen waren. Neila schüttelte den Kopf, um diese innere Stimme zum Verstummen zu bringen.

Was auch immer dahintersteckte, dass alles würde ihr ihre Mom auch nicht wiederbringen. Sie und Elion waren jetzt auf sich gestellt, und vor allem ihrem kleinen Bruder zuliebe musste sie nach vorne schauen. Musste stark sein und für ihn da sein.

Sie sah von Elions Umschlag in der einen Hand zu dem Päckchen in der anderen. Einen Moment juckte es ihr in den Finger, ihr Geschenk und den Umschlag sofort aufzureißen, doch sie hielt sich zurück. Zum einen hatte sich ihre Mom bestimmt etwas dabei gedacht, zum anderen wusste sie nicht, ob sie schon bereit dazu war, etwas zu lesen, was ihre Mom geschrieben hatte. Schon allein diese wenigen Worte obendrauf verursachten einen tiefen Schmerz in ihrer Brust.

Daher legte sie das Päckchen und die Briefe zu den Schmuckschatullen, bevor sie sich wieder der Truhe zuwandte, wo sie sehen wollte, ob es noch mehr Geheimfächer gab.

Auch der zweite Stern ließ sich noch ein Stück weiter herausziehen und ein leises Klickgeräusch ertönen. Aber es passierte nichts. Neila probierte eine ganze Weile im Inneren der Truhe herum. Untersuchte die Seiten, den Boden und noch einmal den Deckel, doch nirgendwo konnte sie ein weiteres Geheimfach entdeckten. Irgendwann gab sie schließlich auf. Der Wunsch, aus diesem Haus herauszukommen, wurde von Minute zu Minute immer größer. Sie würde sich wann anders mit dieser Truhe genauer beschäftigen.

Wichtig war nur, dass sie die Erinnerungsstücke ihrer Mom sicher verstaut hatte und nun zu den wenigen anderen Kartons in den Eingangsflur stellte, die sie mitnehmen wollten. Der Rest in diesem Haus interessierte sie nicht.

Mit den Schmuckschatullen sowie den Geburtstagsgeschenken für sie und Elion in den Armen, kehrte sie schließlich diesem Haus endgültig den Rücken zu. Einen Blick zurück warf sie nicht. Jetzt, wo sie alles erledigt hatte, was ihr wichtig war, hatte sie nur noch einen Gedanken: weg.

Ihr Wunsch wurde sogar noch früher als gedacht erfüllt. Ihr neuer Vormund kam eine gute halbe Stunde zu früh. Da Neila in ihrer Aufbruchsstimmung dafür gesorgt hatte, dass Elion bereits wach, gewaschen und angezogen war sowie eine Kleinigkeit gegessen hatte und ihre Koffer bereitstanden, konnten sie auch sofort aufbrechen.

Neila war in ihrem Kopf so damit beschäftigt, endlich mit Elion hier abzuhauen, dass sie den anderen Details ihrer Umgebung keine größere Beachtung schenkte. Nachdem sie sich bei ihrer Nachbarin noch einmal ausgiebig für deren Hilfe bedankt und sich von ihr verabschiedet hatte, konnte sie eines jedoch nicht übersehen.

Da war noch ein Mann. Ein Mann, der sich darangemacht hatte ihren und Elions Koffer im Kofferraum zu verstauen. Wäre er nicht gewesen, wäre ihr wahrscheinlich nicht aufgefallen, dass das außerdem nicht irgendein Auto war. Es war ein schwarzer Mercedes, eine kleine Limousine, wie man sie aus Filmen kannte.

Neilas Füße trugen sie, während sie den anderen Mann am Kofferraum beäugte, automatisch über den gepflasterten Weg zum Auto. An ihren Arm geklammert ging ihr kleiner Bruder. Hinter ihr konnte sie die bestimmten Schritte ihres Vormunds hören, der sie auf den letzten Metern überholte und ihr die Autotür aufhielt. Der Kindersitz passte nicht ganz zu diesem Auto. Er machte dieses Bild irgendwie kaputt. Neila half Elion hinein und ging dann um das Auto herum, wo ihr dieser kleinere Mann mit einem freundlichen Lächeln die Tür aufhielt, ehe er sich vor sie ans Steuer setzte.

Neilas Blick glitt von seinem Hinterkopf zu dem ihres Vormunds, der auf dem Beifahrersitz Platz genommen hatte. Er hatte also ein Erste-Klasse-Auto samt Chauffeur. Sie beschlich ein seltsames Gefühl, das im Laufe der folgenden zwei Stunden größer wurde und einen bitteren Beigeschmack hinterließ.

Nach einer guten halben Stunde Fahrt kamen sie am Flughafen Hamburg an. Neila hatte kaum groß Zeit, sich darüber zu wundern, dass sie nicht etwa mit dem Auto weiterfuhren, sondern tatsächlich flogen, da wurde ihre gesamte Aufmerksamkeit von diesem Bildschirm über dem Check-in-Schalter in Beschlag genommen. »First Class« verstärkte dieses seltsame, beklommene Gefühl und ihre Vermutung, dass ihr Vormund wohl nicht gerade wenig verdiente.

Endgültig befangen und vollkommen fehl am Platz fühlte sie sich, als sie sich eine Viertelstunde später in der First Class Lounge niederließen, die sie bis auf zwei weitere Herren in Anzügen ganz für sich hatten.

In ihrer ausgewaschenen alten Jeans, den abgelaufenen Sandalen und dem zerknitterten T-Shirt gehörte sie ganz sicher nicht in diese elegante, vornehme Umgebung. Ihr Vormund umso mehr in seinem perfekt sitzenden Anzug, mit dunkelblauem Hemd und passender Krawatte. Alles an seinem Äußeren war perfekt.

Vom Scheitel bis hin zu den polierten Schuhen. Gestern hatte sie keinen Kopf dafür gehabt, ihn sich genauer anzusehen. Jetzt, wo sie ihm direkt gegenübersaß und nichts anderes zu tun hatte, holte sie es nach. Er war ein durchaus gut aussehender Mann.

Groß, schlank, mit einem kantigen Kinn, großen nachtblauen Augen und rabenschwarzen Haaren. Alles in allem machte er auf den ersten Blick einen sehr strengen und harten Eindruck, doch für Neila war er das ganz und gar nicht. Immerhin hatte er, ohne zu zögern, die Vormundschaft für sie und Elion übernommen, war gleich hergekommen und hatte ihnen die Wahl überlassen, wie es jetzt weitergehen sollte. Er war auf sie eingegangen und hatte sofort alles für sie geregelt, um sie so schnell wie möglich von hier wegzuholen. Für Neila war er allein deswegen ein guter Mensch. Mehr, musste sie sich eingestehen, wusste sie jedoch nicht über ihn.

Nachdem er für sie ein kleines Frühstück und Getränke bestellt hatte, beschloss sie, das ganz schnell zu ändern.

Sie überlegte kurz, wie sie am besten anfangen sollte, dann sagte sie leicht beschämt: »Es tut mir leid. Ich hab gestern irgendwie deinen Namen nicht mitbekommen oder vergessen.« Die dunkelblauen Augen richteten sich mit einem unergründlichen Blick auf sie.

»Das muss dir nicht leidtun, Neila«, erwiderte er mit dieser ruhigen, tiefen Stimme. »Nenn mich einfach Michael oder Onkel Michael. Wie du willst.«

Neila sah, wie sein Blick für einen Moment zu Elion huschte, der sich weiterhin an sie klammerte und nun still den Kopf an ihrer Brust vergraben hatte.

Er schien zu überlegen, ob er zu Elion auch etwas sagen sollte, entschied sich dann jedoch dagegen und sah wieder zu Neila.

»Er ist nicht so.«

Michael nickte langsam. »Er wird einfach Zeit brauchen. So wie du. Ich hab dich vom restlichen Schuljahr befreien lassen, das heißt bis Mitte September hast du und auch Elion erst einmal Ferien. Allerdings wirst du die zehnte Klasse wiederholen müssen. Deine Noten und die Fehltage ...«

Mehr brauchte er nicht zu sagen. Neila nickte rasch zum Zeichen, dass sie verstanden hatte, und er verstummte. An die Schule hatte sie schon lange nicht mehr denken können. Eines jedoch ließ sie stutzen.

»Mitte September?«, fragte sie nach, um sicherzugehen, dass sie sich nicht verhört hatte. »Die Sommerferien enden doch immer im August.«

»In Niedersachsen. In Bayern erst Mitte September.«

Bayern. In dem Moment ging ihr auf, dass sie außerdem gar nicht wusste, wo sie von nun an leben würde. Es war ihr egal gewesen. Hauptsache weg.

Michael schien ihr das anzusehen und fügte hinzu: »Wir leben in der Nähe von Traunstein. Etwa hundert Kilometer von München.«

Neila nickte erneut. Die Vorstellung, am anderen Ende von Deutschland zu leben, gefiel ihr. Je größer der Abstand zu hier, desto besser.

»Und wie ist das jetzt genau?«, fuhr sie nach einer kurzen Pause mit ihren Fragen fort. »Du meintest, ich soll dich Onkel nennen, aber du bist nicht mein richtiger Onkel, oder?«

»Nicht genetisch gesehen. Euer Vater und ich sind nur Cousins, aber wie Brüder zusammen aufgewachsen.«

»Und warum hab ich dann noch nie von dir gehört?«

Zum ersten Mal veränderte sich die Miene ihres Gegenübers. Von entspannt und ruhig zu einem leicht gequälten Ausdruck, der jedoch ganz schnell wieder verschwand.

»Eure Eltern haben jeden Kontakt zu uns abgebrochen, als du noch nicht geboren warst. Es sind damals ein paar unschöne Dinge passiert. Ich kann es ihnen nicht verübeln, dass sie nicht über uns gesprochen und uns aus ihrem Leben gestrichen haben.«

Neila wartete, aber da kam nicht mehr. So wie er sich verhielt und sie mit dieser vagen Antwort abspeiste, war das eindeutig ein heikles Thema für ihn, über das er offensichtlich nicht reden wollte. Neila überlegte kurz, unterdrückte ihre Neugier jedoch. Etwas anderes hatte ihre Aufmerksamkeit erregt.

»Uns? Wen gibt es denn noch, den ich kennen sollte?«

»Zum Beispiel eure Tante. Die ältere Schwester eures Vaters. Cecilia. Mein Vater hat sie und euren Vater zu sich genommen, als deren Eltern bei einem Unfall ums Leben kamen. Cecilia hat zwei Kinder. Raphael ist zwanzig, und Melina ist nur ein paar Tage jünger als du. Sie kommt in einer Woche aus Amerika zurück und wird mit dir zusammen die Schule fertig machen. Raphael und sie können euch bestimmt in nächster Zeit ein bisschen die Gegend zeigen und euch helfen, euch einzuleben.«

»Das klingt so, als würdest du nicht ...« Ehe sie fertig war, unterbrach Michael sie bereits mit einem kurzen Nicken. »Ich muss arbeiten und werde einige Zeit hauptsächlich in München sein. Aber ich glaube ohnehin, dass ihr bei der jüngeren Generation besser aufgehoben seid als bei mir.«

»Kein Problem. Du tust sowieso schon genug für uns. Das sollte kein Vorwurf oder so sein.«

»So habe ich das auch nicht aufgefasst, Neila.«

Sie entspannte sich ein wenig, als er ihr zum ersten Mal ein kleines Lächeln schenkte.

»Was arbeitest du denn?«

»Ich bin Anwalt.«

Wenn er sich First Class leisten konnte, musste er demnach auch sehr gut darin sein.

»Und meine, äh, Tante? Und dein Vater?«

»Bankdirektor, und Cecilia leitet eine Eventagentur.«

Neila konnte nur nicken. Das klang nach einer erfolgreichen und reichen Familie, in die sie da hineinplatzte. »Wissen sie denn von uns?«

Michael schüttelte den Kopf. »Cecilia noch nicht. Sie ist gerade wegen eines wichtigen Auftrags in New York. Da wollte ich sie nicht ablenken. Außerdem wollte ich ihr nicht am Telefon vom Tod eures Vaters erzählen. Bisher wissen es nur meine Eltern.«

Bildete Neila sich das nur ein, oder verfinsterte sich Michaels Miene kurz, als er von seinen Eltern sprach. Doch schon im nächsten Moment war da wieder der gleiche ruhige und harte Gesichtsausdruck wie zuvor.

Neila traute sich nicht nachzufragen und ging, nachdem Michael ihr darauf eröffnet hatte, dass sie seine Eltern noch am Abend kennenlernen würden, auf die Toilette. Elion im Schlepptau.

Sie musste auf jeden Fall das nächste Jahr mit dieser Familie klarkommen, also würde sie das Beste daraus machen. Ein guter erster Eindruck würde da nicht schaden. Als sie jedoch in den Spiegel sah, sank ihre Hoffnung darauf sofort. Sie sah noch schlimmer aus, als sie gedacht hatte.

Ihr Haare waren stumpf und ein einziges, struppiges Chaos und ihr Gesicht blass und von dicken Augenringen gekennzeichnet. Da konnte sie machen, was sie wollte. Den guten ersten Eindruck konnte sie sich abschminken. Trotzdem versuchte sie ihre Haare ein wenig unter Kontrolle zu bekommen. Bei Elion hatte sie zum Glück am Morgen darauf geachtet, dass er einigermaßen ordentlich aussah, wobei seine hellblonden Haare längst einen Friseurbesuch nötig hatten. Besser ging es eben nicht.

Neila fand sich damit ab und verschwendete keinen Gedanken mehr an die Tatsache, dass sie in diese vornehme Umgebung nicht reinpasste. Sie hätte am liebsten ihren Onkel noch mehr über sein Leben und das der anderen ausgefragt, doch als sie kurz darauf in das Flugzeug einstiegen und er vor ihr und Elion Platz nahm, ging es nicht mehr.

Zudem beanspruchte Elion sie ab diesem Zeitpunkt, da er beim Start Angst bekam, aber dann mit leuchtenden Augen am Fenster klebte.

Es war das erste Mal seit Wochen, dass sie ihren kleinen Bruder lachen und diese großen grünen Kulleraugen vor Freude aufleuchten sah. Ein Anblick, der ihr etwas von der Angst nahm, dass Elion nie über den Tod ihrer Mom hinwegkommen und wieder lachen können würde. Sie würde ihm auf jeden Fall dabei helfen. Was mit ihr geschah, war ihr egal. Elion kam vor allen anderem.

Nach dem einstündigen Flug ging es am Flughafen München in einem glänzenden schwarzen BMW direkt auf die Autobahn. Diesmal war ihr Chauffeur jedoch Michael selbst. Woran das lag, wusste sie nicht, sie wollte auch nicht fragen, sondern schloss die Augen und döste vor sich hin.

Sie musste eingeschlafen sein, denn als sie die Augen wieder aufschlug, hatten sie die Autobahn bereits verlassen. Das, was sie geweckt hatte, war die aufgeregte Stimme ihres Bruders.

»ILA, ILA!«

Blinzelnd setzte sie sich auf und sah in Elions geweitete, leuchtende Augen.

»Hast du das gehört, Ila?«, fragte er hibbelig. Neila warf einen Blick nach vorne zu Michael, dann schüttelte sie den Kopf. »Nein, was denn?«

»Michael hat Eulen und ganz, ganz viele andere große Vögel, die ich mir ansehen darf.«

»Große Vögel?«

»Einer unserer Pächter ist Falkner. Er züchtet Greifvögel.«

»Pächter? Plural?«

Was zum Teufel war das für eine Familie?

»Unserer Familie gehört ein bisschen Land, das von ein paar Bauern bestellt wird. Die meisten arbeiten seit über fünf Generationen für uns. Es gibt auch einen Reiterhof.«

Warum sah er sie denn jetzt bei diesem Satz so an? Bei Neila fiel der Groschen etwas verzögert, und sie rollte mit den Augen. »Nicht alle Mädchen sind Pferdenarren«, entgegnete sie leicht belustigt.

»Und was magst du dann, wenn es keine Pferde sind?«

Neila wich augenblicklich seinem Blick aus und sah aus dem Fenster. »Musik hören, lesen, nichts Besonderes.«

»Ila und ich pflanzen gerne Blumen. Ich hab immer geholfen, die Erde locker zu machen, damit die Pflanzen gut wachsen können. Stimmt's Ila?«

Neila zwang sich zu einem Lächeln, als sie sich wieder zu Elion drehte. Von ihrem kleinen Garten, den sie zu gestalten angefangen hatte, war jetzt nichts mehr übrig. Elion wusste das nicht. Und dabei sollte es auch bleiben.

»Stimmt, kleiner Bär. Du warst mir eine große Hilfe. Ohne dich hätte ich das nicht geschafft.«

Elions Lächeln wurde sofort breiter und seine Grübchen noch deutlicher. Der Stolz war ihm ins Gesicht geschrieben, dass Neila tatsächlich ein ehrliches leises Lachen entwich. Manchmal, wenn Elion sie so ansah, konnte sie einfach alles vergessen und sich von diesem kindlichen, unbeschwerten Lächeln anstecken lassen.

»Wenn ihr wollt, könnt ihr meiner Mutter im Garten zur Hand gehen.«

»Kein Gärtner?«, rutschte es Neila unvermittelt heraus. Als ihr sofort klar war, wie verächtlich das klang, ruderte sie rasch zurück: »Entschuldige! Das sollte nicht so klingen. Ich meinte nur, wegen dem Chauffeur und der First Class.«

Sie verstummte, als sie einen sichtlich amüsierten Blick von Michael durch den Rückspiegel auffing.

»Macht nichts. Und wir haben einen Gärtner. Fünf sogar. Die brauchen wir auch, weil es mehr ein kleiner Park als ein üblicher Garten ist.«

Sofort war dieses unbehagliche Gefühl zurück. Chauffeur, Mercedes, erste Klasse war ja alles schön und gut, aber wer hatte denn bitte schön so viel Land, dass es von mehreren Bauern bestellt wurde, beziehungsweise eine Falknerei? Und das mit dem kleinen Park klang nicht nur nach reich, sondern schwerreich.

»Aber meine Mutter ...«, fuhr Michael ungehindert fort, »... lässt die anderen nicht in die Nähe ihres Obst- und Gemüsegartens. Geschweige denn ins Gewächshaus. Das ist ihr Reich.«

»Warte.« Neila war gerade etwas aufgefallen. Sie beugte sich ein wenig nach vorne. »Hast du gesagt, wir haben einen Gärtner? Wohnst du noch bei deinen Eltern?«

Wieder dieser amüsierte Blick durch den Rückspiegel. »Nicht nur ich. Auch Cecilia, Raphael und Melina. Wir wohnen alle zusammen.«

Okay, damit hatte sie jetzt irgendwie so überhaupt nicht gerechnet. Michael machte auf sie irgendwie nicht den Eindruck eines Familienmenschen, eben mehr der selbstbewusste Geschäftsmann, dessen einzige Liebe sein Beruf ist. Doch seine nächsten Worte zeigten ihr, dass sie in dem Punkt nicht falschlag.

»Aber ich arbeite hauptsächlich in München, weshalb ich die meiste Zeit dort bin. Und Cecilia ist auch ständig auf Reisen, und Raphael studiert in München. Eigentlich leben nur meine Eltern das ganze Jahr hier. Und jetzt ihr beide und Melina.«

»Wer ist Melina? Ist sie nett?«, fragte Elion.

Ehe Neila den Mund aufmachen konnte, um ihm zu erklären, wer diese Melina war, tat es auch schon Michael und erklärte ihm auf eine einfache, verständliche Art, wie sie mit ihr verwandt waren.

»Daddy hatte also auch eine Schwester. So wie ich?«

Bei diesem Wort zuckte Neila unwillkürlich zusammen. Elion nannte ihren Dad so, weil sie ihn so genannt hatte. Er selbst war noch zu klein gewesen, als er gestorben war, weshalb er immer wieder Fragen über ihn stellte. So wie jetzt. Nur war ihre Mom nicht hier, um sie davor zu retten, darüber zu reden. Doch dieses Mal gingen seine Fragen auch gar nicht an sie, sondern an Michael.

»Kanntest du meinen Daddy?«

Neila sah, wie Michael bei dieser Frage leicht zusammenzuckte.

»Er war wie ein Bruder für mich.«

»Bruder? Ich hab auch einen Bruder. Kennst du Dani?«

Neilas dumpfer Schmerz in der Brust, verwandelte sich bei diesem Namen augenblicklich in brodelnde Wut. Sie wand den Kopf ab und versuchte nicht länger hinzuhören, als sie über ihr verhasstes Arschloch von Bruder zu reden begannen, den Michael offenbar schon im Knast besucht hatte. Was sie anging, so hatte sie sich schon vor zwei Jahren bei seiner Verurteilung geschworen, nie wieder ein Wort über ihn oder mit ihm zu reden. Daniel hatte sie nach dem Tod ihres Dads im Stich gelassen.

Wegen ihm hatte ihre Mom einen Nervenzusammenbruch gehabt, und er hatte noch nicht einmal Anstalten gemacht, sich zu verteidigen oder zu erzählen, was wirklich passiert war. Er hatte sich einfach schweigend zu fünf Jahren Haft verurteilen lassen und bisher nichts gegen diese Strafe unternommen, sodass er seiner Familie vielleicht hätte helfen oder gar die Vormundschaft für sie beide übernehmen hätte können.

Neila war es zuwider, an ihren älteren Bruder auch nur noch einen Gedanken zu verschwenden, also zwang sie ihre Aufmerksamkeit auf die Landschaft vor dem Fenster.

Geradewegs auf eine reine idyllische Naturlandschaft aus Feldern und kleineren Wäldern, die hin und wieder von kleinen Ansammlungen von Häusern unterbrochen wurden. Dahinter am Horizont ragten die Alpen in den Himmel. Dazu strahlend, blauer Himmel und von der Hitze flirrende Luft. Es gefiel ihr.

Auch die kleinen Ortschaften, an denen sie vorbeikamen, hatten etwas durch und durch Friedliches und Harmonisches, sodass sich Neila sofort wohlfühlte. Sie hatte in ihrem Leben schon viele Orte sehen dürfen. Jeder hatte etwas für sich gehabt. Hier gefiel ihr es auf Anhieb sehr gut.

Doch als sie nach zehn Minuten die Landstraße verließen und eine kurvige Straße entlangfuhren, die schließlich in das Dickicht eines Waldes hineinführte, kehrte das unbehagliche Gefühl zurück, sobald sie an einem gelben Schild mit der Aufschrift »Privatgrund. Unbefugtes Betreten verboten« vorbeikamen.

In was für einem Haus lebte wohl eine Familie, die erster Klasse flog, teure Autos fuhr, sich Chauffeure und Gärtner leistete, Land besaß, das von Pächtern unterhalten wurde, und deren Garten mehr einem Park glich? Bestimmt nicht in einer kleinen Waldhütte. Das klang mehr nach einem großen Landhaus oder einer Villa. Einerseits war Neila gespannt, andererseits verhalten, weil sie nicht wusste, wie sie mit alldem umgehen sollte. Als es schließlich einige Minuten bergauf ging und sich der Wald schließlich lichtete, verstärkte sich dieses unbehagliche Gefühl in ihrem Magen noch mehr und ließ sie unruhig auf ihrem Platz hin und her rutschen. Sie steuerten doch tatsächlich auf ein drei Meter hohes Eisentor zu, von dem hohe Steinmauern rechts und links in den Wald hineinliefen. Die ganze Szenerie vor ihr hatte etwas Verwunschenes, Düsteres und Magisches an sich, das sie sofort in ihren Bann zog und ihre Haare zu Berge stehen ließ.

Im Wagen war es nun vollkommen still. Auch Elion betrachtete die Umgebung mit großen, staunenden Augen. Erst als sie direkt vor dem Tor hielten, fragte er: »Ist das da eine Eule?«, und deutete nach vorne auf die Mitte des Eisentores.

Es war eindeutig das Abbild einer Eule, die ihre Flügel weit gespreizt hatte und nun in der Mitte geteilt wurde, als das Tor wie von selbst nach innen aufging.

»Die Eule ist unser Wappentier. Genau genommen die Schleiereule.«

»Wappen? So wie bei den Rittern?«

»Ganz genau«, erwiderte Michael. Er fuhr einen nun gepflasterten Weg bergauf, der rechts und links von einer etwas niedrigeren, mit Efeu bewachsenen Mauer gesäumt war.

Neila und auch Elion reckten beide neugierig die Hälse, als die Straße ebener und Michael wieder langsamer wurde. Sie staunten nicht schlecht, als es um eine Biegung direkt auf eine breite, überdachte Brücke aus großen grauen Steinen und runden Säulenbögen ging und sie auf zwei hohe, runde Türme zuhielten, zwischen denen es unter einem Bogendach aus schwarzem Eisen hindurchging, an dem sich weiße Rosen entlangwanden. Neila war sich sofort klar, dass sie sich geirrt hatte. Türme gehörten nicht zu einer Villa oder einem Landhaus. Noch dazu schienen sie dort schon seit Jahrhunderten zu stehen.

»Willkommen auf Schloss Schwarzbach.«

Neila war sprachlos. Sie hatte schon einige Schlösser, Burgen und Paläste gesehen, doch dieses hier hatte etwas Einzigartiges und irgendwie Geheimnisvolles an sich. Es war schlicht wie ein verwunschenes oder verzaubertes Schloss aus einem Märchenbuch. Inmitten eines Waldes, abgeschieden und in vollkommener Ruhe. Mit einem traumhaft schönen, hellen Innenhof, der rechts und links von länglichen zweistöckigen Gebäuden eingegrenzt wurde, die jeweils einen Bogendurchgang vom Hof weg aufwiesen. Wie sollte es auch anders sein, plätscherte in der Mitte Wasser in einem Brunnen aus tiefschwarzem Gestein fröhlich vor sich hin. Aber es war nicht das, was ihren Blick augenblicklich dort festhielt.

Es waren die tiefvioletten Blumen, die um ihn herum in einem Beet angelegt waren. Sie hatten glockenförmige Blüten, deren spitz zulaufende Blätter einen Stern zu bilden schienen. Ihr Farbton war so kräftig, dass er im Licht der Sonne zu leuchten schien. Irgendwie verliehen sie dem gesamten weitläufigen Innenhof mit seinem hellbeigen Pflaster, das perfekt zu der Steinfassade aus hell- und dunkelgrauen sowie beigen Steinen bestand, einen romantischen, aber auch geheimnisvollen Touch.

Neilas Blick blieb unentwegt auf den Blumen, als der Wagen stehen blieb und die Türen geöffnet wurden. Sie stieg automatisch aus und machte sofort einige Schritte auf diese Blütenpracht zu, ehe Elions Stimme sie aus dieser seltsamen Trance holte.

Sie wandte sich um und sah über das Autodach hinweg zum fünfstöckigen Hauptgebäude empor, das an die beiden Seitengebäude stieß und so die Stirnseite des Innenhofs bildete.

Der Eingang, der wohl eher als Portal bezeichnet werden musste, befand sich im ersten Stock am Absatz zweier aufeinander zulaufender Treppen, die nach unten breiter wurden. Ein hellraues Steingeländer zog sich an ihren Seiten empor, bis zu der breiten Flügeltür, die wie die hohen Rundbogenfenster aus einem schwarzen Material gemacht worden war. Darüber prangte ein großes, rundes Wappen mit einer silbernen Eule mit ausgebreiteten Flügeln auf einem runden schwarzen Schild.

So romantisch, verwunschen und magisch dieses Schloss auch wirkte, als Neila bewusst wurde, dass sie von nun an hier leben würde, war es auf einmal regelrecht einschüchternd. Das hier war eine vollkommen andere Welt als ihre. Zum einen war sie sich nicht sicher, ob sie hierher passte, zum anderen, ob sie das eigentlich wollte.

Sie half Elion aus seinem Kindersitz und ging dann mit ihm an der Hand zu Michael, der mit drei Männern am Fuß der Treppe auf sie wartete. Die beiden etwas jüngeren Männer, etwa Mitte oder Ende zwanzig, trugen beide das Gleiche. Schwarze Hosen und schwarze Poloshirts. Der schon etwas ältere Herr in ihrer Mitte hingegen trug statt eines Poloshirts ein weißes Hemd mit einer mattschwarzen Weste darüber. Ihn stellte Michael ihr als den Schlossverwalter vor.

»Nennt mich einfach Ferdinand, Miss Neila, Master Elion. Im Namen des Personals von Schloss Schwarzbach darf ich Sie herzlich willkommen heißen. Wenn Sie irgendetwas brauchen, zögern Sie nicht zu fragen. Marco und Phillip werden sich um Ihr Gepäck kümmern.« Seiner Aussprache und der sehr steifen und höflichen Art nach war er zweifelsohne aus England. Er erinnerte Neila an einen Butler aus alten Zeiten mit der geraden Haltung, den ordentlichen grauen Haaren und der Brille mit schmalen Gläsern, aber auch an ihre Kindheit, die sie, bis sie zehn gewesen war, in Großbritannien verbracht hatte.

»Der Graf ...«, wandte sich Ferdinand an Michael, während die beiden anderen mit einem freundlichen Lächeln zu Neila zum Wagen gingen. »...erwartet Sie im privaten Salon. Zusammen mit Ihrer Mutter.«

»Danke, Ferdinand. Neila? Elion?«

Vom Eingangsportal kamen sie schließlich durch einen kleinen Vorraum in einen Raum, wohl eher eine Halle, die es in sich hatte. Es schien zugleich das Treppenhaus und der Mittelpunkt des Schlosses zu sein.

Es gab mehrere Durchgänge rechts und links, doch die Stirnseite nahm eine breite Treppe in Anspruch, die sich auf halber Höhe teilte und in den nächsten Stock führte. Sie war aus beigen Steinplatten und mit einem eisernen schwarzen Geländer mit romantischem Muster zwischen den Balken eingezäunt.

Der Boden war aus schwarzen, glänzenden Bodenplatten, in denen man sich spiegeln konnte. Doch das war es nicht, was Neila so sprachlos machte.

Zum einen war es das riesige Panoramafenster, das sich über die gesamte Stirnseite und fünf Stockwerke zog und damit einen herrlichen Blick auf eine traumhaft schöne Landschaft bot, zum anderen war es dieser einzigartige Kronleuchter, der von der Decke vom fünften Stock herunterhing. Das schwarze Eisen war in dem gleichen romantischen Stil wie das Treppengeländer geformt. Daran hingen ovalförmige Kristalle herab, die das Sonnenlicht in alle Richtungen brachen. Sie hätte den tanzenden Lichtern ewig zuschauen können, wenn Elion sie nicht wieder einmal aus ihrem Staunen herausgeholt hätte.

Ihr kleiner Bruder war wie sie beeindruckt von einer solchen Schönheit, dass er sogar ihre Hand losließ und in die Mitte der Halle stürzte, den Kopf in den Nacken gelegt, um den Kronleuchter zu bestaunen. Den Mund zu einem stummen »Boah« geformt. Neila wandte sich unterdessen an Michael, der an einer der Flügeltüren links von ihnen stand und Elion mit einer unergründlichen Miene beobachtete.

»Wie alt ist dieses Schloss?«

»Erbaut wurde es im 18. Jahrhundert. Der Kronleuchter ist allerdings bereits 800 Jahre alt.«

»Und schon immer im Familienbesitz?«

»Sowohl Schloss als auch der Kronleuchter, ja.«

»Und ein Grafentitel.« Neila seufzte und ging auf ihn zu. »Elion, kommst du bitte!«

Einen Moment schien es, als hätte ihr kleiner Bruder sie nicht gehört, doch als sie bereits wieder den Mund aufmachte, kam er auch schon auf sie zugerannt und griff wieder nach ihrer Hand.

»Alles, was links der Eingangshalle liegt ...«, erklärte Michael ihnen, als sie einen breiten, verzweigten Korridor mit hohen, mit Stuck verzierten Wände entlanggingen, »... nennen wir auch den privaten Bereich des Schlosses.«

Er blieb auf der Höhe einer weiteren Flügeltür stehen und deutete auf weitere vor ihnen. »Wenn wir keine Gäste haben, essen wir im kleinen Speisesaal. Dahinter liegt der Rauchersalon meines Vaters, und hier ist sozusagen unser Wohnzimmer. Sie sind alle miteinander verbunden.«

Michael zögerte. Die Hand auf der Türklinke sah er erst sie, dann Elion an. Es hatte den Anschein, als wollte er noch etwas sagen, er schien es sich dann jedoch anders zu überlegen und öffnete ihnen die Tür. Sein Verhalten, sein Gesichtsausdruck und dieser Blick ließen in Neila augenblicklich eine ungute Vorahnung aufsteigen. Wenn sie ihr Gefühl nicht täuschte, schienen Michaels Eltern nicht unbedingt begeistert zu sein, sie kennenzulernen.

Ob sie für den Weggang ihrer Eltern verantwortlich waren?

Neila straffte automatisch die Schultern, als sie den hellen, weitläufigen Raum betraten, und versuchte sich ihre wachsende Nervosität nicht anmerken zu lassen. Lange konnte sie sich nicht umsehen, denn schon spürte sie, dass jemand sie beobachtete.

Neila wandte den Kopf von dem großen, traumhaften Landschaftsgemälde auf der linken Seite nach rechts zu der Sitzecke im hinteren Bereich, wo sich in diesem Moment eine Frau erhob.

Sie hatte schimmerndes dunkelblondes Haar, das in einem modernen Stil kurz geschnitten war, und trug einen eleganten Hüftrock mit einer luftigen, kurzärmligen Bluse mit Rüschen und mehrere klirrende Armreifen. Ihre ganze Haltung strahlte so viel Eleganz und natürliche Anmut aus, dass man sich selbst in ihrer Gegenwart schäbig und dreckig vorkam. Neilas Stolz meldete sich, und sie richtete sich selbst auf. Durch so etwas ließ Neila sich doch nicht einschüchtern.

Die froschgrünen Augen der Frau wurden für einen Moment groß, doch es geschah so schnell, dass Neila glaubte, es sich nur eingebildet zu haben. Mit einem zaghaften Lächeln ergriff sie die leicht faltige, aber dennoch weiche Hand der älteren Dame.

Als sie ihr so von Angesicht zu Angesicht gegenüberstand, entspannte sie sich augenblicklich. In diesem runden, faltigen Gesicht konnte sie nur ehrliche Freude und Freundlichkeit entdecken. Neila wusste noch in diesem Augenblick, dass sie sich mit dieser Frau gut verstehen würde.

»Neila«, begrüßte sie Neila mit einem liebevollen, großmütterlichen Lächeln. »Es freut mich, dich kennenzulernen, auch wenn die Umstände alles andere als erfreulich sind. Ich bin Aurora. Und du musst Elion sein.« Mit einer einzigen fließenden, geschmeidigen Bewegung, ging die Dame vor Elion in die Hocke.

Einen Augenblick versteckte sich ihr kleiner Bruder noch an Neilas Seite, doch dann wurde auch er in den Bann dieses liebevollen Lächelns gezogen und kam hervor, um die Hand zu ergreifen.

»Wie alt bist du denn?«

»Ich bin schon fünf.«

Wie Neila auch, musste Michaels Mutter bei seinem stolzen Unterton lachen. Sie erhob sich, nachdem sie Elion noch einen Moment mit diesem warmen, liebevollen Lächeln angesehen hatte, und wandte sich wieder an Neila, die ihren plötzlich mitleidigen Blick einfach ignorierte und die Initiative ergriff, ehe sie etwas über ihre Mom sagen konnte.

»Danke, dass ihr mir und Elion helft. Das ist sehr großzügig, und ich weiß das zu schätzen.«

»Neila.« Aurora sah sie eindringlich an. »Ihr gehört zur Familie.«

Keinem von ihnen entging das Schnauben. Auroras Blick wurde härter, und sie fügte scharf hinzu:

»Egal was zwischen euren Eltern und uns war.«

Diese Worte gingen eindeutig an den Mann neben Onkel Michael, der ihnen den Rücken zugewandt hatte. So wie ihr Onkel steckte er in einer schwarzen Anzughose und kurzärmligem Hemd in Dunkelgrün.

Wieder einmal wurde Neilas Vorstellung von einer Person über Bord geworfen. Dieser Mann, der sich nun umdrehte, trug zwar Geschäftskleidung, machte jedoch eher den Eindruck eines Managers irgendeiner wilden Rockband anstatt eines alten Bankdirektors, Grafen und Schlossbesitzers.

Der Graf war genau das Gegenteil von Aurora. Er wirkte durch das schmale Gesicht, das eckige Kinn und den dunklen Bart um den Mund herum hart und finster. Die silbernen Ohrringe in seinem rechten Ohr und der trainierte Körper unterstrichen das noch einmal. So hätte Neila ihn schlicht für cool gehalten, wenn er sie nicht mit diesem abschätzigen und hasserfüllten Blick angestarrt hätte.

Augenblicklich regte sich wieder ihr Stolz. Sie richtete sich automatisch auf, während sie seinem Blick standhielt.

Ihm schien das jedoch gar nicht zu gefallen, denn seine fast schwarzen Augen wurden noch finsterer und gleichzeitig immer schmaler. Ganz so als wollte er sagen: »Was fällt dir ein, dich hier so aufzuspielen!«

Neila wollte ihn nicht verärgern, aber sie ließ sich auch nicht so abschätzig behandeln, ganz besonders dann nicht, wenn derjenige sie gar nicht richtig kannte.

»Du wirst es bereuen, Michael!«

Seine tiefe, brummige Stimme jagte ihr einen Schauer über den Rücken. Doch sie ließ sich nichts anmerken und hielt weiterhin dem Blick dieser unheimlichen, finsteren Augen stand.

»Sie wird Ärger machen. So wie ihre Mutter.«

»Und das erkennst du mit nur einem Blick?«, rutschte es Neila heraus, bevor sie ihren Ärger hinunterschlucken konnte. »Egal, was zwischen euch war. Ich bin ich und habe mit eurem Streit nichts am Hut!«

Wieder dieses verächtliche Schnauben.

»Vater.«

Michaels Stimme war ruhig, aber der scharfe Unterton war deutlich herauszuhören. Neila sah, wie sich der Graf ihm mit einer verärgerten Miene zuwandte. Es war beinahe so, als würden sie miteinander über ihre Gedanken kommunizieren, und ihren Gesichtsausdrücken zufolge war es kein nettes Gespräch.

Auroras Seufzer ließ Neila sich schließlich wieder ihr zuwenden. »Wie wär's wenn ich euch jetzt mal den Park und das Schloss zeige«, sagte sie wieder mit einem freundlichen Lächeln auf den Lippen, dem Neila nicht widerstehen konnte. Den bösen Blick konnte sie jedoch noch immer auf sich spüren, als die Terrassentür hinter ihnen ins Schloss fiel.

Ein Blick auf den Park, der sich unterhalb der Terrasse erstreckte, und sie vergaß alles und jeden um sich herum. Wie verzaubert trat sie an das helle Steingeländer heran. Die weitläufige Terrasse war am Rande eines Abhangs gebaut worden.

Zwei kurvige Treppen führten versetzt zu ihr empor. Zwischen ihnen befand sich ein großes Beet mit denselben lila Blumen wie schon im Innenhof am Brunnen. Neila wurde praktisch von ihnen angezogen. Sie nahm einen der quer verlaufenden Wege, die diese großen Beete durchzogen, und ging vor den strah-lenden sternförmigen, Glockenblumen in die Hocke.

»Man nennt sie Mondlilien oder Nachtglocken, weil sie auch im Licht des Vollmondes erblühen und sich dabei aufrichten«, sagte irgendwann Auroras Stimme in ihrer Nähe.

»Davon habe ich noch nie gehört.«

»Kannst du auch nicht. Sie sind eine spezielle Züchtung meiner Familie. Interessiert du dich für Pflanzen?«

Kaum merklich nickte sie. »Ich hab mich immer um den Garten gekümmert.«

Ein vertrauter Stich in ihrer Brust holte sie in die Wirklichkeit zurück. Sie stand auf und wandte ihre Augen von den Blumen ab, wich dabei automatisch Auroras Blick aus und sah sich nach Elion um. Sie hatte gar nicht gemerkt, dass er ihre Hand losgelassen hatte.

»Wo ist …?« Panisch blickte sie sich um.

»Am Pavillon«, beruhigte Aurora sie. Neila folgte ihrer ausgestreckten Hand, die nach unten auf die große Rasenfläche deutete.

Umgeben von einem sauber angelegten Teich stand dort im Zentrum ein runder Pavillon mit einem spitz zulaufenden Dach aus schwarzen Ziegeln. Die Steinsäulen und das Geländer waren wieder mit weißen Rosen bewachsen. Neila folgte Aurora hinunter zu Elion, der sichtlich begeistert von den Goldfischen zu sein schien.

Wieder sah sie, wie ihr aufgeweckter kleiner Sonnenschein hinter der traurigen, ängstlichen Fassade hervorbrach und sich nicht nur neugierig umsah, sondern Aurora sofort in sein Herz schloss und sie mit vielen Fragen zu löchern begann.

Während Aurora ihnen schließlich noch den abgelegenen Rosengarten, sowie ihr kleines, eingezäuntes Reich zeigte, ging Elion an ihrer Hand oder lief aufgeregt um sie herum. Neila hielt sich im Hintergrund und ließ sich vollkommen von der Natur einnehmen. Im Schloss hatte sie das Gefühl, fehl am Platz zu sein. Doch hier draußen war es genau das Gegenteil.

Ganz besonders diese Mondlilien hatten es ihr angetan. Immer wieder wandte sie den Kopf in die Richtung des Abhangs, auch wenn sie sie irgendwann nicht mehr sehen konnte. Sie hätte sich am liebsten mitten reingelegt und einfach in den Himmel gestarrt.

»Geh nur«, meinte Aurora am Ende ihres Rundgangs, als sie wieder am Pavillon angekommen waren, wo eine Frau Ende vierzig in schwarzem Stiftrock und schwarzer Bluse für sie gerade eine Kleinigkeit zu essen und trinken bereitstellte.

»Was?«, fragte Neila leicht verwirrt und riss den Blick von dieser lila Pracht zu ihrer Rechten los.

»Geh nur«, wiederholte Aurora lächelnd und nickte dabei zu den Mondlilien hinüber.

»Meine Großmutter hat immer gesagt: Dem Ruf der Pflanzen sollte man folgen.«

Neila blinzelte.

Mit gerunzelter Stirn fragte sie: »Pflanzen rufen?«

»Wieso denn nicht? Es sind auch Lebewesen. Nur weil sie nicht so wie wir sind, muss das nicht heißen, dass sie nicht kommunizieren können, oder?«

Okay, da war irgendwie was dran. Aber auch nur irgendwie. Für Neila klang das mehr nach Märchen und Fabeln. Dennoch gab sie dem Drang nach, nahm sich etwas von den kleinen Schnitten und setzte sich zwischen die Mondlilien. Eine Weile sah sie hinunter auf den Pavillon, wo sie Elion mit Aurora sitzen sehen konnte, aber dann ließ sie sich vorsichtig zurückfallen und starrte in den wolkenlosen Himmel. Mit diesem herrlichen Duft in der Nase schloss sie schließlich die Augen und wurde immer ruhiger.

Sie war angekommen. Auch wenn sie diesen Ort und seine Bewohner nicht richtig einschätzen konnte, sie war hier.

Weit weg von ihrer Hölle. Für den Moment war das alles, was sie interessierte.

#2

Trotz der frühen Stunde an diesem Samstag-
morgen war im Ankunftsbereich vom Terminal 2 des
Flughafen Münchens viel los. Überall, wo man hinsah,
konnte man erwartungsvolle und freudige Gesichter
sehen, die versuchten, unter den Personen, die hinter
den Glastüren herauskamen, ihre Freunde, Bekannten
oder Familienangehörigen zu entdecken, die sie hier
abholen wollten.

Raphael von Schwarzbach hielt sich etwas abseits
des Geschehens, richtete aber ebenfalls seinen Blick
erwartungsvoll auf die herauskommenden Menschen.
Nur ab und zu wanderten seine Augen nach oben auf
die große Anzeigetafel, wo hinter New York seit ge-
raumer Zeit »gelandet« erschienen war.

Wäre es hier nicht um seine Familie gegangen,
wäre er nach über einer Stunde Warterei genervt und
schlecht gelaunt gewesen. Doch die Vorfreude, seine
kleine Schwester wiederzusehen, war einfach größer.

Auch seine Mutter hatte er seit ein paar Monaten
nicht mehr zu Gesicht bekommen, weil sie beide viel
um die Ohren gehabt hatten. Er mit seinem Studium,
sie mit ihrer Arbeit. Umso mehr freute sich Raphael

darauf, ein paar Tage mit ihr und Melina zu verbringen. Zu Hause.

München war klasse, seine Freunde, die Uni und die Partys, einfach alles. Aber sein Zuhause war Traunstein und würde es wahrscheinlich immer bleiben. Am besten war es, wenn sich dort alle Menschen aufhielten, die er liebte. Bis auf einen würde das in der nächsten Zeit seit einem halbem Jahr endlich wieder der Fall sein.

Raphaels Grinsen wurde breiter, als er schließlich das Gesicht seiner Mutter erkannte. Groß, schlank, mit glatten dunkelbraunen Haaren, die er von ihr geerbt hatte, und jetzt braun gebrannt und sichtlich angespannt, erschien sie in seinem Blickfeld.

Für die im Moment leicht zusammengezogenen Augenbrauen war ganz offensichtlich Raphaels fast fünf Jahre jüngere Schwester verantwortlich, die hinter ihr zum Vorschein kam. Er wunderte sich ohnehin, dass die beiden sich nicht schon längst umgebracht hatten.

Seine Mutter und Melina waren wie Katz und Maus. Ein Streit war bei ihnen vorprogrammiert, wenn sie zusammen waren. Die beiden waren sich einfach zu ähnlich. Auch wenn es manchmal mächtig nervte, konnten ihre kleinen Streitereien für einen Außenstehenden dennoch sehr unterhaltsam sein.

Raphael ließ sich von ihren angespannten Mienen schon lange nicht mehr die Laune vermiesen. So wie jetzt auch nicht.

»Raphael!« Seine Mutter erspähte ihn als Erste und kam ihm entgegen. Die angespannte Miene wich einem freudigen Lächeln, als sie ihn kurz an sich drückte. Raphael erwiderte die Umarmung und gab ihr einen Kuss auf die Wange, ehe er sich an seine kleine Schwester wandte, die sich mit ihrem voll beladenen Gepäckwagen abmühte.

»Ist das alles?«, fragte er mit jeder Menge Sarkasmus. »Mehr hast du nicht mitgebracht?«

»Nein, natürlich nicht«, erwiderte Melina grinsend. »Den Rest schickt mir Tante Mary nach.«

So, wie er seine Schwester kannte, war das sehr wahrscheinlich kein Scherz.

Melina war eine Sammlerin, die so gut wie nie etwas wegschmiss, weswegen es schon bei ihrem Reiseantritt vor zwei Jahren ein Riesendrama gegeben hatte.

»Na dann, willkommen zu Hause, Schwesterherz!«

Wie schon seine Mutter schloss er nun Melina in eine beherzte Umarmung. Wie immer hatte er dabei das Gefühl, sie zu zerbrechen. Seine kleine Schwester wirkte zwar nach außen hin wie ein zierliches und zerbrechliches Wesen, doch spätestens, seit sie nach Amerika gegangen war und dort ihre Schüchternheit abgelegt hatte, war sie zu einem selbstbewussten und schlagfertigen Mädchen geworden. Ihre kleine Rebellenphase schien sie jedenfalls so langsam hinter sich zu haben.

Das dachte Raphael zumindest. Doch auf dem Weg zum Auto und während der Fahrt wurde er sehr schnell eines Besseren belehrt. Melina erzählte lautstark von ihren Erlebnissen in Boston, ihrem Leben, ihren Freunden und den Partys dort, wobei sie offensichtlich versuchte, ihre Mutter zu irgendeinem Kommentar zu provozieren.

Raphael konnte durch den Rückspiegel beobachten, wie seine Mutter mit jeder weiteren Minute mehr auf ihrer Wange herumkaute und irgendwann ihr iPad herausholte, um sich damit abzulenken.

An einem Punkt konnte sie jedoch nicht mehr schweigen. »Wenn du nur halb so viel Energie für die Schule aufgebracht hättest wie für deine Experimente, Shoppen und Partys, könntest du in die elfte und müsstest nicht die Zehnte wiederholen.« Das hatte gesessen.

Ehrlich schockiert und mit aufgerissenen Augen wirbelte Melina zu ihrer Mutter herum. Davon hörte sie offenbar zum ersten Mal. Raphael schwieg und hielt sich da raus.

»Meine Noten waren besser als hier. Ich will nicht wiederholen, nur weil sie dir nicht gut genug waren.«

»Oh, mir waren sie gut genug, Süße«, erwiderte seine Mutter ernst. »Aber der Akademie nicht. Sie haben dich für die Zehnte eingestuft.«

Melina entfuhr ein aufgebrachtes Schnauben. »Dann geh ich eben nicht auf die Akademie, sondern auf ein ganz normales Gymnasium. Oder mach überhaupt kein Abi.«

»Hier geht es nicht nur um dein Abitur, junge Dame.« Jede Wärme war augenblicklich aus der Stimme ihrer Mutter gewichen, sodass nicht nur Melina, sondern auch Raphael das Grinsen verging. Im Auto wurde es schlagartig kalt. Raphael trat unwillkürlich auf das Gaspedal. Je schneller sie ankamen, desto weniger Gelegenheiten hatten die beiden, sich an die Gurgel zu gehen.

»In zwei Monaten wirst du eine große Verantwortung tragen. Es ist deine Pflicht. Du kannst dich noch so dagegen sträuben, dir die Haare bunt färben, dich tätowieren lassen oder die wildesten Partys schmeißen, um mich irgendwie zu provozieren, an deinem siebzehnten Geburtstag wirst du dich deiner Pflicht stellen und alles dafür tun, um dieser Aufgabe gewachsen zu sein. Einschließlich der richtigen Ausbildung.«

Gespannt wartete Raphael auf Melinas Erwiderung, doch die kam nicht. Seine Schwester starrte ihre Mutter noch eine Weile mit finsterem Blick an, dann glitt sie zurück auf ihren Sitz und schmollte stumm vor sich hin.

Innerlich seufzte Raphael leise. In diesem Punkt hatte er kein Verständnis für seine Schwester. Sie tat ja beinahe so, als wäre es etwas Schlechtes. Alles, was seit seinem siebzehnten Geburtstag passiert war, hatte sein Leben nur zum Positiven beeinflusst. Auch die Zeit an der Akademie war einfach nur klasse gewesen und für seinen Geschmack viel zu schnell vorübergegangen. Er war stolz darauf, wer und was er war, und er konnte nur hoffen, dass Melina das nach ihrem Siebzehnten auch so sehen würde.

Die restlichen zwanzig Minuten der Fahrt verliefen in eisigem Schweigen. Beim Anblick des tiefen Waldes und den dahinter herausragenden Ziegeldächern des Schlosses hellte sich die Miene seiner kleinen Schwester jedoch wieder auf und erinnerte ihn plötzlich an das kleine Mädchen von früher.

Augenblicklich musste auch Raphael grinsen. Er war endlich wieder zu Hause. Kaum hatte er seinen BMW vor den beiden Treppen des Eingangsportals geparkt, riss Melina auch schon ihre Tür auf. Hinter ihm konnte er seine Mutter leise seufzen hören. Er fing ihren Blick auf und sagte:»Die Pubertät hält nicht ewig«, was ihr ein leises Auflachen entlockte.

»Hoffen wir es.«

Raphael tat es seiner Mutter nach und stieg aus.

Wie immer fiel sein Blick augenblicklich auf die Mondlilien.

Ihr ganz besonderer Duft entspannte ihn sofort. Er streckte sich und atmete diesen Geruch tief ein, ehe er sich umwandte und zu seiner Schwester und Mutter ging, die Ferdinand und Beatrice, die ältere Hausdame des Schlosses, begrüßten. Schon im Näherkommen stutzte Raphael. Irgendetwas an den Mienen dieser beiden Menschen, die er kannte, seit er denken konnte, passte nicht. Sie waren freundlich, höflich und dis-tanziert wie eh und je, aber in ihren Blicken lag etwas Trauriges.

Ein Seitenblick auf seine Mutter, und er sah, dass er damit nicht allein stand. Auch seine Mutter hatte die Stirn in Falten gelegt, während sie Beatrice und Ferdinand beobachteten, wie sie Melinas stürmische Begrüßung über sich ergehen ließen. Seine Schwester war viel zu sehr in ihrer Freude gefangen, als zu merken, dass irgendwas nicht stimmte.

»Ist etwas passiert?«, fragte seine Mutter augenblicklich, als Melina die Stufen auch schon nach oben stürzte und die beiden Angestellten sich ihnen zugewandt und sie begrüßt hatten.

»Die Gräfin erwartet euch im privaten Salon.«

Raphael hatte nichts anderes erwartet. Von all den Angestellten des Schlosses waren Ferdinand und Beatrice die absolut verschwiegensten. Wollte man etwas über den hiesigen Klatsch und Tratsch erfahren, dann ging man nicht zu diesen beiden. Etwas an Ferdinands Worten ließ Raphael jedoch auf dem Weg in den Salon stutzen.

»Salon? Es ist Samstag und noch dazu schönes Wetter.« Er warf seiner Mutter einen fragenden Blick zu, die ihn jedoch nicht ansah, sondern starr geradeaus ausblickte. »Warum ist Aurora nicht draußen im Garten so wie immer?«

Seine Großtante hielt es im Sommer nie lange drinnen aus. Auch wenn sie gewusst hatte, dass sie heute kommen würden, sie hätte sie einfach draußen begrüßt. Aber nicht im Salon. Das verstärkte Raphaels ungutes Gefühl nur noch.

Melinas Stimme war bereits aus dem Korridor des privaten Trakts zu hören. Als er und seine Mutter die Flügeltür jedoch erreichten und eintraten, verstummte ihre Stimme schlagartig.

»Ich weiß, dass du sicherlich müde bist, aber bitte bleib noch kurz. Ich muss mit dir, deiner Mutter und Raphael reden. Ah, Cecilia, Raphael. Herzlich willkommen zu Hause!«

Raphael hatte die Bestätigung seines unguten Gefühls direkt vor Augen. Seine Großtante lächelte ihn breit an, doch es erreichte ihre grasgrünen Augen nicht. Sie war über irgendwas tieftraurig.

»Ist alles in Ordnung?«, fragte er besorgt, als sie ihn in den Arm nahm und ihm einen Kuss auf die Wange hauchte. »Ist etwas mit dem Grafen?«

»Oder Michael?«, fügte seine Mutter hinzu, die Aurora ebenfalls begrüßte.

»Nein, nein.« Aurora schüttelte den Kopf.

Ihr Lächeln verschwand jedoch, als sie seine Mutter ansah. »Nein«, wiederholte sie ernst und griff nach den Händen seiner Mutter. »Es geht um Gregory.«

Raphael holte zischend Luft und wechselte rasch einen Blick mit Melina. Sie beide hatten sehr früh und sehr schnell gelernt, sich sofort in Sicherheit zu bringen, wenn einer der Tabu-Namen der Familie fiel. Sie waren die Garantie für einen gigantischen Familienstreit. Genau hatte Raphael bis heute nicht verstanden, um was es dabei ging.

Nur, dass wohl irgendwas passiert war, weshalb sein Onkel samt seiner Frau und seinem Sohn vor fast siebzehn Jahren jeden Kontakt zur Familie abgebrochen hatte und seitdem keiner je wieder etwas von ihnen gehört hatte. Seine Mutter hatte einige Male versucht, sie zu finden, war jedoch immer wieder gescheitert. Raphaels Magen zog sich zusammen, ehe Aurora wieder zu sprechen begann. Irgendwie ahnte er bereits, was sie sagen würde.

»Es tut mir leid, Cecilia.«

»Nein.« Seine Mutter riss sich los und schüttelte heftig den Kopf, doch Aurora hielt das nicht davon ab weiterzusprechen.

»Er ist vor vier Jahren bei einem Überfall auf ein Juweliergeschäft erschossen worden.«

Der schlimmste Albtraum seiner Mutter war wahr geworden. Sie hatte Raphael gegenüber einmal erwähnt, dass sie vor dem Tag Angst hat, an dem sie erfahren würde, dass ihr Bruder tot war und sie keine Chance bekommen würde, was auch immer wiedergutzumachen.

Dieser Tag war heute.

Raphael trat instinktiv zu ihr, doch sie wich vor ihm zurück.

Ehe einer von ihnen noch etwas sagen konnte, ertönte plötzlich von irgendwoher der Ruf einer hohen Kinderstimme. Raphael wandte sich irritiert um. Genau in diesem Moment tauchte ein kleiner blonder Junge in der offenen Terrassentür auf.

»Aurora! Aurora, spielst ...« Seine großen Kulleraugen weiteten sich vor Schreck, als er hereingestolpert kam und sie erblickte. Augenblicklich wich er ängstlich zurück und machte sich ganz klein.

»Elion.« Aurora ging auf ihn zu, doch er achtete zunächst nicht auf sie, sondern wich weiter zurück. Raphael zwang sich rasch zu einem Lächeln, um den kleinen Kerl nicht weiter zu verschrecken. »Ich spiel gleich wieder mit dir. Aber vorher würd ich dir gerne jemanden vorstellen.«

Aurora blieb vor ihm stehen, ging in die Hocke und strich ihm wie schon früher Raphael lächelnd über den Kopf, ehe sie sich wieder erhob und mit dem kleinen Kerl an der Hand zu ihnen herüberkam, der sich sichtlich eingeschüchtert hinter ihren Beinen versteckte.

»Ich hab dir schon von ihnen erzählt. Das sind Raphael und seine Schwester Melina. Und das hier ...« Aurora deutete mit einem Nicken zu seiner Mutter. »... ist deine Tante Cecilia. Sie ist die Schwester deines Vaters. Cecilia, Melina, Raphael, das hier ist Elion.«

Der Tag wurde immer besser.

Er hatte also noch einen Cousin. Der noch dazu hier war. War Tante Vanessa etwa auch hier, oder was ging hier vor?

»Hallo, Elion.« Die Stimme seiner Mutter war mehr ein Flüstern, als sie nun in die Hocke ging und Elion ein Lächeln zu schenken versuchte. Doch die glasigen Augen verrieten sie.

»Es freut mich, dich kennenzulernen. Ist deine Ma...« Ehe seine Mutter das Wort aussprechen konnte, würgte Aurora sie bestimmt ab.

»Weißt du, Raphael hat früher mal ganz viel Fußball gespielt. Er kann dir bestimmt ein paar Tricks zeigen, wenn du ihn darum bittest.«

Das lenkte die Aufmerksamkeit des Kleinen augenblicklich auf Raphael und weckte sichtlich seine Neugier. Raphael entging der warnende Blick von Aurora nicht, den sie erst seiner Mutter, dann ihm und danach seiner Schwester über seinen Kopf hinweg zuwarf. Das konnte nur eines bedeuten und erklärte zugleich, warum der kleine Kerl hier war.

»Ich hab früher immer mit deinem Bruder zusammen gespielt. Er hat dir doch bestimmt schon ein paar Tricks beigebracht, oder?«, fragte er lächelnd und nichts Böses ahnend. Postwendend kam der nächste Paukenschlag.

Elion schüttelte den Kopf und sagte zaghaft: »Er darf nicht mit mir spielen. Er war böse, deshalb hat ihn der Staat bestraft, und jetzt darf er nicht mehr mit mir spielen.«

Was kam denn bitte schön noch?

Sein Onkel und seine Tante tot.

Sein Cousin im Gefängnis. Irgendwie war gerade dieser Punkt für ihn absolut unrealistisch. Es passte nicht zu den Erinnerungen, die er an Daniel hatte. Auch wenn es nicht viele waren, ihm wollte einfach nicht in den Kopf, dass sein Sandkastenfreund im Gefängnis gelandet war. Das konnte doch nur ein Irrtum sein, oder jemand hatte ihm etwas angehängt. Andererseits hätte in diesen achtzehn Jahren alles passieren können.

»Dann übernehm ich das für ihn, und du kannst ihm später zeigen, was du schon alles kannst«, sagte er entschlossen zu dem kleinen Kerl, dessen Augen sich augenblicklich vor Freude weiteten.

»Jetzt?«, fragte er zaghaft und tauchte vorsichtig hinter Aurora auf. Bei diesen runden, hoffnungsvollen Hundeaugen entfuhr Raphael ein leises Lachen. Wie konnte man diesem kleinen Kerl nicht widerstehen? Er nickte und bekam dafür sofort ein breites Lächeln geschenkt.

»Warum gehst du nicht schon mal vor. Raphael kommt gleich nach«, meinte Aurora, und schon war Elion mit seinen kleinen Füßen aus dem Zimmer gelaufen. Sie hörten ihn noch »Ich sag's Ila! ILA!« rufen, dann war er außer Hörweite.

»Ila?«, fragte Melina.

Aurora seufzte. »So nennt Elion seine Schwester. Eigentlich heißt sie Neila.«

»Schwester?«, fragten Raphael und seine Schwester gleichzeitig überrascht. Aurora nickte und bekam plötzlich einen unglaublich traurigen Ausdruck im Gesicht.

»Was ist mit Vanessa?«, fragte seine Mutter, die sich nun langsam wieder erhob. Als Aurora langsam den Kopf schüttelte konnte sie nicht mehr ihre Tränen zurückhalten.

»Neila fand sie vor gut zwei Monaten in ihrem Garten. Die Polizei geht davon aus, dass Vanessa eine Diebesbande überrascht hat, die gerade ihr Haus ausraubte. Sie hat Michael in ihrem Testament zum Vormund bestimmt. Er ist sofort nach Hamburg und hat sie Dienstag hergebracht.«

Raphael war endgültig speiübel. Er wusste, wie es war, einen Elternteil zu verlieren, aber nicht beide, und er hatte seinen Vater auch nicht tot aufgefunden.

Für seine Mutter war diese Information sichtlich zu viel. Raphael war gerade noch zur Stelle, um sie zu stützen, ehe sie schluchzend zu Boden gegangen wäre. Melina war nur eine Sekunde später an ihrer anderen Seite.

»Melina, warum bringst du deine Mutter nicht hoch. Ihr beide müsst müde sein.«

Raphael wechselte einen kurzen Blick mit seiner kleinen Schwester, und als sie kurz nickte, trat er zurück und sah dabei zu, wie die beiden aus dem Zimmer gingen. Die Stille, die daraufhin ausbrach, war erdrückend, sodass er es nicht aushielt und Aurora fragte: »Warum sitzt Daniel im Gefängnis? Und wie lange schon?«

Abermals ein tiefer Seufzer seiner Großtante. »Seit drei Jahren. Und er hat noch in etwa zwei weitere vor sich. Anscheinend hat er drei Männer ohne jeden Grund schwer verletzt. Einer von ihnen wäre beinahe an den Verletzungen gestorben. Und da er keine Reue gezeigt und die Tat gestanden hat, war das Urteil unausweichlich. Tu mir einen Gefallen. Wenn du mit Elion spielst, sprich seine Mutter nicht an. Lenk ihn ein bisschen ab, ich glaube, im Moment ist das Beste.« Während sie sprach, ging sie hinüber zur Terrassentür. Raphael folgte ihr automatisch und trat nach ihr hinaus in den warmen Sommermorgen.

»Und was ist mit, äh, Neila?«

»Ich glaube, Melina wird sich ganz gut mit ihr verstehen.«

»Wie alt ist sie denn?«

Raphael trat an das Geländer heran und ließ sich sofort vom Duft der Mondlilien beruhigen. Sein Blick glitt automatisch über den von diesen einzigartigen, besonderen Blumen bewachsenen Abhang.

»Sie ist sechs Tage älter als Melina.«

Raphaels Kopf wirbelte zu Aurora herum, doch in der Bewegung erregte noch etwas anderes seine Aufmerksamkeit und zog seinen Blick sofort wieder hinunter zum Abhang.

Inmitten der Mondlilien saß eine Gestalt, die ihn sofort in den Bann zog. Nur einen Wimpernschlag später hielt sie in ihrer Arbeit inne und sah auf.

Katzenförmige weiß-blaue Augen bohrten sich in seine und ließen seinen Magen augenblicklich verkrampfen, ohne dass er genau hätte sagen können, warum. Noch mehr, als sie sich langsam erhob. Sie war groß, in seinen Augen zu dürr und zu blass. Ihr ganzes Äußeres sah überhaupt nicht gesund aus.

Und dennoch. Die Art, wie sie ruhig dastand, seinem Blick standhielt, ohne wegzuschauen, und leicht den Kopf reckte, hatte etwas sehr Kraftvolles und vor allem Stolzes an sich, das Raphael faszinierte und ehrlich beeindruckte.

Auch wenn ein Teil von ihm es nicht glauben wollte, dass das seine Cousine sein sollte, die gerade zur Vollwaise geworden war, deren älterer Bruder im Gefängnis saß und die ihre Mutter tot aufgefunden hatte, die trotz allem so aufrecht und mit erhobenem Kopf da stand, es konnte niemand anders sein. Obwohl sie eigentlich viel älter aussah als sechzehn.

Ohne den Blick von ihr zu lassen, folgte er dem Druck einer Hand, die auf seiner Schulter aufgetaucht war und ihn mit nach unten nahm.

Als er ihr direkt gegenüberstand, stieg seine Achtung vor ihr augenblicklich ins Unermessliche. Warum auch immer, er sah ihr an, wie sie innerlich dagegen ankämpfte, sich nicht von ihrer Trauer und den Schmerzen beherrschen zu lassen. Anstatt sich wie er damals von allem und jedem zurückzuziehen, schaffte sie es aufrecht und mit einem Lächeln dazustehen und sich nicht unterkriegen zu lassen. Keine Frage. In dieser zierlichen Gestalt steckte jede Menge Stärke und Kraft.

Gleichzeitig verspürte Raphael immer stärker den Drang, sie einfach in den Arm zu nehmen und zu trösten. Ihr zu helfen. Und noch mehr. Sie hatte etwas an sich, das Raphael anzog. Trotz leichter Schatten unter den Augen, blasser Haut und ausgezehrtem Körper, war sie in seinen Augen wunderschön.

Und das obwohl er eigentlich nicht auf dunkelhaarige Frauen stand. Raphael zog die Reißleine und erinnerte sich in Gedanken daran, wem er gerade gegenüberstand.

»Neila, das ist Raphael. Raphael, Neila«, hörte er Aurora sie einander vorstellen. Seine Großtante hatte er glatt vergessen. Er riss sich zusammen.

»Freut mich. Und danke. Elion ist ganz aufgeregt, dass ihm endlich jemand das Fußballspielen beibringt.«

Doch mit dem Zusammenreißen war das so eine Sache, wenn sie ihn plötzlich so warm anlächelte und unter seinem Blick tatsächlich leicht rot wurde.

»Kein Thema. Wo steckt er denn?« Damit seine Fantasie nicht mit ihm durchging, konzentrierte er sich ganz auf Elion, von dem er weit und breit nichts sah.

»Karl und er besorgen einen Fußball.«

In dem Moment fiel Raphaels Blick auf ein paar Gerätschaften und ein zweites Sitzkissen in einem kleinen Abstand hinter ihr. Das erklärte auch, was sie hier machte. Sie half ihrem Chefgärtner alias Ferdinands Bruder bei den Beeten.

»Spielst du mit?«, fragte er aus einem Impuls heraus, wurde aber sofort enttäuscht und wieder überrascht, als sie antwortete: »Nein, ich hab hier viel mehr Spaß.«

Der verträumte Blick auf die Mondlilien, das leichte Lächeln und die Art, wie sie es sagte, erinnerte ihn sofort an Aurora. Augenblicklich schoss ihm eine Frage durch den Kopf, die er selbst jedoch nicht beantworten konnte. Sie beschäftigte ihn den gesamten Vormittag über.

Auch während er mit dem kleinen Elion auf dem Rasen jede Menge Spaß hatte. Immer wieder glitt sein Blick hinüber zu Neila, die inmitten der Mondlilien saß und den Boden auflockerte und von Unkraut befreite.

Scheinbar vollkommen entspannt und in ihrer eigenen Welt. Erst vor dem Mittagessen hatte er die Gelegenheit, eine Antwort zu bekommen, als Elion mit Neila kurz nach oben gegangen war und er Aurora auf der Terrasse abfangen konnte. Den Blick auf die Mondlilien gerichtet, fragte er in gedämpftem Tonfall: »Kann es sein, dass sie sie beeinflussen?«

Auroras entspanntes Lächeln wich einer nachdenklichen und ernsten Miene, als sie seinem Blick folgte. »Ich bin mir nicht sicher.«

Raphael stutzte.

»Wie? Wie nicht sicher?«, wiederholte er, als Aurora einige Augenblicke schwieg. »Ich dachte ...«

»Ja, das ist auch so«, unterbrach Aurora ihn mit einem tiefen Seufzer. »Bei Neila ist es anders. Ich kann es nicht genau sagen, ob es jetzt nur ihre Liebe zu Pflanzen ist oder doch mehr dahintersteckt. Andererseits ist sie auch noch keine siebzehn.«

»Tante Vanessa war ein Mensch, oder?«

Aurora nickte langsam.

»Könnte das damit ...«

»Ich weiß es nicht, Raphael. Wir müssen einfach abwarten. Ich werde sie im Auge behalten. Würdest du dich in den nächsten Wochen bitte ein bisschen um Elion kümmern?«

Dieses Versprechen gab Raphael seiner Großtante sehr gern. Er hatte den kleinen Kerl schon jetzt in sein Herz geschlossen. Doch er nahm sich auch vor, zusätzlich ein Auge auf Neila zu haben. Das versprach ein wirklich interessanter Sommer zu werden.

#3

Es war sehr gewöhnungsbedürftig, in einem Himmelbett zu schlafen, ein eigenes Bad zu haben und jeden Tag durch die Korridore eines alten Schlosses zu gehen, welche wunderschöne Portraits, Gemälde oder Wandteppichen zierten. Oder aber auf einer weitläufigen Terrasse mit einzigartigem Ausblick zu frühstücken und doppelt so viele Personen um sich zu haben, wie sie es gewohnt war. Neila bekam sehr schnell das Gefühl, in einem Hotel zu leben, in dem man sich um nichts zu kümmern brauchte. Zu bestimmten Zeiten stand reichlich leckeres Essen auf dem Tisch, und man musste kein Geschirr spülen oder Wäsche waschen.

Etwas, das bei Neila mit der Zeit wieder einmal dieses unbehagliche Gefühl in ihr wachsen ließ. Sie besänftigte es damit, dass sie Aurora und dem vierköpfigen Gärtnerteam um den schmächtigen Karl half, wo sie nur konnte. Anfangs war auch Elion noch häufig um sie herum, doch kaum hatte Raphael ihm einmal sein altes Baumhaus gezeigt, sah sie ihren kleinen Bruder fast nur noch beim Essen. Je mehr Zeit er mit ihrem Cousin verbrachte, desto mehr kam der fröhliche Junge in ihm hervor, und desto weniger kam er weinend in der Nacht zu ihr ins Bett geschlüpft.

Neila merkte schnell, dass es ihr selbst guttat, sich nun mehr mit sich beschäftigen und sich wieder aufrappeln zu können. War sie nach ihrer Ankunft lieber allein und für sich geblieben, zwang sie sich nach zwei Wochen dazu, auf die Menschen in ihrem neuen Umfeld mehr einzugehen und sie näher kennenzulernen. Angefangen bei Aurora, Karl und Melina.

Ihre Cousine war ihr auf Anhieb sympathisch gewesen. Schon allein, weil sie wie sie selbst nicht ganz in diese vornehme Umgebung passte. Nicht nur mit ihren blauen Strähnen in den dunkelbraunen Haaren, ihrem schrillem Style und dem fantasievollen Tattoo seitlich ihres Unterbauchs stach sie heraus, sondern auch mit ihrer ganzen direkten, schlagfertigen und fröhlichen Art. Melina war in Neilas Augen ein typischer Teenager, der sich in erster Linie um nichts zu sorgen brauchte und einfach Spaß haben konnte. Das machte sie zur perfekten Ablenkung für Neila. Melina war zudem die einzige Person, die ihre Eltern nicht gekannt hatte, und das machte es noch einfacher, mit ihr zusammen zu sein.

Bei ihr konnte Neila die letzten Monate immer mehr vergessen. Ganz anders bei ihrer Tante, die Elion nur Tante C nannte, weil er Cecilia nicht richtig aussprechen konnte. Jedes Mal, wenn Neila sie sah, musste sie sofort an ihren Vater denken und sich fragen, was damals zwischen ihm und ihr passiert war, dass der Kontakt vollkommen abgebrochen war. Aber schon wie Michael und Aurora gab Tante C auf diese Frage nur eine vage Antwort, ehe sie rasch das Weite suchte.

Im Gegensatz zu den anderen jedoch merkte man ihr die Trauer deutlich an. Noch ein Punkt, warum Neila ihre Gegenwart zunächst mied. Etwas, das nicht schwierig war, denn etwa vier Tage nach ihrer Ankunft musste Tante C auch schon wieder für eine Woche weg, um irgendein Event in Köln voranzubringen. So wie Michael bekam Neila sie nur an dem ein oder anderen Tag zu Gesicht. Und jedes Mal sah sie aus wie aus einem Modekatalog entsprungen. Jedes Haar saß, das Make-up war perfekt und sehr dezent, und ihr schlanker Körper steckte in einem femininen und sehr buisnessmäßigen Outfit, wobei Neila sie in keinem zweimal sah. Laut Melina hatte sie eine große Leidenschaft für Klamotten, womit vor allem Raphael sie gerne aufzog.

Von ihrem Cousin bekam sie am wenigsten mit. Trotz alledem verstand sie sich mit ihm am besten. Sie waren auf Anhieb auf der gleichen Wellenlänge. Schon allein für das, was er mit Elion machte und ihn so von seiner Trauer ablenkte, war sie ihm unheimlich verbunden und sehr dankbar. In ihren Augen war er einfach nur klasse.

Und, was sich Neila irgendwann eingestehen musste, er sah nicht schlecht aus. Raphael war nicht zu durchtrainiert, dass man all seine Muskeln sehen konnte, und machte dennoch mit seiner sportlichen Figur einen guten Eindruck.

Dazu kam der verwegene Haarschnitt der braunen Haare, ein Lachen, das Prince Charming vor Neid erblassen lassen würde, und Augen in der Farbe von Zartbitterschokolade. Jedes Mal, wenn sie seinem Blick begegnete, musste sie unwillkürlich lächeln, egal, wie es ihr gerade ging. Raphael strahlte einfach eine unglaubliche Wärme aus, sodass man sich in seiner Nähe nur wohlfühlen konnte.

Während er seine Zeit mit Elion an dem mysteriösen Baumhaus verbrachte, wo Mädchen keinen Zutritt hatten, war Neila mit Melina im Garten oder, als das Wetter Mitte August schlechter wurde, hauptsächlich im Schloss. Melina traf sich hin und wieder mit alten Freunden in der Stadt, aber Neila wies ihre Einladung mitzukommen immer wieder ab.

Für mehr Menschen, Kino, Shoppen oder andere Dinge war sie einfach nicht zu haben. Ihr gefiel es, ihre Hände in Erde zu stecken, das Schloss zu erkunden, sich die vielen Kunstwerke anzusehen, in der Bibliothek zu stöbern oder aber auf diesem Abhang zwischen den Mondlilien zu sitzen und einfach in den Himmel zu starren oder dabei Raphael und Elion beim Fußballspielen zuzusehen. Melina war schließlich immer öfters bei ihr und unterhielt sie mit ihren Erzählungen aus Amerika, zeichnete, während Neila las, oder ging ihrem allerliebsten Hobby nach, dem Fotografieren.

Ende August erreichte schließlich Tante C, was Aurora seit Wochen vergeblich versucht hatte. Sie überredete Neila zu einem gemeinsamen Ausflug. Beziehungsweise war es Elion, dem sie vorher einiges über den Tierpark in München erzählt hatte, sodass ihr kleiner Bruder hin und weg war und seinen Hundeblick einsetzte. Ihm zuliebe kam sie mit, doch wirklich wohl fühlte sie sich anfangs nicht. Aber mit Hilfe von Elion, Melina, Raphael und Tante C wurde es dann immer mehr zu einem schönen Tag.

Einem Tag, von dem sie ihrer Mom am liebsten erzählt hätte. Kaum zurück in ihrem Zimmer, liefen die ersten Tränen über ihr Gesicht, die sie während der Rückfahrt eisern zurückgehalten hatte. Der Schmerz, den sie in den letzten Wochen so gut bekämpft hatte, kehrte mit einer Wucht zurück, dass sie es nicht mehr auf den Beinen hielt und sie an der Tür herunterrutschte.

Es gab so vieles, was Neila ihrer Mutter jetzt gerne sagen, ihr erzählen oder sie fragen wollte. Aber das konnte sie nicht. Ihre Mom hätte mit ihnen diesen Ausflug machen sollen. Sie hätte es sein müssen, die ihnen davon erzählte, dass ihr Dad noch eine Familie hatte. Sie sollte einfach hier bei ihr sein.

Neila weinte haltlos, unfähig, etwas anderes zu tun oder an etwas anderes zu denken als an ihre Mom. Bis die Sehnsucht nach ihr nicht länger zu ertragen war und sie das Gefühl hatte, dass die Wände ihres Zimmers immer näher kamen und sie zu ersticken drohten.

Zittrig stand sie auf, eilte, ohne nach rechts oder links zu schauen und ohne klares Ziel vor Augen, die dunklen Korridore entlang.

Als die kühle Nachtbrise über ihr erhitztes Gesicht strich und sie leicht frösteln ließ, sah sie auf. Sofort wurde sie ruhiger. Der einzigartige und wunderschöne Anblick der Mondlilien hatte in diesem Augenblick etwas Tröstliches. Es war beinahe so, als würden sie diese Blumen rufen, um ihr zu helfen. Neila ließ sich wieder zwischen ihnen nieder, schlang die Arme um die angezogenen Knie und weinte einfach weiter.

Diesmal nicht allein.

Es war Irrsinn, aber Neila glaubte in diesem Moment tatsächlich, dass diese Blumen mit ihr mitweinten und um ihre Mom trauerten. Das Gefühl, nicht allein mit diesem Schmerz zu sein, half. So wie die kühle Nachtluft und der einnehmende blumige Geruch der Mondlilien. Und er.

Wie aus dem Nichts war er plötzlich neben ihr.

Neila zuckte noch nicht einmal zusammen, als er ihr so unvermittelt etwas Warmes über die Schulter legte und etwas sagte. Sie reagierte im ersten Moment nicht, doch dann hob sie den Kopf.

Augen aus flüssiger Zartbitterschokolade bohrten sich in ihre und ließen die Zeit um sie still stehen. In ihnen lag kein Mitleid, sondern ehrliche Sorge und tiefes Verständnis. Der Knoten in ihrer Brust löste sich unter diesem warmen Blick langsam auf und ließ sie aufschluchzen, aber auch lächeln.

Seine Nähe war genau das, was sie unwissentlich gebraucht zu haben schien. Der Schmerz, die Leere in ihrer Brust, die Trauer und die Sehnsucht schwanden.

Urplötzlich versiegten die Tränen. Sie rang nach Luft, als ein unbeschreibliches Gefühl wie ein Blitzschlag durch sie fuhr und ihren Körper unter Strom setzte. Alles um sie war totenstill, sodass sie ihr pochendes Herz klar und deutlich hören konnte. Und seines. Sie wusste nicht, was gerade mit ihr passierte, nur, dass er der Grund war, warum sie auf einmal das Gefühl hatte, mit der Scheiße in ihrem Leben fertig werden zu können.

Er und seine große, zarte Hand an ihrer Wange waren der Grund, warum ihr Herz schneller schlug, ihr Körper unter Strom stand und sie vollkommen losgelöst von ihrer Trauer war. Es gab nur ihn, seine Hand und seinen warmen Atem, der über ihr Gesicht strich und sie genüsslich die Augen schließen ließ. Der Griff an ihrer Wange verstärkte sich.

Sämtliche Härchen stellten sich auf.

Er war ganz nah.

Neila fuhr hoch. Ihr Herz hämmerte lautstark und aufgeregt gegen ihre Brust. Im ersten Moment wusste Neila nicht, wo sie war. Doch dann erspähte sie den Stapel Umzugskartons auf der gegenüberliegenden Seite neben der großen Flügeltür ihres Zimmers.

»Nur ein Traum ...« Neila stieß schwer atmend die Luft aus, als sie sich bewusst wurde, dass sie in ihrem Bett lag und nicht draußen zwischen den Mondlilien saß. Zudem bemerkte sie, dass durch die Spalten der schweren Vorhänge bereits Sonnenlicht hereinschien. Es war Morgen und alles nur ein Traum gewesen. Nur warum erinnerte sich Neila nicht daran, wie sie ins Bett gegangen war?

Oder warum zum Teufel hatte sie nicht ihren Schlafanzug angezogen, und wann hatte sie sich die Schuhe ausgezogen?

Warum hatte sie immer noch den Duft der Mondlilien und von etwas Erdigem in der Nase, so als wäre sie noch immer dort in ihrem Traum und bei ihm?

Warum war ihr so, als würde sie seine Hand noch an ihrer Wange spüren?

So einen realistischen Traum hatte sie noch nie in ihrem Leben gehabt. Als ihr Verstand so langsam aus diesem seltsamen Zustand auftauchte, begann Neila sich immer mehr über sich selbst zu wundern.

Raphael? Echt jetzt? Sie träumte von ihm?

Gut, er sah wirklich nicht schlecht aus, aber hallo, er war ihr Cousin! Gut, rein theoretisch würde das doch schon gehen, wenn sie sich da nicht täuschte, aber es war trotzdem seltsam und verwirrend. Wenn nicht sogar etwas beängstigend. Zum einen war er so gar nicht wie ihre Ex-freunde, zum anderen kannte sie ihn doch kaum.

Sie weigerte sich strikt, auf die leise, kleine Stimme in ihrem Kopf zu hören, die »Was nicht ist, kann ja noch werden« flüsterte. Es war alles nur ein Traum gewesen und nichts weiter als Hirngespinste. Oder?

Irgendwie wurde Neila das Gefühl nicht los, dass hier etwas nicht stimmte. Ihr Blick glitt durch das halbdunkle Zimmer, in dem sie seit über einem Monat wohnte.

Das Himmelbett mit den runden Pfosten und dem Himmel aus einem leichten weißen Stoff stand im Zentrum. Rechts war die Flügeltür und links – neben dem hohen, breiten Schrank, in dem sich noch immer die Umzugskartons und ihr Koffer befanden – die kleinere Tür ins Badezimmer aus cremefarbenen Fliesen. Gegenüber dem Bett befand sich ein kleiner Schminktisch und in der rechten Ecke ein breiter Zweisitzer mit einem Regal. Alles hatte einen sehr alten, antiken Stil, was Neila überraschenderweise sogar gefiel. Und alles wirkte so wie immer.

Neila beschloss, sich nicht länger verrücktzumachen und mit einem heißen Bad erst einmal runterzukommen und Kraft für den Tag zu tanken.

Schon beim gemeinsamen Frühstück mit dem Rest der Familie kehrte dieses unbestimmte Gefühl zurück, dass hier irgendetwas Merkwürdiges vor sich ging.

Jedenfalls fühlte sie sich anders. Aufmerksamer ihrer Umgebung gegenüber. So fiel ihr schon an diesem Morgen auf, dass alle, außer Elion und Melina, ihr immer wieder einen kurzen Blick zuwarfen. Bei Raphael merkte sie es am deutlichsten. Wenn er sie ansah, lag in seinem Blick eindeutig eine Frage, über die er scheinbar angestrengt nachzudenken schien. Wenn Neila sich nicht täuschte, war das bei Tante C, Aurora und selbst Michael, der jetzt auf einmal häufiger als vorher in Traunstein war, ebenfalls so.

In den folgenden Tagen konnte Neila das noch als Hirngespinst abtun, doch mit jedem Tag wurden diese kurzen, schnellen Blicke immer deutlicher und vor allem immer ernster. Außerdem tauchte immer einer von ihnen alle Stunde unter einem Vorwand auf, so als wollten sie Neila im Auge behalten oder kontrollieren, was sie gerade machte.

Das zu ignorieren, wurde schon schwieriger. Noch mehr, als Neila das Gefühl hatte, dass, sobald sie irgendwohin ging, einer der Erwachsenen per Zufall auch dort war. Der Einzige, der bei dieser Sache nicht mitzumachen schien, war der Graf. Ihn sah sie zum Glück nur bei den Mahlzeiten, und das reichte ihr an finsteren und abschätzigen Blicken vollkommen.

Ein paar Tage vor ihrem siebzehnten Geburtstag wurden aus diesen abschätzigen Blicken des Grafen plötzlich die gleichen merkwürdigen, nachdenklichen, ja beinahe erwartungsvollen wie bei allen anderen.

Es war, als würden sie darauf warten, dass Neila explodierte oder sich in ein Monster verwandelte. Das Ganze machte sie nervös und hibbelig. Sogar so sehr, dass sie sich einbildete, seltsame Musik zu hören, wenn es totenstill um sie war.

»Okay!« Sie hielt Melina fest, als sie auf dem Rückweg vom Abendessen in ihre Zimmer waren. Elion war schon vorausgelaufen. »Warum starren mich die anderen so komisch an?«

Melina hob fragend eine Augenbraue, doch ihr kurzer Blick über ihre Schulter hatte sie verraten.

»Du weißt, wovon ich rede Mel. Verkauf mich nicht für dumm!«

Melinas Mundwinkel zuckten leicht. »Das tu ich auch nicht. Dumm bist du bestimmt nicht. Vielleicht ein bisschen paranoid. Sie schauen dich an, weil sie sich fragen, was sie dir zum Geburtstag schenken sollen.«

Jetzt war es an Neila, die Augenbrauen zu heben. Nie und nimmer!

»Aber klar doch! Das geht doch schon seit fast zwei Wochen so! Was geht hier ab?«, wollte sie leicht genervt wissen und rückte ihrer Cousine auf die Pelle.

Melinas Blick wurde ernst. »Das ist mein Ernst, Neila. Der 17. Geburtstag ist in dieser Familie etwas ganz Besonderes. Das letzte Jahr, bevor man volljährig ist«, fügte sie mit gespieltem Ernst hinzu, ehe sie weitererklärte: »Es ist Tradition zu diesem Geburtstag, denjenigen mit etwas Besonderem zu überraschen, damit er sein letztes Jahr als Kind ...« Melina verdrehte bei diesem Wort die Augen und machte Anführungszeichen in die Luft. »... richtig ausleben kann, ehe er Verantwortung als Erwachsener tragen muss oder so. Bei Raphael war es eine Riesenfaschingsparty mit allem Drum und Dran und ein zweiwöchiger Trip nach Singapur für ihn und vier

Freunde. Oder war es Japan? Ich weiß nicht mehr genau.«

Melina zuckte gleichgültig mit den Schultern, ehe sie mit ernster Miene fortfuhr:

»Du hast vor Kurzem erst deine Mom verloren, Neila, beziehungsweise hast du das Schloss erst einmal verlassen, seit du hier bist. Sie glauben, dass es für eine Party wohl zu früh wäre. Und sie haben auch gemerkt, wie unwohl du dich mit diesem Reichtum fühlst. Deshalb überlegen sie und ich auch, was wir dir schenken könnten. Das ist wirklich alles.«

Neila sah ihre Cousine an, und die hielt ihrem prüfenden Blick stand. Diese Traditionssache klang zwar mehr als schwammig, doch dass Melina ihr so krass ins Gesicht log, konnte sie sich auch nicht vorstellen. Außerdem, was sollte es auch anderes geben?

Sie stieß einen tiefen Seufzer aus. Es war offiziell. Sie verlor wirklich gerade den Verstand.

»Das Wort ›Tradition‹ fällt in dieser Familie ziemlich oft. Ist dir das mal aufgefallen?«

Melina sah sie entgeistert an. »Das fällt dir erst jetzt auf?! Es war eines der ersten Worte, die ich zu hören bekommen hab, als ich auf die Welt kam.«

Neila stieß ein Lachen aus. Sie wollte schon etwas erwidern, als die Stimme von Tante C hinter ihnen ertönte:

»Melina, Neila!« Sie stand am anderen Ende des Korridors, woher sie gerade gekommen waren, ein breites Lächeln auf den Lippen. Wie ein Model auf dem Laufsteg kam sie zügig auf sie zu. »Ich hab mir morgen Nachmittag freigenommen, um mit Elion einkaufen zu gehen.

Der Kindergarten fängt nächste Woche an, und die meisten seiner Herbstklamotten sind ihm zu klein. Warum kommt ihr beiden nicht mit und holt euch ebenfalls etwas für die neue Schule?«

Neila sah zu Melina, die nur mit den Achseln zuckte. Vielleicht war es jetzt wirklich an der Zeit, mehr rauszukommen und sich unter Leute zu mischen. Ihre Mom hätte sicherlich nicht gewollt, dass sie sich hier versteckte. Sie nickte entschlossen, und Tante Cs Lächeln wurde prompt noch breiter. »Gut, ich mach dann auch gleich für euch beide einen Friseurtermin aus.«

»Mom!«, protestierte Melina genervt, doch ihre Mutter hob nur kopfschüttelnd die Hand.

»Es reicht! Es ist mir egal, wie du in Amerika herumgelaufen bist. Aber auf dieser Schule gelten andere Maßstäbe, Fräulein. Es sind doch nur drei Jahre, danach kannst du machen, was du willst.« Damit machte sie auf dem Absatz kehrt und verschwand in einem Seitengang.

»Ich dachte, wir gehen auf eine normale Schule?«, fragte Neila und folgte der wutschnaubenden Melina zu ihren Zimmern.

Ihre Cousine fluchte lautstark vor sich hin und antwortete erst, als sie die Tür zu ihrem Zimmer aufgestoßen hatte, das sich im selben Korridor wie Neilas und Elions befand.

»Ist eine Privatschule mit Internat. Für Kinder von Bankdirektoren, Präsidenten von irgendwelchen Unternehmen oder sonstigen reichen Familien. Und natürlich international. Eine Schule mit ... rate!«

»Traditionen. Lass mich noch mal raten!«, erwiderte Neila und schmiss sich neben sie auf das Sofa.

»Jeder aus der Familie war auf dieser Schule?«

»Alle. Der Großvater des Grafen hat sie gegründet« Melina verdrehte die Augen.

»Es ist so eine Eliteschule, die nur eine Ober-stufe hat. Man soll dort gezielt und intensiv aufs Abi vorbereitet werde. Damit die reichen Kids auch ja gute Noten schreiben und das Ansehen ihrer Familien nicht beschmutzen. Allerdings können dort auch Normale

...« – Melina zeichnete Anführungszeichen in die Luft und verdrehte gleichzeitig die Augen – »... hin. Die müssen eine Aufnahmeprüfung bestehen und können dann dort zur Schule gehen. Auch die Externen genannt, weil sie nicht im Internat wohnen.«

»Okay«, meinte Neila langsam. »Jetzt hab ich erst recht keine Lust auf Schule.«

»Zum Glück haben wir ja noch über eine Woche.«

#4

»Ich mag aber nicht shoppen gehen«, murrte Elion am nächsten Tag, als sie nach dem Mittagessen in den silbernen BMW ihrer Tante stiegen. »Ich will zum Baumhaus. Mit Raphi.«

»Du brauchst aber ein paar Klamotten«, erwiderte Neila geduldig, während sie ihn in seinem Kindersitz anschnallte. »Oder willst du nackt in den neuen Kindergarten gehen?«

Elion verschränkte die Arme vor der Brust und zog einen Schmollmund. Schließlich schüttelte er jedoch verdrießlich den Kopf. Neila wollte gerade um den Wagen gehen, um einzusteigen, als die Stimme von Michael sie zurückhielt.

»Hier.«

Verdutzt starrte sie auf die glänzende, schwarze Kreditkarte der Schwarzbach-International-Bank in seiner Hand, auf der in Großbuchstaben »Neila von Schwarzbach« geschrieben stand.

»Eure neuen Ausweise kommen diese Woche. Ach, und schau doch bitte auch nach einem Handy. Simkarte hab ich schon. Du wirst ein funktionierendes brauchen, wenn die Schule anfängt.«

»Du meinst, damit mich die anderen Kinder nicht hänseln, weil ich noch ein altes Nokia habe, das total out ist?«

Onkel Michael lächelte und drückte ihr die Kreditkarte in die Hand. »Oder weil ich sicher sein will, dass du jemanden erreichen kannst, falls etwas ist.«

Neila biss sich auf die Unterlippe. Damit hatte er nicht unrecht. Sie hatte sich schon seit zwei Jahren ein neues Handy gewünscht. Der Akku von ihrem war inzwischen kaputt und leerte sich innerhalb einer Stunde.

»Irgendein bestimmtes Modell oder ein Preislimit?«, fragte sie.

»Die Kreditkarte hat kein Limit, und bei dem Modell wird dir bestimmt Melina helfen können.«

Ohne ein weiteres Wort machte er auf dem Absatz kehrt und verschwand im Schloss, ehe Neila ihre Sprache wiederfand. Wie in Trance starrte sie während der ganzen Fahrt auf ihre neue Kreditkarte ohne Limit. Das Gefühl, so viel Geld ausgeben zu können, wie sie wollte, war aufregend und beängstigend zu gleich.

So etwas kannte sie nicht. Und schon gar nicht, nachdem ihr Vater gestorben war. Ab dem Zeitpunkt hatten sie sparen müssen, da ihre Mutter als Ärztin gerade gut genug verdiente, um das Nötigste kaufen zu können.

Als das Auto plötzlich hielt und die Vordertüren aufgingen, sah sie verdutzt auf. Sie waren in einer Tiefgarage und ihre Tante und Cousine stiegen bereits aus.

»Vorschlag«, meinte Tante C, die Elion an die Hand genommen hatte. »Ich geh mit Elion ein paar Klamotten einkaufen, und ihr beide könnt allein losziehen.«

Sie ging in die Hocke, um mit dem Kleinen auf Augenhöhe zu reden. »Es wird ganz schnell gehen, versprochen. Und danach können wir gerne dahin gehen, wo du hinwillst. Eisdiele, Computerladen oder Spielzeuggeschäft.«

»Au ja!« Die Miene von Elion hellte sich schlagartig auf. Dann wandte er sich an Neila.

»Kann ich mit Tante C gehen?«

Neila schmunzelte und nickte ihm zu. Schließlich machten sie sich auf und fuhren in einem Aufzug nach oben in das Einkaufszentrum.

»Und denkt daran ...«, trällerte ihre Tante, als sie ausstiegen. »Um fünf seid ihr bitte beim Beautyshop in der ersten Etage. Bis dann.«

»Beautyshop?« Melina zog Neila in die andere Richtung davon. »Ich dachte nur Friseur?«

»Tja, das dachte ich auch. Bis sich Marie heute Morgen verplappert hat. Denn anscheinend sollen wir beide zu dem Wohltätigkeitsball am Freitag.«

»Ein Ball?«, rief Neila ungläubig aus. »Und warum fragen sie uns da nicht einfach?«

»Fragen werden sie uns gar nicht, Nel«, erwiderte Melina seufzend. »Es ist Pflicht. Außerdem plant Mom den jedes Jahr zusammen mit Aurora und ihrem Wohltätigkeitskomitee. Bisher war ich zu jung dafür, aber jetzt mit fast siebzehn gilt die Ausrede wohl nicht mehr. Ich nehm an, sie wollen uns überraschen, so wie es Aurora mit Mom gemacht hat, als sie zum ersten Mal hingehen durfte. Meine Mom liebt solche Veranstaltungen.«

»Das heißt, sie putzt uns jetzt für diesen Ball heraus, damit das Image der reichen, tollen Familie aufrechterhalten wird, oder?«

»Jep. Besser hätte ich es nicht ausdrücken können.«

»Soll das heißen, wir müssen jetzt Ballkleider kaufen?«

Melina schüttelte lachend den Kopf. »Mom überlässt nichts dem Zufall. Deshalb hat sie längst unsere Outfits zusammen. Aber heute geht es nur um deinen und meinen Modegeschmack. Sie kann uns vielleicht sagen, wie wir die Haare haben sollen, aber was meine Klamotten angeht, bin ich eigen.«

Neila hatte am Anfang darauf gewettet, dass Melina sie in die Markenläden, wie Gucci oder Dolce, schleifen würde, doch da hatte sie sich gewaltig geirrt. Denn wie sich herausstellte, hatte Melina einen Hang zu allem, was ihr gefiel. Egal, welche Marke es war. Anfangs war Neila ein wenig befangen wegen des bevorstehenden Balls in zwei Tagen, doch schließlich kam der lang vergrabene Teenager in ihr hervor.

Mit ihrer Cousine zu schoppen, war so viel einfacher, als mit ihrer Mom an manchen Tagen. Ihre Mom hatte ihr alles Mögliche herausgesucht, manchmal auch wirklich coole Sachen, doch Neila liebte es, selbst durch die Geschäfte zu schlendern und sich die neusten Trends anzusehen. Schließlich vergaß sie alles andere um sich herum und kaufte fleißig ein.

Jeans, bunte Hosen mit den passenden Oberteilen . Dazu eine schicke Lederjacke in Schwarz sowie Sneakers, Halbschuhe mit leichtem Absatz und ein paar Stiefel. Außerdem verliebte sie sich in ein einfaches Outfit, bestehend aus einem Jeansrock, einer gemusterten schwarzen Strumpfhose und einem lässigen Longshirt.

Nachdem sie ihre großen Einkaufstüten mithilfe des Ersatzschlüssels ins Auto geschafft hatten, kümmerten sie sich schließlich um Neilas neues Handy. Melina und der Verkäufer waren ihr bei der großen Auswahl eine Hilfe. Aber sie hatte bereits ein bestimmtes Handy im Hinterkopf, auch wenn es alle anderen hatten.

Melina grinste, als sie ihre Entscheidung verkündete und der Verkäufer die Glasvitrine aufschloss, um das weiße Päckchen herauszuholen.

»Die ganze Familie hat einen Apple-Tick«, meinte sie lachend, als sie an der Kasse anstanden. »Das ...« Sie deutete auf das schwarze iPhone 5 in Neilas Hand. »... ist der endgültige Beweis, dass du zu uns gehörst.«

Neila lachte ebenfalls und zückte ihre Kreditkarte, während sie vergebens versuchte, nicht auf den Preis zu schauen.

»Wir haben noch eine halbe Stunde«, meinte ihre Cousine und schob ihr eigenes iPhone in die Hosentasche zurück.

»Ich bräuchte noch eine Schultasche«, warf Neila ein. »Mein Rucksack ist letztens gerissen.«

Melina nickte und hakte sich bei ihr unter.

»Schicke Taschen, meine Damen«, begrüßte sie Tante C einige Zeit später, als sie den hell erleuchteten Empfangsraum von Beauty4Ever betraten.

Neben einem gemütlichen Wartebereich mit Espressomaschine gab es noch den Empfangstresen. Alles war in Weiß und ruhigen Orange- und Gelbtönen gehalten und wirkte sehr professionell.

»Danke. Uns auch«, erwiderte Melina grinsend und präsentierte stolz ihre bordeauxrote Tasche, mit einem mystischen schwarzen Muster. Neila hatte eine ähnliche. Nur war ihre eine Umhängetasche und dunkelblau.

»Wo ist Elion?«, fragte Neila.

»Ich hab ihn und eure Einkäufe schon nach Hause gefahren. Er hat sich sofort Raphael geschnappt. Also Ladys. Habt ihr bestimmte Wünsche? Massage? Maniküre, Pediküre, Waxing?«

»Massage und Maniküre klingt nicht schlecht«, meinte Melina und sah Neila an, die nur mit den Schultern zuckte.

»Ich hab so was noch nie gemacht.«

Tante C lächelte sie aufmunternd an und führte sie zu der Empfangsdame. »Jana. Zusätzlich zum Friseur einmal Maniküre und Massage für uns.«

»Sicher, Frau von Schwarzbach. Man erwartet Sie bereits. Wenn Sie mir bitte folgen würden!«

Die Model-Frau mit den blonden Haaren und dem aufgesetzten Lächeln führte sie durch eine Tür, von wo aus es in einen breiten Gang ging, der leicht abgedunkelt war. Schließlich kamen sie an eine Tür, hinter der man das Geräusch eines Föhns hören konnte.

Der moderne Friseursalon war wie jeder andere. Nur, dass man in den anderen, während einem die Haare gewaschen und getönt wurden, keine Gesichtsbehandlung und frische Smoothies serviert bekam. Zumindest nicht in denen, die Neila bisher aufgesucht hatte. Anfangs fühlte sie sich etwas unsicher, weil sie nicht wusste, was auf sie zukam, aber nachdem sie mit Tante C und der Friseurin eine Haarfarbe ausgesucht hatte, fing es an, ihr richtig Spaß zu machen. Selbst der Small Talk mit den Frauen um sie herum gefiel ihr.

Während die eine ihre Haare mit der Paste beschmierte, zupfte die andere ihre Augenbrauen und begann ihr Gesicht mit diversen Mitteln zu behandeln. Schließlich kam ein kleiner Mann, der ganz offensichtlich schwul war, um ihre Nägel zu bearbeiten. Er brachte sie und Melina neben ihr mit seinen Geschichten über Stars und Sternchen zum Lachen. Vor allem, wenn er die Stimme verstellte und einen von ihnen nachmachte. Die meisten Namen, die er nannte, kannte Neila nicht, aber Melina klärte sie dann ganz schnell auf.

Schließlich waren die Nägel perfekt gefeilt und in einem neutralen Ton lackiert, ebenso ihre nun rabenschwarzen Haare auf Schulterlänge gekürzt und mit einer einfachen Klammer hochgesteckt, sodass sie bereit für ihre Massage war. Dabei – in einem kleinen,

abgedunkelten Raum, in dem es nach Lavendel roch –
ließ sich Neila endgültig fallen, sodass sie beinahe
eingedöst wäre.

»Neila?« Tante C streckte gerade den Kopf zur Tür
herein, als sie sich wieder ihren BH anzog.

»Was hältst du davon, wenn wir noch schick essen
gehen?«

»Schick?«, fragte Neila vorsichtig. Sie ahnte es
bereits.

Tante C kam herein. In der Hand eine Einkaufs-
tüte von Gucci. »Probierst du es an? Aber du musst
nicht. Ich weiß, wie verwirrend und seltsam das am
Anfang ist. Ich war zehn, als meine Eltern starben und
wir zu Aurora und dem Grafen kamen. Ständig hatte
man das Gefühl, sich zu kostümieren, um den anderen
zu gefallen.«

»Das trifft es sehr gut«, murmelte Neila.

»Der Trick ...«, meinte ihre Tante und stellte die
Tüte auf dem Massagetisch ab, »... besteht darin, das
Kostüm zu finden, das einen selbst zeigt.«

Neilas Magen kribbelte vor Aufregung, als ihre
Tante in die Tüte griff. Zum Vorschein kam ein nacht-
blaues Cocktailkleid. Schlicht und einfach mit zwei
breiten Trägern und einem schwarzen Gürtel um die
Taille.

»Ich hoffe, du bist mir nicht böse ...«, meinte ihre
Tante lächelnd und holte noch etwas Zweites hervor.
»Sie lag oben in der Tüte.« Es war ihre neue schwarze
Lederjacke.

»Woher wusstest du, dass sie mir und nicht Mel
gehört?«

Ihre Tante grinste breit. »Ich kenne meine Tochter.
Lederjacken sind nicht ihr Ding.« Neila erwiderte das
Lächeln.

»Ist das ein Ja?«

Sie nickte, und Tante C strahlte sie an. Dann holte
sie noch ein paar schwarze Schuhe mit Absatz heraus

und verschwand aus dem Raum, damit sich Neila umziehen konnte. Ihre Tante hatte ihre Größe sehr gut geschätzt. Es passte wie angegossen und fühlte sich toll auf der Haut an. Dank der blickdichten, schwarzen Strumpfhose musste sie sich auch keine Gedanken über die Stoppeln an ihren Beinen machen.

Im Salon saß Melina in einem schwarzen Kleid bereits wieder an ihrem Platz und bekam ein Make-up verpasst. Ihre braunen Haare mit den rötlich blonden Highlights waren zu einer lockeren Frisur hochgesteckt.

Auch Neila bekam ein Make-up. Ihre Haare blieben jedoch in leichten Locken offen. Als Feinschliff, wie es Tante C nannte, gab sie ihr dann noch eine passende Handtasche und Schmuck.

Sie selbst steckte in einem hochgeschlossenen Baumwollkleid in Beige und schwarzem Mantel.

»Die Lederjacke steht dir«, meinte Melina, als sie in eine rote Stoffjacke schlüpfte. »Und dieses schwarze Augen-Make-up. Wirklich gut. Deine Augen leuchten dadurch richtig gefährlich.«

Neila warf erneut einen Blick in den Spiegel und lächelte verlegen. Vor dem Tod ihrer Eltern hatte sie manchmal davon geträumt, wie es wäre, komplett gestylt zu werden.

»Meine Mom wollte das mal mit mir machen«, meinte sie leise mehr zu sich, als zu den anderen. »Wenn du älter bist, machen wir beide einen Beautytag mit allem Drum und Dran.« Das hat sie immer gesagt.«

»Sie hätte dir bestimmt das Gleiche gesagt wie ich jetzt.« Tante C trat hinter sie. »Du siehst wie eine junge Frau aus. Schön und stark. Sie wäre bestimmt sehr stolz auf dich. Nur Gregory hätte gesagt, dass du noch zu jung für so ein Kleid seist.«

Neila musste lächeln, denn das klang wirklich nach ihrem Dad.

#5

Raphael parkte den dunkelblauen Audi A8 auf dem Parkplatz des »Cottura«.

»Fährt sich klasse.« Er sah zu seinem Onkel, der bereits die Tür aufgemacht hatte und ausstieg, und tat es ihm nach. Das leise Piepen ertönte, als er auf den Schlüssel drückte, während sie über den Parkplatz gingen.

»Vergiss es«, sagte sein Onkel als er wohl seinen sehnsüchtigen Blick sah. »Er gehört mir.«

Raphael lachte leise und ging zu dem erleuchteten Eingang des Restaurants. »Du hast jetzt Kinder. Sollte da nicht eigentlich ein Combi her.«

»Dann nehm ich mir den X1 von deiner Mutter oder den Mercedes.«

»Signore von Schwarzbach, Signore von Schwarzbach. Buonasera«

»Cristiano«, begrüßte Onkel Michael den älteren Italiener am Eingangsschalter des Restaurants. Seit Raphael denken konnte, arbeitete Cristiano Lucio im »Cottura« am Empfang. Wie immer, führte er sie persönlich zu ihrem Tisch, wo nur wenige Minuten später ihr üblicher Kellner mit ihrem Wein kam.

»Im Übrigen ...«, begann sein Onkel, nachdem sie sich eine Weile angeschwiegen hatten.

»Hermann Bieling meint, Liliana freut sich schon sehr, dich wiederzusehen.«

Raphael grinste, als er an die blond gelockte junge Frau dachte, die nach außen hin wie ein braves Mädchen aussah, doch in Wirklichkeit total versaut war. Er musste es wissen, denn immerhin hatte er mit ihr schon einiges erlebt, was ihrem Vater, einem reichen Unternehmer aus der Schweiz, die wenigen Haare zu Berge stehen lassen würde. An ihre gemeinsamen Nächte dachte er immer gern. Doch wirklich offiziell zusammen waren sie nie gewesen. Sie hatten gemeinsam experimentiert und gefeiert. Da war kein Platz für eine Beziehung oder Eifersuchtsdramen gewesen.

»Sie kommt zum Ball«, hörte er seinen Onkel sagen, was ihn zwang, aus seinen Gedanken aufzutauchen. »Und du bist ihr Begleiter.«

Raphael unterdrückte ein Augenverdrehen.

»Wollt ihr uns immer noch verkuppeln?«

»Unterschätze die Macht meines Vaters nicht, Raphael.« Der warnende Unterton ließ Raphael aufhorchen. Früher hatte er sich nichts dabei gedacht, dass seine Familie ihn mit Liliana zusammenbringen wollte. Doch dass sie so fixiert auf sie waren, verhieß nichts Gutes.

»Wir leben im 21. Jahrhundert«, entgegnete er eindringlich. Sein Onkel hob eine Augenbraue.

»Nicht wir. Ich dachte, das wäre dir klar. Es hat auch noch Zeit, so lange kannst du dir die Hörner abstoßen.«

Geschockt ließ sich Raphael zurückfallen und nahm einen großen Schluck Wein auf diesen Schrecken. Er hatte das Ganze als Scherz abgetan und dem keine Beachtung geschenkt. Aber seine Familie scherzte offenbar nicht. Es war ihnen ernst damit.

Ein Prickeln ließ seinen ganzen Körper plötzlich erschauern. Wie von selbst wanderten seine Augen zum Eingang, wo in diesem Moment die Tür aufging.

Die Zeit blieb stehen, während jede Faser von ihm Feuer fing. Ohne die blauen Strähnen hätte er sie nie erkannt, wenn sein Körper nicht genauso reagiert hätte, wie er es seit ihrer ersten Berührung immer tat.

Und mit jedem Mal wurde es schwerer, sich zu beherrschen. Noch dazu, als diese weiß-blauen, katzenartigen Augen ihn quer durch den Raum trafen, wie ein Blitz. Ihr Blickkontakt dauerte nur Sekunden, dann wendete sie sich von ihm ab und denjenigen hinter ihr zu. Aber Raphael konnte das nicht.

Er musste sie anstarren. In diesem Kleid, den Schuhen, der Lederjacke und den glänzend schwarzen Haaren sah sie ... Er wusste nicht, wie er es beschreiben sollte, denn als sexy konnte er sie nicht bezeichnen. Sie war seine fast siebzehnjährige Cousine, verdammt!

Doch trotzdem musste er feststellen, dass sich bereits Gedanken in seinen Kopf schlichen, die dort eigentlich nicht sein sollten. Raphael zwang sich, die Augen zu schließen und den Kopf zu drehen.

Er blendete alles aus und versuchte sich abzukühlen und Neila aus seinen Gedanken zu verbannen. Als er glaubte, zumindest ein wenig die Beherrschung gewahrt zu haben, öffnete er wieder die Augen. Nur um neben sich zwei lange Beine in schwarzer Strumpfhose zu sehen. Wie von selbst glitt sein Blick über den Saum des engen Kleides, über ihre Taille zu ihren üppigen Brüsten, und dahin war es mit seiner Beherrschung.

Wilde Fantasien tauchten in seinem Kopf auf, was er mit diesem Körper alles anstellen wollte. Und am besten sofort.

Raphael zog die Notbremse und krallte beide Händen in seine Oberschenkel, während der Stuhl neben ihm nach hinten gezogen wurde. Am Rande nahm er die Stimmen seiner Mutter und Schwester war, ebenso die Michaels. Sie jedoch war still. Was sie wohl gerade dachte?

Ging es ihr genauso wie ihm? Spürte sie das auch, was auch immer es war?

»Und wie gefällt sie dir?«, fragte seine Schwester auf ihre freche Art. Raphael zwang sich, ihrem Blick zu folgen, und sah Onkel Michael an. Etwas in dessen Blick war anders, seltsam. So etwas hatte er in den fast schwarzen Augen noch nie gesehen, die plötzlich einen Blaustich hatten.

»Sie sieht aus wie ihre Mutter damals, nur mit dunklen Haaren oder?«, warf seine Mutter ein. Ihr Lächeln war wehmütig.

Seine Mom hatte Tante Vanessa geliebt. Raphael erinnerte sich daran, wie die beiden immer zusammen gesessen und gelacht hatten. Er hatte sie nie streiten sehen. Im Gegensatz zu seinem Vater und Onkel Gregory. Erst als er älter wurde, hatte er verstanden, dass sein Onkel wegen der unzähligen Affären seines Vaters so wütend gewesen war. Ebenso, warum seine Mutter nie wirklich um seinen Vater getrauert hatte, als dieser vor sechs Jahren gestorben war. Die Ehe zwischen seinen Eltern war, wie beinahe jede in der Familie, arrangiert gewesen.

Und dieses Schicksal würde ihn auch irgendwann treffen. Ebenso Melina. In dem Punkt hatte Neila wirklich Glück, dass der Graf sie nicht anerkannte. Denn genau er war es, der als Oberhaupt festlegte, wer wen zu heiraten hatte. Sie konnte heiraten, wen sie wollte.

Dieser Gedanke ließ Raphael den ganzen Abend nicht mehr los. Etwas störte ihn daran ganz gewaltig. Und je länger er darüber nachdachte, umso wütender wurde er. Jedes Mal, wenn er dann zu ihr sah, sie lachte oder sich ihre Blicke begegneten, fachte es seine Wut noch mehr an.

»Was beschäftigt dich denn so?«, fragte sein Onkel, als sie wieder ins Auto stiegen. Raphaels Kopf wandte sich augenblicklich wieder zum Beifahrerfenster, von wo aus er Melina, seine Mutter und Neila sehen konnte, die lachend in den roten BMW stiegen.

»Ich will Liliana nicht heiraten«, rutschte es ihm heraus, ohne dass ihm der Sinn dieser Worte bewusst gewesen war.

»Darüber reden wir in zehn Jahren noch mal. Mach dir jetzt keinen Kopf darum.«

Raphael kniff die Lippen zusammen, ehe er noch etwas Unüberlegtes sagen konnte, das er bereuen würde, und nickte einfach nur. Das Erste, was er machen würde, wenn er nach Hause käme, war eiskalt zu duschen, um wieder einen klaren Verstand zu kriegen.

#6

Je näher ihr Geburtstag rückte, desto nervöser wurde sie. Sie ertappte sich selbst, wie ihr Blick immer wieder zu dem Kleiderschrank huschte, wo sich das Päckchen und der Brief befanden. Die Erwartung, bald wieder die wunderschöne Handschrift ihrer Mom zu lesen, ließ sie unruhig in ihrem Zimmer herumlaufen. Sie schaffte es kaum, ruhig beim Essen zu sitzen. Einzig die Tatsache, dass sie an einem Ball teilnehmen sollte, machte sie noch nervöser. Sie hatte keine Ahnung, wie sie sich bei so etwas verhalten sollte. Melina konnte ihr dabei nicht helfen, denn sie fuhr mit ihrer Mutter am Tag nach dem Einkaufsbummel zu Verwandten ihres Vaters, sodass Neila die Zeit allein tot-schlagen musste.

Merkwürdig war jedoch, dass keiner der Bewohner den Ball erwähnte oder ihr sagte, dass sie mitgehen würde. Insgeheim hoffte sie, dass sie es vergessen oder Melina sich geirrt hatte.

Am Nachmittag des besagten Balls, als immer noch niemand ihr etwas gesagt hatte, klappte sie das Buch, in dem sie gerade gelesen hatte, zu und stellte es an seinen Platz in der Bibliothek. Die Korridore waren kühl, und der Regen prasselte laut gegen die hohen Fenster. Sie sah kurz in Elions Zimmer nach, doch ihr Bruder war immer noch mit seiner neuen Spielkonsole beschäftigt und bemerkte sie nicht. Als sie schließlich um die Ecke bog, konnte sie aufgebrachte Stimmen hören.

Langsam näherte Neila sich ihnen. Sie sah, dass die hintere der beiden Türen im Gang ein Spaltbreit offen war. Melinas Zimmertür.

»Das ist jetzt nicht euer Ernst!« Neila zuckte bei Melinas wutentbrannter Stimme zusammen. Ihre Cousine brüllte, sodass wahrscheinlich jeder im Schloss sie hören konnte. Rasch steuerte Neila ihre Zimmertür an. Dieser Streit ging sie nichts an.

Doch da nahm Melina richtig Fahrt auf. Neilas Hand auf der Klinke erstarrte, als ihr Name fiel. »Neila gehört zu uns. Sie ist ein Teil dieser Familie, egal, wer ihre Mutter war. Ich fass es nicht. Vom Grafen hätte ich nichts anderes erwartet. Aber von dir. Du warst ihre beste Freundin, Mom! Wie kannst du zulassen, dass man Neila so ausschließt.«

»Das hat damit überhaupt nichts zu tun«, ertönte Tante Cs Stimme. Neila wurde schlecht und gleichzeitig warm ums Herz, als Melina sich für sie einsetzte.

Die nächsten Worte ihrer Tante verwirrten sie mehr als alles andere. »Neila kann nicht mit auf den Ball, weil es zu gefährlich ist. Sie ist zu beherrscht dafür, dass sie kurz vor dem Erwachen ist. Wir wissen nicht, wann und wie sich die ersten Symptome zeigen werden. Sie in diesem Zustand unter Menschen zu lassen, wäre unverantwortlich.«

»Neila würde nie jemandem wehtun, Mom. Sie jetzt auszuschließen, wird sie noch mehr von uns entfernen, als sie es sowieso schon ist. Der Graf behandelt sie wie eine Aussätzige, Onkel Michael und du, ihr seid kaum da, und wenn, dann versucht ihr, ihr euren Lebensstil aufzuzwingen.«

Nach einem barschen »Melina Leonora Vanessa von Schwarzbach.« verstummte sie jedoch augenblicklich.

»Darüber diskutiere ich nicht mit dir. Solange Neila noch nicht erwacht ist, ist sie eine Gefahr für jeden Menschen. Und jetzt geh dich duschen.«

»Raphael und ich werden den ganzen Abend auf sie aufpassen. Sie nicht aus den Augen lassen«, entgegnete Melina mit flehender Stimme.

Dann wurde es eine Weile still, bis Neilas Tante schließlich sagte: »Deine Sorge um Neila in allen Ehren, Melina. Aber sie kann nicht mit. Du bist noch nicht siebzehn, und Raphael wird mit Liliana zu dem Ball gehen. Und jetzt Schluss.« Langsam drückte Neila die Türklinke nach unten.

Geräuschlos schlüpfte sie in ihr Zimmer und schloss leise die Tür hinter sich. Wie in Trance lief sie zu dem Himmelbett im Zentrum des Raumes, wo sie sich in die Kissen fallen ließ. Keine Sekunde später klopfte es auch schon an der Tür. Neila wusste auch ohne den Parfümgeruch, der hereinwehte, wer es war.

»Kann ich kurz mit dir sprechen?«, fragte Tante C und schloss die Tür. Mit ausdrucksloser Miene setzte Neila sich wieder auf und sah die Frau an, die sie für eine Gefahr für andere hielt. »Heute Abend ist ein Wohltätigkeitsball von Auroras Stiftung.«

»Da muss ich aber nicht hin, oder?«, unterbrach Neila sie rasch und versuchte ihr Gefühlschaos zu verbergen.

»Wenn du nicht willst?« Die Hoffnung in Tante Cs Augen ließ Neilas Wut überkochen. Sie sprang vom Bett.

»Ich will schließlich niemanden verletzen«, fauchte sie gereizt. Die Farbe wich augenblicklich aus Tante Cs Gesicht.

»Du hast uns gehört.«

»War ja nicht zu überhören. Wenn ihr mich nicht dabeihaben wollt, um euer Image als perfekte Familie zu wahren, dann sagt es doch einfach, anstatt irgendwelche haarsträubenden Dinge zu erfinden. Als zu behaupten, ich wäre eine Gefahr für die Menschheit, so als würde ich durchdrehen und mit einem Messer Amok laufen. Ich bin nicht verrückt. Ich habe innerhalb von vier Jahren meine Eltern und meinen älteren Bruder verloren und muss jetzt bei einer Familie leben, der ich offensichtlich nicht gut genug bin und die mich anscheinend für einen gefährlichen Killer hält. Aber denkt von mir aus über mich, was ihr wollt. Nur erfindet nicht irgendwelche Ausreden, warum ich nicht mit zu diesen dämlichen Veranstaltungen soll.«

Ihr ganzer Körper stand unter Strom. Innerlich schien sie wortwörtlich zu kochen. Ihr war heiß. Dennoch war ihre Stimme kalt, wenn auch messerscharf. Neila versuchte sich zu beruhigen. Runterzukommen. Aber das war leichter gesagt als getan. Ihre Tante machte keine Anstalten, etwas zu sagen oder zu tun. Sie sah sie einfach nur an.

Als Neila den Drang verspürte, auf sie loszugehen, erschrak sie innerlich so heftig, dass sie augenblicklich auf dem Absatz kehrtmachte und sich im Bad einschloss.

Angst überschattete ihre Wut mit einem Schlag. Sie stürzte zum Waschbecken und schleuderte sich eine Ladung kaltes Wasser ins Gesicht. Noch mal. Und noch mal. Ihre Tante klopfte an die Tür und rief ihren Namen, doch sie achtete nicht darauf.

Neilas Füße begannen zu zittern. Sie klammerte sich am Becken fest, um nicht zu fallen. Dann sah sie langsam auf.

Panisch, ohne jedoch einen Laut von sich zu geben, wich sie zurück. Sie griff sich an die Brust, wo ihr Herz lautstark hämmerte. Zögerlich ging sie wieder auf den Spiegel zu.

Dunkle, fast schwarze Augen starrten sie erschrocken an, als sie sich, so weit es ging, vorbeugte. Wie, um zu testen, ob das da wirklich sie war, griff sie sich an die Schläfe und strich sich über Augenbraue und Augenlid. Ihr Spiegelbild tat das Gleiche.

Fassungslos glitt sie zu Boden. Erst das Verlangen, ihre Tante anzugreifen, dann plötzlich eine andere Augenfarbe. Sie schlang die Arme um die Knie. Was war nur mit ihr los?

Sie kam sich vor wie in einem Mysteryfilm, in dem sie sich gleich in ein mordlustiges Monster verwandeln würde, das wehrlose Menschen tötete. Eine andere Erklärung gab es hierfür doch auch nicht, oder? Neila hatte noch nie von einem Phänomen gehört, das die Augenfarbe ändern konnte, außer in den Geschichten über übernatürliche Wesen.

Wieder klopfte es an der Tür. Diesmal war es Melinas Stimme. Irgendwann wurde es Neila zu viel, und sie holte ihr iPhone samt Ohrstöpsel aus ihrer Hosentasche heraus. Sie tippte ein paarmal auf das Display, und schon dröhnte laute Musik in ihren Ohren, sodass sie nichts und niemanden mehr hören konnte. Tränen bildeten sich in ihren Augenwinkeln und liefen ihr über die Wange, als sie die Augen schloss.

Wenige Minuten später rollte sie sich auf dem Boden zusammen und schlief ein. Um sie herum wurde es still. Alles war dunkel. Doch sie hatte keine Angst mehr, denn da war diese Melodie. So voller Leidenschaft und Wärme. Es raubte ihr alle Sinne, während sie immer lauter wurde. Sie mehr und mehr einhüllte. Noch nie zuvor hatte sie so etwas Außergewöhnliches gehört. Es bestand nicht aus Klängen von Instrumenten. Noch aus irgendetwas anderem, was sie kannte.

Moment.

Dieses wohlige Gefühl in jedem Zentimeter ihres Körpers kannte sie. Sie kannte diese Melodie. Und da war plötzlich eine andere, die sich dazumischte. Es klang fast wie »Hollywood Hills« von Sunrise Avenue.

Neila öffnete die Augen und blinzelte in das blinkende Licht, das ihr ins Gesicht schien. Langsam setzte sie sich auf und nahm ihr Handy in die Hand, das lautstark »Hollywood Hills« von sich gab. Auf dem Display in einem rechteckigen Feld unter der Uhrzeit stand »Mamas Brief«.

Verwirrt blinzelte Neila und sah zu der Badezimmertür, die nun offen stand. In ihrem Zimmer brannte kein Licht. Irgendjemand hatte sie offenbar ins Bett gelegt.

Neila strich über das Touchscreen, um den Wecker zu stoppen. Sie knipste die Nachttischlampe an und schwang langsam die Beine aus dem Bett. Immer noch die Ruhe selbst, ging sie hinüber zum Schrank und öffnete ihn. In ihrem Hinterkopf konnte sie noch immer diese überirdische Melodie hören, die sie beruhigte und sogar ein Lächeln auf ihr Gesicht zauberte, als sie das Päckchen mit den beiden Briefen herausnahm.

Neila legte den für Elion wieder zwischen ihre Shirts und ging dann zurück zum Bett. Vorsichtig löste sie den Brief von dem Päckchen, das sie anschließend beiseitelegte. Dann sah sie auf den digitalen Wecker und glich die Uhrzeit mit der auf dem Brief ab. Es war 23:51. Noch vier Minuten. Für einen Moment dachte sie daran, ihn einfach zu öffnen, aber dann verwarf sie den Gedanken wieder. Diese vier Minuten konnte sie jetzt auch noch warten.

Ihr Blick glitt zur Zimmertür.

Sie wollte diesen Brief in Ruhe lesen, ohne gestört zu werden. Sollte sie also abschließen? Da fiel ihr wieder ein, dass außer ihr, Elion und dem Personal alle auf dem Ball waren.

Ihr kleiner Bruder schlief wahrscheinlich schon, und wenn nicht, würde er heimlich mit seiner Konsole spielen.

Es war still um sie herum. Die Melodie war das einzige Geräusch, das sie hörte. Neila schloss die Augen und lauschte ihr. Sie versuchte sie mitzusummen, doch es klang furchtbar falsch. Da veränderte sie sich plötzlich. Es klang beinahe so wie ein Lachen.

Neila öffnete die Augen und sah sich im Zimmer um. Doch sie war allein. Die Melodie in ihrem Kopf schwoll an. Klang fröhlicher, beinahe aufgeregt, wie voller Vorfreude auf etwas.

Neila sah hinüber zum Wecker, und die Vorfreude ergriff sie in dem Moment selbst, als die letzte Ziffer von einer Vier zu einer Fünf wechselte.

Mit einem »Ratsch!« hatte sie auch schon den Umschlag aufgerissen und holte die beiden sorgfältig gefalteten Blätter heraus, die mit der malerischen Schrift gezeichnet waren.

Neila holte noch einmal tief Luft und begann dann zu lesen.

Liebste Neila,

ich hoffe und bete inständig dafür, dass ich diesen Brief heute umsonst schreibe. Denn wenn du ihn liest, bedeutet das, dass ich deinen siebzehnten Geburtstag nicht mehr erleben werde und dass du bei der Familie deines Vaters lebst oder leben wirst. Ich weiß nicht, was sie dir erzählt haben, warum wir den Kontakt abgebrochen haben, aber ich möchte, dass du weißt, dass das alles nur das ist, was wir ihnen glauben gemacht haben.

Der Grund, warum wir das Schloss und die Familie ver-
lassen haben, war ich und meine wahre Identität. Das
mag jetzt erst einmal total verwirrend für dich klingen,
aber ich verspreche dir, es dir, so gut es geht, zu er-
klären. Auch das, was ich dir jetzt sage beziehungs-
weise schreibe.

Die Mitglieder der Familie deines Vaters sind besondere
Menschen mit außergewöhnlichen Fähigkeiten, die
ihren Vorfahren den Namen »Engel« eingebracht ha-
ben. Genauer wirst du das von Michael erklärt be-
kommen. Ich kann darauf jetzt nicht eingehen. Viel
wichtiger ist, dass die Engel seit jeher in der Lage sind,
sogenannte Göttersteine zu kontrollieren und mit ihnen
Außergewöhnliches zu vollbringen, was normale Men-
schen wohl als Zauberei oder Magie bezeichnen wür-
den. Von diesen Göttersteinen gibt es Millionen, in allen
möglichen Farben.
Die einen sind stärker, die anderen schwächer. Die
stärksten Steine sind die weißen und schwarzen Steine.
Von ihnen gibt es im Vergleich viel weniger. Sie sind
sozusagen seltener und im Besitz zweier Familien, die
seit Jahrtausenden dafür verantwortlich sind, die Exis-
tenz der Engel vor den Menschen geheim zu halten.
Man nennt sie die »Wächter der Ordnung«. Doch leider
gab es während des Zweiten Weltkriegs einen Angriff
auf eine der Familien, wobei viele der schwarzen Mit-
glieder starben.
Übrig blieben nur sehr wenige, die diese schwarzen
Steine kontrollieren konnten. Einer von ihnen wurde
zum Oberhaupt der Familie in Europa.
Sein Name ist Graf Gabriel von Schwarzbach. Er holte
die letzten Überlebenden ins Schloss, um sie zu schüt-
zen und großzuziehen. Michael, Cecilia und dein Vater
bekamen schließlich mit siebzehn je einen der Wäch-
tersteine überreicht, mit der Aufgabe, Nachkommen zu
zeugen. Die Steine sind so stark, dass nur reinblütige

Engel sie tragen können, ohne Gefahr zu laufen, von dem Wesen des Steins beeinflusst zu werden. Daher war es die Pflicht eines jeden der drei, einen anderen Engel zu heiraten, dessen Eltern ebenfalls Engel waren.

Ich weiß, dass dies wie eine von Elions Kindergeschichten klingt und du mir jetzt erst nicht glauben wirst, aber es ist wichtig, dass du das, was jetzt kommt, ernst nimmst. Wenn jemand die Wahrheit über dich herausfindet, bist du, aber auch deine Geschwister in größerer Gefahr, als du dir im Moment vorstellen kannst. Vor allem diese Familie darf das niemals erfahren.
Das ist sehr wichtig, Neila.

Das Geheimnis bin ich. Meine Herkunft, die ich von klein auf verstecken musste. So wie du nun. Ich habe mich als Mensch ausgegeben, doch in Wahrheit bin ich selbst ein Engel. Jedoch stamme ich und damit auch du von einer weitaus älteren Sippe ab, die heute als ausgestorben und böse gilt. Die anderen Engel fürchten uns wegen unserer besonderen Gabe, mit den Göttersteinen kommunizieren zu können. Wir können ihr Wesen hören und verstehen. Ich weiß bereits, dass du sie geerbt hast. Du hast es früher als Engelsgesang bezeichnet. Es ist die Musik, die du in deinen Träumen gehört hast. In dem Moment, in dem du siebzehn wirst, erwacht diese Gabe, und du wirst ab diesem Zeitpunkt jeden Götte-stein in deiner Nähe hören können. Ab diesem Augenblick wird es sich weiterentwickeln, bis du sie eines Tages dazu zwingen kannst, das zu tun, was du willst, selbst wenn ein anderer Engel sie trägt. Und genau diese Eigenschaft ängstigt die Engel. Zu Recht, meiner Meinung nach. Ich habe jedoch vollstes Vertrauen in dich und deinen Bruder, dass ihr diese Gabe nie zu falschen Zwecken, sondern nur zur Verteidigung einsetzen werdet.

Und auch, dass ihr, falls er sie ebenfalls geerbt hat, diese Verantwortung Elion beibringt.

Deshalb darf niemand davon erfahren, mein Schatz. Niemand. Und darum musst du ab jetzt Elion besonders im Auge behalten. Denn er ist dann fünf. In diesem Alter kam Daniel das erste Mal zu mir und meinte, er würde überall Musik hören. Es wurde zu gefährlich mit so vielen Göttersteinen im Schloss, daher haben wir einen Streit provoziert und sind gegangen. Weit weg von allem, damit ihr in Ruhe aufwachsen konntet und um unsere Existenz geheim zu halten. Aber diese Möglichkeit hast du leider nicht. Falls Elion zu dir kommen sollte, musst du ihm einschärfen, es niemandem zu erzählen. Anschließend musst du sofort zu Daniel. Er weiß, was zu tun ist.

Es tut mir leid, Neila, dass ich nicht bei dir sein kann und du das alleine durchmachen musst. Ich werde alles dafür tun, dass es nicht dazu kommt, und falls doch, dann möchte ich, dass du weißt, dass ich trotzdem da bin, auch wenn du mich nicht siehst. Du bist nicht allein. Auch wenn es sich vielleicht so anhört, als könnte ich die Familie von Schwarzbach nicht leiden, ich liebe und vertraue jedem Einzelnen von ihnen. Es hat wehgetan, sie all die Jahre anzulügen. Aber die Geschichte unserer Vorfahren hat gezeigt, dass Engel sehr nachtragend sein können und ihnen bei dem Wort »Klangengel« alle Sicherungen durchbrennen. Deshalb darf niemand davon erfahren. Ebenso wenig, dass du, Daniel und Elion Reinblüter seid. In dem Päckchen wirst du etwas finden, das dir dabei helfen kann.

Öffne es bitte erst ab 00:17 am 31. August. Du wirst wissen, warum.

Ich wünsche dir alles Liebe und Gute zu deinem Geburtstag, Neila. Ich liebe dich, mein Engel.

Deine Mama

PS: Verbrenne den Brief!

Seltsamerweise blieb Neila ruhig und gelassen. Zumindest ihr Körper. Ihr Gehirn jedoch arbeitete auf Hochtouren. Doch wie sie es drehte und wendete, am Ende kam sie immer wieder zum gleichen Schluss.

Sie hatte gewusst, dass mit dieser Familie etwas nicht stimmte. Sie hatte gewusst, dass etwas im Gange war, dass etwas mit ihr passierte. Spätestens nachdem sich ihre Augen plötzlich verändert hatten.

Alles, was ihr Bewusstsein als unwichtig, aber seltsam abgestempelt hatte, kam jetzt wieder hervor. Dann war da noch dieser Traum mit Raphael, der ihr immer weniger als solcher vorkam. Etwas war geschehen, als sie sich das erste Mal berührt hatten. Sie erinnerte sich zwar nicht mehr daran, was, aber daran, dass da etwas war und dass Raphael für ihren Gedächtnisverlust verantwortlich war. Kleinigkeiten wie die seltsamen Blicke in der letzten Woche und ihre wachsende Anspannung. »Wenn sie erwacht ist ...«, hatte ihre Tante zu Melina gesagt.

Zwar erklärte das noch nicht, warum man sie für gefährlich hielt, aber es sagte ihr, dass ihr siebzehnter Geburtstag der Schlüsseltag war, an dem sie es erfahren würde. Plötzlich sah Neila zum Wecker. Ihr Herz machte einen Satz. Heute war ihr Geburtstag! In dem Moment änderte sich die letzte Ziffer zu einer Sechs, und Neila zerriss es innerlich. Keuchend fiel sie auf das Bett und rollte sich vor Schmerzen zusammen. Ihr Körper brannte heißer denn je, sodass es ein Wunder war, dass die Vorhänge des Bettes nicht Feuer fingen. Und dann, so schnell sie gekommen waren, so schnell war es auch wieder vorbei.

Plötzlich stand Neila auf ihren Füßen. Alles um sie herum war schwarz. Dann fand sie sich in einem kleinen, schemenhaftem Raum wieder, der ihr vage bekannt vorkam. Langsam sah sie sich im Halbdunkel um. An der Zimmertür steckte eine Leuchte in Form eines lila Sterns in der Steckdose. Neila hatte früher auch so eine gehabt. Da dämmerte es ihr, und sie sah zum Bett, auf dem sich eine kleine Gestalt hin und her wälzte.

Dann setzte diese sich plötzlich auf, und Neila wich zurück. »Nicht erschrecken. Ich bin du. Oder zumindest glaub ich das. Heilige ...«

Das kleine Mädchen sah tatsächlich wie sie aus, als sie sieben oder acht gewesen war. Und sie ignorierte Neila. Sie saß einfach da und schien zu lauschen.

Neila tat es ihr nach. Es wurde still. Da. Da war sie. Die Melodie.

Das kleine Mädchen sprang aus dem Bett und ging zur Tür. Mitten durch Neila hindurch. »Irre ...«

Geschockt von diesem Erlebnis starrte sie auf ihren Bauch, wo gerade das Mädchen, äh, ihr jüngeres Ich durchgegangen war. Doch nur bis die Neugier sie wieder erfasste.

Sie folgte sich selbst hinaus auf den Flur, der ihr nur noch schemenhaft in Erinnerung war. Ebenso der offene Wohnbereich im Erdgeschoss und der Keller.

Alles war still. Die Wanduhr gegenüber der Treppe zeigte halb vier Uhr morgens. Eines an der ganzen Sache war jedoch noch merkwürdiger als die Tatsache, dass gerade jemand durch sie hindurchgegangen war.

»Warum erinnere ich mich nicht daran?«, fragte sie laut vor sich hin, während sie sich selbst dabei zusah, wie sie sich im Abstellraum des Kellers einen Stuhl vor das Regal stellte und hinaufkletterte. Da hörte sie es wieder. Diesmal viel lauter und deutlicher. Aber die Melodie war anders. Es war nicht nur eine.

Neila ging langsam auf sich selbst zu, während ihr jüngeres Ich eine alte, ramponierte Schachtel hervorzog. Neila sah auf und erkannte ein Fach in der Steinmauer hinter dem Regal. Sie fragte sich gerade, woher sie das gewusst hatte, als ein lila Schimmer ihre Aufmerksamkeit auf sich zog.

Er stammte von drei wunderschönen Kugeln, die auf Drahtgestellen in der Kiste lagen. Ihr Anblick war atemberaubend. Und ihre Melodien noch mehr. Sie ähnelten sich, aber dennoch gab es kleinere Unterschiede, feine Nuancen in ihnen so wie in ihren unterschiedlichen Farbtönen. Eine Melodie gefiel ihr besonders gut.

Und nicht nur ihr, sondern auch ihrem jüngeren Ich, denn das streckte lächelnd die Hand nach einer von ihnen aus, als wüsste es genau, zu welcher von ihnen die Melodie gehörte.

In dem Moment, als sich ihre kleine Hand um die rechte der drei Kugeln schloss, erstrahlte der ganze Raum in sämtlichen hellen, warmen Lilatönen. Vergnügt sang ihr jüngeres Ich die Melodie mit. Es schien die Stimmen und Geräusche von schnellen Schritten nicht zu hören, aber Neila konnte es. Ihr Kopf fuhr herum, als ihre Mom einen erstickten Schrei ausstieß. Hinter ihr kam – Neilas Herz machte einen Satz – ihr Dad. Doch die entsetzten Mienen ihrer Eltern, wie sie da am Treppenaufgang auf die jüngere Neila starrten, gaben ihrer Freude einen Dämpfer.

»Nicht Neila!«, schrie plötzlich ihre Mom und rannte durch Neila hindurch. Die wirbelte herum und sah gerade noch, wie die jüngere Neila nach dem mittleren Stein greifen wollte. Doch da war auch schon ihre Mom bei ihr und hatte ihr die Schachtel aus der Hand gerissen.

Verängstigt wich das kleine Mädchen zurück und presste ihren Stein gegen ihre Brust. Eine Stille breitete sich aus, und in der nächsten Sekunde war es, als wäre das Bild eingefroren. Wieder wurde es schwarz um sie.

»Neila.« Da stand sie auf einmal vor ihr. Ihre Mom. Immer noch in ihrem Schlafanzug und mit zerzausten blonden Haaren. Ihre graublauen Augen waren auf etwas zu Neilas Füßen gerichtet. Neila wich erschrocken zurück, als sie sich selbst als Achtjährige sah, wie sie scheinbar schlafend auf dem Boden lag. Die Szene war in ein lila Licht getaucht, das jedoch dunkler war als das vorhin. Kälter.

»Wenn du das siehst, bist du gerade siebzehn geworden und erwacht«, fuhr ihre Mutter mit ruhiger Stimme fort. Ihre Miene war jedoch ernst. »Du wirst dich nicht mehr an diese Situation erinnern können, weil wir sie dir genommen haben, um dich zu schützen, solange du nicht alt genug bist, um die Bedeutung deines Handelns zu verstehen. Das hier sind Göttersteine, von denen ich dir erzählt habe.« Neilas Blick wanderte wie der ihrer Mutter zu der Schachtel mit den nun wieder drei Steinen.

»Doch ich habe dir noch nicht alles erzählt. Ich benutze diese Erinnerung, um dir ein weiteres unserer Familiengeheimnisse anzuvertrauen. In deinen Gedanken gibt es keine Gefahr, dass jemand mithört. Denn darüber redet man nicht. Niemals. Sprich erst darüber, wenn ich oder dein Vater es als Erste tun.

Die Mitglieder meiner Familie sind seit über zwei Jahrtausenden die Wächter dieser drei einzigartigen Göttersteine. Man nennt sie auch ›Steine der Schöpfung‹. Es gibt nur diese drei mit dieser Farbe. Wie jeder andere Stein auch haben sie bestimmte Fähigkeiten. Neben einigen, die auch andere Steine besitzen, sind sie vor allem für eine einzigartige Eigenschaft berühmt und berüchtigt. Dieser hier ...« Sie deutete auf den mittleren. »... ist der mächtigste von allen. Der Ewigstein. Er vereint die zwei Fähigkeiten dieser beiden in sich. Dieser hier ...« Sie deutete auf den linken, der im Gegensatz zu den beiden anderen nicht zu leuchten schien, sondern nur von ihnen angestrahlt wurde, wie Neila erst jetzt auffiel. »... hat die Fähigkeit Leben zu nehmen. Man nennt ihn den Todesstein.« Neila lief es eiskalt den Rücken runter.

»Der, den du dir gerade ausgesucht hast, ist der Lebensstein. Mit seiner Macht kann man jede Verletzung heilen und sogar in einem gewissen Zeitraum Toten ihr Leben zurückgeben. Der dritte kann, wie schon gesagt, beides. Du kannst dir sicher vorstellen, welche Macht diese Steine haben. Deshalb ist ihre Existenz streng geheim und für andere Engel lediglich eine Legende. Aber sie unterscheiden sich noch in etwas von den anderen. Die anderen Göttersteine kann man benutzen, sobald man sie am Körper trägt.

Doch diese drei bauen eine unzertrennbare Bindung mit lediglich einem Engel auf, die nur dessen endgültiger Tod lösen kann. Egal, wie weit sie von dir entfernt sein werden, du wirst sie immer spüren und jederzeit ihre Macht gebrauchen können. Was außerdem niemand weiß, ist, dass Klangengel die Einzigen sind, die sie kontrollieren können. In den Händen eines anderen Engels kontrolliert der Stein ihn, ohne dass er etwas dagegen machen kann. Unsere Familie hat es sich zur Aufgabe gemacht, dafür zu sorgen, dass niemand eine Bindung mit ihnen eingehen kann, und wenn doch, dass sie nur zum richtigen Zweck gebraucht werden. Bis vor vierzig Jahren ist es ihr auch gelungen.

Doch dann verriet mein älterer Bruder uns und versuchte sie zu stehlen. Er war verzweifelt, weil seine damalige Freundin im Koma lag. Deshalb nahm er sich den Lebensstein und den Ewigstein. In dem Moment, in dem er sie berührte, ging er eine Bindung mit ihnen ein. Aber er war gerade erst siebzehn und nicht stark genug, beide zu kontrollieren. Meine Eltern versuchten ihn aufzuhalten, doch da hatte der Ewigstein schon die Kontrolle über ihn. Er tötete sie, und ich sah nur eine einzige Möglichkeit.«

Ihre Mom nahm den linken Stein aus der Truhe. Augenblicklich begann er von innen wie die anderen von innen heraus zu strahlen. Nur waren seine Lilatöne dunkel und kalt. »Ich wusste, was er war. Und ich wusste, was ich tun musste, um mich und meinen Bruder zu retten. Er war bereits nicht mehr er selbst, und schließlich tötete ich ihn.« Tränen tropften auf den Todesstein hinunter. »Danach kam ich zu meiner Großmutter. Ich war erst zwölf und noch nicht erwacht, weswegen ich eine Zeit lang sehr krank war. Unterdessen zwang meine Großmutter den Todesstein dazu, mich in Ruhe zu lassen und sich nicht in mein Leben einzumischen, wenn ich es nicht wollte. Als sie starb, war ich zum Glück bereits stark genug, um ihn unter meinen Willen zu zwingen, sodass ich kein Verlangen zu töten hatte. Du jedoch ...«

Ihre Mutter sah lächelnd auf. »...bist ab dem heutigen Tag die Besitzerin des Lebenssteins, Neila. Ich werde ihn zwingen, dich bis zu deinem siebzehnten Geburtstag in Ruhe zu lassen und dich zu beschützen, falls es notwendig werden sollte. Gebrauche diese Macht nicht leichtsinnig, Sarakiel, Engel der Heilung.«

Neila war platt. Platt von Informationen und abgefahrenen Geschehnissen. Doch seltsamerweise hatte ihr Gehirn keine Probleme damit, diese zu sortieren. Langsam setzte sie sich auf. Sie war wieder in ihrem Zimmer. Was hieß, dass das Ganze, auch wenn es noch so real gewirkt hatte, in ihrem Kopf passiert war. Nach und nach tastete sich Neila im Geiste voran.

Schön. Sie war also ein Engel. Klang doch gar nicht so schlecht. Es gab gewisse Steine, die Neila hören und ihnen irgendwann ihren Willen aufzwingen können würde. Gut, das war jetzt auch nicht so schlimm. Ihre Familie waren irgendwelche Wächter der Ordnung, die mächtige Fähigkeiten besaßen, welche nur reinblütige Engel steuern konnten.

Was auch immer diese Fähigkeiten waren, das klang zumindest noch irgendwie glaubwürdig. Das würde schließlich auch erklären, warum Tante C ihren Mann geheiratet hatte, obwohl sie ihn nicht ausstehen konnte, wie Melina ihr erzählt hatte. Doch dass es drei Steine gab, die über Leben oder Tod entschieden und von ihrer Mutter beschützt worden waren, wollte nicht in ihren Kopf. Andererseits, wenn jemand mit diesen Steinen Erinnerungen löschen konnte, warum sollte es dann nicht welche geben, die töten und heilen konnten. Neila seufzte und fing an, auf und ab zu gehen. Eins war klar.

Sie musste dieses Chaos in ihrem Kopf noch vor dem Frühstück sortiert haben.

Zwar fehlten ihr noch ein paar Informationen zum Thema Klangengel und der Angst der anderen vor ihnen, aber umsonst hatte ihre Mutter sie nicht gewarnt. Denn wenn sie das richtig verstanden hatte, würde sie sich in ein paar Stunden in einem Raum mit mindestens vier Göttersteinen befinden. Was für Auswirkungen das auf sie haben würde, konnte sie sich nicht vorstellen, aber sie musste sich so wie immer verhalten, damit der Rest der Familie nichts bemerkte. Und dann musste sie noch so tun, als wüsste sie nichts von alledem.

»Das kann ja heiter werden«, murrte sie leise und stieß einen tiefen Seufzer aus. Die Melodie veränderte sich wieder und klang erneut so, als würde sie sie auslachen.

»Sehr witzig. Na toll, jetzt führ ich auch schon Selbstgespräche.« Die Melodie wurde lauter, dann wieder leise, als Neila sich entschloss, sie auszublenden, um in Ruhe weiterzudenken. Sie hielt inne und kniff die Augen zusammen. Genau wusste sie nicht, wie sie es machte, aber sie stellte sich in Gedanken eine Tür vor, die sie mal aufmachte, mal wieder schloss. Jedes Mal, wenn sie offen war, ertönte die Melodie laut und klar in ihrem Kopf. Doch sobald sie verschlossen war, war es sofort still.

»Gott sei Dank!«, stöhnte sie auf. Sie hatte bereits befürchtet von jetzt an mit einer Art Orchester im Ohr herumzulaufen, jedes Mal, wenn ein Götterstein in der Nähe war.

Zumindest das hatte sie gelöst. Doch es gab noch weitere Tausende von Fragen, die in ihrem Kopf herumschwirrten. Neila griff sich die Naheliegendste und fragte sich, ob das alles wirklich wahr war. Gut, sie hörte eine Melodie in ihrem Kopf, die sie an- und ausschalten konnte wie einen Lichtschalter, aber was bewies das schon?

»Die Sache ist doch die ...« Langsam ging sie hinüber zum Bad und knipste das Licht an. »Wenn meine Mom mit einer Sache recht hatte, dann stimmt doch auch das andere.« Rasch zog sie eine der Schubladen des Badeschranks auf und holte eine der Rasierklingen heraus. Zu ihrer eigenen Überraschung war ihre Hand erstaunlich ruhig, wenn man bedachte, was sie gerade tun wollte.

Sie hielt ihren linken Unterarm über das Waschbecken und setzte die Klinge an.

»Neila?« Sie erschrak so heftig bei der Stimme ihres Onkels, dass sich ihre Hand von selbst bewegte und tiefer und weiter schnitt, als sie beabsichtigt hatte. Innerlich verfluchte sie Michael dafür, während sie die Zähne zusammenbiss, um nicht laut zu schreien. Klirrend fiel die Rasierklinge ins Waschbecken und rief damit Michael auf den Plan.

»Wie war der Ball?«, fragte sie mit gepresster Stimme und versuchte sich so zu drehen, dass er ihren Unterarm und das Blut nicht sehen konnte. Doch er hatte es bereits erblickt und war mit einem Schritt bei ihr. Neila sah ihn nicht an, sondern ließ es einfach zu, dass er ihren Unterarm packte und unters Wasser hielt.

»Raphael?«, hörte sie ihn plötzlich sagen, und Neila schielte zu ihm hinauf, sodass sie erkennen konnte, dass er mit der anderen Hand sein Handy ans Ohr hielt.

»Komm sofort zu Neila runter.«

Neila staunte nicht schlecht, wie schnell Raphael in der Tür zu ihrem Bad stand. Es kostete sie alle Willenskraft, nicht hinzuschauen und den Blick gesenkt zu halten. Das Einzige, was sie wahrnahm, war das Kribbeln auf ihrer Haut und Raphaels leicht keuchender Atem.

»Muss man es nähen?«, fragte ihr Onkel, der die Ruhe in Person zu sein schien.

Raphael trat nun ebenfalls ans Waschbecken. Neila war bewusst, dass er somit auch die Rasierklinge sehen konnte und wahrscheinlich die gleichen Schlüsse zog wie ihr Onkel.

Was sollte man denn auch anderes denken?

Sie riss die Augen auf, als sie wieder der vertraute Blitz durchzuckte, sobald Raphaels Finger über ihren Arm fuhren. Diesmal jedoch war es noch intensiver als jemals zuvor, sodass sie augenblicklich zu zittern begann. Doch Neila durfte jetzt nicht schwach werden. In ihrem Kopf hämmerte es, was das Ganze noch anstrengender machte.

Aus weiter Ferne hörte sie Raphaels angespannte Stimme, die sagte: »Nein. Sieht schlimmer aus, als es ist.«

Es war zu viel. Und da ihr Stolz es ihr nicht erlaubte, hier und jetzt über Raphael herzufallen, öffnete sie die Tür in ihrem Kopf. Erschrocken von der Wucht und der Lautstärke in ihrem Bewusstsein entzog sie sich dem Griff der beiden und stürzte von ihnen weg. Sie schaffte aber nur einen Schritt, dann gaben ihre Beine nach. Das Wirrwarr aus Klängen in ihrem Hirn schwoll an. Wurde lauter, unerträglicher. Von irgendwoher sagte ihr Onkel: »Neila. Beruhig dich!«

Dann war das Prickeln wieder da. Raphael.

»FASS MICH NICHT AN!«, schrie sie aus Leibeskräften. Sie würde explodieren, wenn jetzt auch noch das dazukam. Es war zu viel. Viel zu viel. Aus den Augenwinkeln konnte sie sehen, wie seine Hand erstarrte.

»Haut ab!«, krächzte sie. »Alle! Ich will nur meine Ruhe!«

Doch das Gewirr wurde noch stärker. War inzwischen so übermäßig, dass es nicht mehr durch die Tür passte.

»Neila ...« Raphael schnallte es einfach nicht. Eine Tür knallte, doch das interessierte sie nicht. Sie flehte nur noch danach, dass es aufhörte. Flehte gegen den tosenden Lärm in ihrem Kopf um Hilfe. Just in diesem Moment erwachte etwas in ihr, und es wurde still.

»Wir können dir hel... – Neila?«

Ganz langsam setzte sie sich gerade hin und schloss die Augen. Sie lauschte. Die ihr vertraute Melodie klang weiter weg. Sie war jedoch nichts im Vergleich zu der warmen, liebkosenden, die sich um sie gelegt hatte. Es war das zweite Mal, dass sie ihr lauschte. Das erste Mal, als sie diese Klänge so laut und deutlich gehört hatte, war in dem Moment gewesen, in dem sie den Lebensstein berührt hatte. Es fühlte sich so gut an.

Für Neila war es, als hätte sie eine Ewigkeit auf diesen Moment gewartet. Den Moment, in dem die Leere in ihrem Inneren, von der sie bis zu diesem Augenblick nichts gewusst hatte, mit strahlendem, warmem Licht gefüllt wurde. Alles andere erschien ihr plötzlich so lächerlich. Das Chaos in ihrem Kopf war weg, und ihr Körper entspannte sich.

Da waren auch noch zwei andere Melodien. Die eine näher als die andere. Obwohl sie die Augen geschlossen hatte, wusste sie, dass Raphael seinen Götterstein in einem Lederarmband an seinem rechten Unterarm trug und ihr Onkel seinen in seiner Armbanduhr.

Beide hatten einen düsteren und geheimnisvollen Klang. Sie unterschieden sich nur darin, dass der von Michael ruhiger, während Raphaels voller Leidenschaft war. Es war, als hätten diese Steine einen eigenen Charakter oder als würden sie den ihres Trägers widerspiegeln.

Eins war sicher: Neila gefiel diese dunkle, leidenschaftliche Melodie.

»Zeit, wieder klar zu denken, Neila!«, ermahnte ihre innere Stimme der Vernunft sie. »Oder hast du die Worte deiner Mutter nicht richtig verstanden? Da draußen liegt noch ein Brief, den du eigentlich vernichten solltest, bevor jemand, wie zum Beispiel dein Onkel, ihn lesen kann.«

Bei diesem Gedanken fluchte sie laut auf.

»Es lebt. Gott sei Dank!«, kam ein höhnischer Kommentar neben ihr. Neila öffnete die Augen und wandte langsam den Kopf. Raphaels verschmitztes Lächeln erstarb augenblicklich, als sich ihre Blicke trafen.

»Michael«, zischte er. »Sie ist erwacht.«

Neila runzelte die Stirn. Doch eher aus dem Grund, weil sie sich fragte, woher er das wusste. Da ging ihr auf, dass sie ja so tun musste, als ob sie keine Ahnung von alldem hätte.

»Was soll das jetzt wieder heißen?«, fragte sie und versuchte genervt zu klingen, was ihr definitiv nicht schwerfiel. Ihr Onkel hatte sich inzwischen neben Raphael gekniet und musterte sie mit dem gleichen Entsetzen wie Raphael.

»Hallo!« Neila wedelte vor ihren Gesichtern mit ihren Händen herum. »Könnt ihr mir bitte mal erklären, warum ihr mich so anstarrt und was hier los ist?«

»Sie haben nicht mit dem Tag gelogen, sondern mit der Uhrzeit«, meinte ihr Onkel nachdenklich und warf einen Blick auf seine Uhr. »Sie ist nicht um 22:13 geboren, sondern um 0:40. Einfach und genial.«

»Und warum bitte schön sollten sie das tun?«, fragte Neila nun wirklich genervt.

»Um dich zu schützen. In dem Moment, in dem wir erwachen, sind wir am verletzlichsten«, bekam sie nun endlich eine Antwort von ihm.

»Aha.« Rasch fügte Neila hinzu. »Gut zu wissen. Wirklich. Macht auch so viel Sinn. Langsam glaub ich, ihr seid verrückt und ihr habt mich irgendwie damit angesteckt.«

Raphaels Mundwinkel zuckten.

»Wie wär's, wenn Raphael dir jetzt erst mal diese Schnittwunde im Zimmer verarztet. Da lässt es sich besser reden als auf dem Badezimmerboden.« Michael erhob sich und hielt ihr den Arm hin. Sie war sich sehr wohl bewusst, dass er in nur wenigen Sekunden nach draußen in ihr Zimmer gehen würde, wo er sehr wahrscheinlich den geöffneten Brief und das noch verpackte Päckchen sehen würde. Doch was hatte sie für eine andere Wahl, als sich von ihm aufhelfen zu lassen. Fieberhaft legte sie sich eine Ausrede zurecht.

Michael öffnete die Badezimmertür, und sie betraten das Zimmer. Neila sah das Papier auf ihrer knallroten Bettwäsche sofort. Es stach ihr ins Auge.

Und nicht nur ihr.

Michael hielt inne und wandte sich ihr zu. »Du hast Post bekommen?«, fragte er und musterte sie.

Neila hielt seinem Blick stand.

Die Ausrede nahm in dem Moment Gestalt an. Sie war gefährlich nah an der Wahrheit, aber vielleicht war das auch gut so. Sie riss sich sacht los und ging zum Bett.

»Ich hab ihn gefunden. Bei den Sachen meiner Mom. Zusammen mit einem Brief für Elion«, sagte sie mit gedämpfter Stimme und hob das Papier hoch. Vorsichtig faltete sie es wieder, bevor sie sich zu ihrem Onkel und Raphael umdrehte.

»Er ist von Mom. Sie wollte wohl sichergehen, dass ich ...« Sie hielt kurz inne. »... dass ich die Wahrheit über Dad und euch erfahre. Und ... wohl auch über mich. Allerdings hört sich das Ganze ...« Sie schnaubte. »... wirklich verrückt an.«

»Was denn zum Beispiel?«, fragte Michael prompt, der immer noch die Augen zusammengekniffen hatte.

»Weiß nicht, zum Beispiel die Wörter Engel, Göttersteine und ach ja ... Wächter der Ordnung oder Halbblut. Noch dazu meint sie, ich soll unbedingt zusammen mit Elion zu euch, wenn ich es nicht schon bin, und dass Daniel mir dabei helfen könnte.«

Neila ließ sich aufs Bett plumpsen und senkte den Blick. »Ihr würdet für unseren Schutz sorgen können und meine restlichen Fragen beantworten. Sie schreibt so, als ...« Plötzlich bildete sich ein Kloß in ihrem Hals, den sie geräuschvoll hinunterschluckte, um weiterzusprechen. »Als hätte sie gewusst, dass sie sterben würde.«

»Dein Vater hat immer vorgesorgt für den Fall, dass etwas nicht nach Plan lief«, meinte Michael nach einer kurzen Stille. »Es war wohl ein Notfallplan. Das muss nicht heißen, dass mehr dahintersteckte. Nach seinem Tod hat deine Mutter vorgesorgt, dass du verstehst, was mit dir passiert oder passieren könnte. Sie wollte sicherstellen, dass du und Elion zu uns kommt.«

Neila biss sich gekonnt auf die Lippen. Ihr kleiner Schauspielkurs in der Schule machte sich jetzt bezahlt.

»Soll das heißen, dass das alles wahr ist, was sie schreibt? Von wegen ich und Engel. Und ihr ... Ich wusste ja schon vorher, dass ihr seltsam seid, aber so was. Und was meinst du mit passieren könnte? Hab ich etwa eine Wahl?«

Michael seufzte leise, dann fuhr Neila erschrocken zusammen, als in ihrem Zimmer plötzlich ihre Sachen umherflogen. Einfach so, kreuz und quer. Wie in einem Film, nur dass das wohl echt war, wenn sie nicht gerade den abgefahrensten Traum überhaupt hatte.

»Die Bezeichnung ›Engel‹ haben uns die Menschen gegeben. Genauso wie sie manche von uns Hexen, Dämonen oder Zauberer genannt haben. All die mythischen Wesen haben ihren Ursprung in unserer Spezies. Engel war unser erster Name und hat unseren Vorfahren wohl am besten gefallen«, sagte er. »Dabei sind wir eigentlich eher eine weiterentwickelte Form der Menschen. Nur dass wir länger leben, langsamer altern und die Mächte der Göttersteine benutzen können, um solche kleinen Kunststücke zu machen.«

Neila griff, während er redete nach dem Geschenk, das gerade wegfliegen wollte, und drückte es an ihre Brust.

»Wirklich beeindruckend ...«, flüsterte sie leise und wich ihrem iPhone aus, das Kreise um ihren Kopf zog. Dann fiel es aufs Bett. Die restlichen Gegenstände standen wieder auf ihren Plätzen, als wäre nichts passiert. »Was könnt ihr denn noch so alles?«

»So einiges«, erwiderte Raphael mit einem fetten Grinsen auf dem Gesicht.

Neila verdrehte die Augen. »Angeber.«

Raphael lachte leise.

»Die Fähigkeiten hängen von der Farbe der Steine ab«, erklärte er schließlich gelassen und kam auf sie zu. In der Hand ein Spray und Pflaster. Neila hob die Augenbrauen. Das hatte er vor zwei Sekunden noch nicht gehabt.

»Was für Farben gibt es denn?«

Raphael kniete sich neben sie, und sie streckte ihm reflexartig ihren Unterarm entgegen.

»Blau, Rot, Grün, Gelb, Orange, Braun, Grau, Rosa, Türkis. Und die gibt es wiederum in den unterschiedlichsten Hell- und Dunkeltönen. Davon gibt es Millionen.«

»Aber von Schwarz und Weiß gibt es weniger.«

Raphael nickte, während er die Sprühdose schüttelte. Neila zuckte leicht zusammen, als das Zeug auf ihrer Schnittwunde für ein paar Sekunden brannte.

»Und nur Reinblüter können sie kontrollieren und äh gebrauchen. Weswegen der Graf meine Mom nicht leiden konnte. Weil sie ein Mensch war, er aber reinblütige Kinder brauchte, weil wohl einige der schwarzen Wächter getötet wurden und nun einige Steine keinen Besitzer haben. Richtig?«

Sie stöhnte gekonnt auf und schüttelte vehement den Kopf.

»Das klingt so verrückt ... und abgedroschen ... und wahnsinnig. Sind meine Eltern deswegen gegangen? Weil ihr ihre Liebe nicht akzeptiert habt? Oder dass sie Kinder hatten?«

»Deinem Vater war es irgendwann zu viel«, meinte Michael leise. »Der Graf wollte ihnen nicht erlauben zu heiraten. Selbst nach Daniels Geburt nicht. Er hat immer wieder versucht, die beiden auseinanderzubringen.«

»Warum haben sie es nicht einfach gemacht?«, warf Neila ehrlich irritiert ein.

»Hättest du dich einfach gegen deinen Vater gewandt?«, erwiderte er mit monotoner Stimme.

»Der Graf«, fügte Raphael leise hinzu, »... hat meiner Mom und deinem Dad das Leben gerettet. Er war so etwas wie ein Vater für sie, nachdem ihre ganze Familie ermordet worden war.«

Neila schwieg und sah auf den Brief in ihrer Hand.

»Und für meinen Vater waren sie wie seine eigenen Kinder. Für mich Geschwister.« Sie sah wieder zu ihrem Onkel und nickte langsam. Deshalb hasste der Graf ihre Mutter so sehr. Oder zumindest vermutete sie es.

Die Tatsache, dass er sie für den Verlust seines Sohnes verantwortlich machte, klang wesentlich besser, als dass es ihm nur um das reine Blut gegangen war. »Aber ich bin nicht meine Mutter. Er kennt mich doch gar nicht«, murmelte sie vor sich hin.

»Mach dir um meinen Vater keine Gedanken, Neila.«

Wieder sah sie zu Michael hinüber, der nun tatsächlich lächelte. »Er wird sich schon fangen. Spätestens dann, wenn er erfährt, dass du tatsächlich erwacht bist.«

Er musste wohl Neilas Stirnrunzeln bemerkt haben, denn er fügte erklärend hinzu: »Bei Halbblütern weiß man vorher nicht, ob sie auch erwachen oder Mensch bleiben. Sind sie jedoch erwacht, stehen sie den reinblütigen Engeln in nichts nach.«

»Aha. Und woher wisst ihr, dass ich erwacht bin?«

Ihr Onkel und Raphael wechselten einen kurzen Blick. Da kam der Wandspiegel aus dem Bad plötzlich durch die Tür auf sie zugeflogen. Das große Licht an der Decke ging von selbst an, sodass Neila ihr Spiegelbild besser betrachten konnte. Ihre Augen hatten sich wieder verändert.

Ihre vor ein paar Stunden noch tiefschwarzen Augen waren nun nachtblau.

Funkelten wie tausend kleine Saphire.

»Die Augen werden dunkler, wenn man erwacht?«, fragte sie erstaunt.

»In unserer Familie«, entgegnete Raphael.

Neila sah wegen seines nachdenklichen Tonfalls von ihrem Spiegelbild auf.

»In der DeWhite-Familie, den weißen Wächtern, werden sie heller. Bei den farbigen Sippen wechselt die Augenfarbe am Tag der Erwachung ständig, am nächsten Tag ist dann alles wieder normal.«

»Moment. Farbige Sippen?«

»Es gibt einige alte Familien, die wie wir jeweils die mächtigsten Steine einer Farbe bewachen. Einfacher ausgedrückt, sie haben sich in den letzten Jahrtausenden auf eine Farbe spezialisiert.« Danach wurde es eine Weile lang still. Neila nutzte die Ruhe, um ihren Plan weiter auszuspinnen.

Es schien so, als hätte sie die beiden überzeugt. Aber der Brief war immer noch in ihren Händen und nicht verbrannt. Andererseits, wenn sie ihn jetzt verbrannte und sie später danach fragten oder ihn sogar lesen wollten, würden sie sofort misstrauisch werden. Am besten war es, sie jetzt erst einmal aus ihrem Zimmer zu schaffen, ohne dass sie noch einmal auf den Brief aufmerksam zu machen.

»Was passiert jetzt?«, fragte sie zögerlich und tat so, als würde sie ein Gähnen unterdrücken.

»Ich würd vorschlagen, du schläfst dich erst einmal aus und verdaust das«, ging Michael sofort darauf ein. Raphael nickte. Doch dann fiel dessen Blick auf die Schnittwunde.

Neila wusste, was er fragen wollte und hatte eine Ausrede parat. »Ich bin durchgedreht, okay!«, sagte sie schnell. »Das Ganze war so irrwitzig, als würde ich träumen. Aber zwicken half nichts, um mich aufzuwecken, also kam ich irgendwie auf diese Idee mit der Rasierklinge, als mich jemand erschreckt hat.« Sie sah mit einem verlegenen Lächeln zu ihrem Onkel hoch. Er schien tatsächlich erleichtert zu sein. Raphael genauso. Sie kauften ihr es also ab. Fast zu einfach und genau genommen nicht gelogen.

Erleichterung durchströmte sie, als sie die Tür hinter den beiden schloss und wieder allein war. Auch die dunklen Klänge in ihrem Kopf wurden zunehmend leiser. In den ersten Minuten hatte sie das Gefühl, als würden Raphael und ihr Onkel noch vor ihrer Tür stehen, doch sie achtete nicht darauf.

Was konnten die beiden auch groß hören? Oder sehen, falls sie irgendeinen Zauber ausführten, durch den sie in ihr Zimmer blicken konnte. Sie lag einfach nur auf ihrem Bett, Päckchen und Brief an ihre Brust gedrückt, und starrte an den Baldachin ihres Himmelbettes.

Eine ganze Weile lag sie so da, bis sie sich schließlich aufsetzte. Der Wecker zeigte kurz vor drei Uhr. Auch wenn ihr Körper gut die ganze Nacht über wach bleiben konnte, ihr Kopf schrie förmlich nach Schlaf und Entspannung, um die ganzen Informationen zu verarbeiten. Also ging sie zum Lichtschalter, machte das große Licht aus und verschwand kurz im Badezimmer, wo sie die Blutflecken wegwischte und sich sorgfältig wusch. Dann zog sie sich Top und Hotpants ihres Schlafanzugs an und kroch unter die Decke. Sie warf einen Blick auf das Päckchen, überlegte, ob sie es jetzt öffnen sollte. Entschied sich dann jedoch dafür, es in ihrem Nachtkästchen zu verstauen und das auf später zu verschieben.

Die freche Melodie in ihrem Kopf, die sie ausgelacht hatte, wurde kurz lauter, als wollte sie protestieren. Neila ignorierte sie und konzentrierte sich lieber auf die wärmere, liebevollere des Lebenssteins.

Sie schaffte es gerade noch, das Licht auszumachen, dann schlief sie auch schon ein.

#7

»Sie ist also erwacht.«

Der Graf im Morgenmantel schloss die Augen und lehnte sich in einem der Lehnsessel in seinem und Auroras Apartment zurück.

»Dann wird Elion auch erwachen«, sagte Raphael in die Stille. »Das heißt, wir müssen uns nicht mehr vor ihnen verstecken.«

»Ob Elion wirklich erwachen wird, wissen wir nicht mit Sicherheit. Bisher wissen wir es nur von Neila«, korrigierte ihn sein Onkel, der neben ihm saß und ins Feuer starrte.

»Ich dachte, Daniel ...«, begann Raphael, doch sein Onkel schüttelte den Kopf.

»Daniels Augen waren schon immer so dunkel. Und da er mir weder eine Antwort darauf gegeben noch ein Kunststück vollführt hat, ist es nur eine Vermutung. Außerdem gab es in den letzten Jahrhunderten nie mehr als zwei erwachte Halbblutgeschwister. Noch nie drei. Weswegen wir nicht wissen, ob alle drei erwachen werden.«

»Elion wird es auffallen, Michael«, entgegnete er eindringlich. »Der Kleine hängt an Neila. Er spricht nur von ihr. Ihm wird die Veränderung nicht entgehen, und er wird so lange Fragen stellen, bis er die Antworten hat. Glaub mir, in der Sache ist er sogar noch verbissener als Daniel damals.«

Sein Onkel verzog den Mund zu einem Lächeln, sagte jedoch nichts.

»Sie hat also den Kindern einen Brief geschrieben ...«, kam es nach einem kurzen Schweigen vom Grafen, der offensichtlich ganz anderen Gedanken nachhing. Kaum merklich spannte sich Raphael bei dem eiskalten Tonfall an.

»Das hätte jeder von uns an ihrer Stelle getan, Vater«, entgegnete Michael genervt. »Neila kann nichts dafür, dass du und Vanessa euch nicht mochtet. Gut sie ist kein Reinblut und kann damit keinen schwarzen Stein kontrollieren, aber sie ist immer noch Gregs Tochter und jetzt ein Engel.«

Der Graf zog hörbar die Luft ein, sagte jedoch eine ganze Weile nichts.

Raphael beobachtete ihn neugierig. Er und auch Michael wussten nicht, was der Graf jetzt machen würde. Im Grunde hatte er keine Wahl. Doch bei dem ältesten Wächter und Oberhaupt wusste man nie. Er machte die Regeln. Und wenn sie ihm nicht mehr passten, änderte er sie einfach.

So war es schon immer gewesen. Seit Raphael denken konnte.

»Wir geben ihr einen unserer rosa Steine. Da können wir nichts falsch machen.«

»Vater ...«, Michael erhob sich energisch.

Raphael konnte sein Entsetzen über diese Worte nur zu gut nachvollziehen, denn er war selbst entsetzt.

Die rosa Steine oder auch Steine der Eitelkeit waren die wohl nutzlosesten Steine, die es gab. Die stärksten von ihnen konnten zwar das gesamte Erscheinungsbild ändern, doch die befanden sich im Besitz der Rosensippe. Hier im Schloss gab es nur ein paar normale, mit denen man Frisuren und Kleider ändern konnte. Eines ihrer Hausmädchen trug so einen.

»Man versucht seit über sechzig Jahren unsere Familie zu zerstören, und du willst eines unserer Mitglieder unter einen so schwachen Schutz stellen? Das kann nicht dein Ernst sein.«

»Gut, dann eben einen der gelben«, lenkte der Graf ein. »Schnelligkeit dürfte ihr wohl reichen.«

Fassungslos starrte Raphael seinen Großonkel an. Sein Hass gegen Neilas Mutter ging tatsächlich so weit, dass er sich weigerte, Neila den Schutz zu geben, den er ihnen allen gab.

»Ist das dein Ernst, Gabriel?«

Auroras schneidende Stimme durchzuckte die Stille und ließ seinen Onkel und den Grafen herumfahren. In der offenen Schlafzimmertür stand sie, die Arme vor ihrem geschlossenen Morgenmantel verschränkt, und funkelte ihren Mann bedrohlich an.

»Willst du Neila wirklich von all den Steinen, die hier lagern, einen der schwächsten geben?«

Langsam kam sie zu ihnen herüber.

»Absolut!« Der Graf stand auf.

»Dein letztes Wort, Gabriel?«

Raphael sah fasziniert zu, wie sich die beiden mit harten Mienen gegenüberstanden und eine Art stummes Wortgefecht führten. Schließlich seufzte seine Großtante.

»Sie ist ihre Tochter. Ist ihr wie aus dem Gesicht geschnitten«, zischte der Graf, verstummte jedoch, als Großtante Aurora die Hand hob.

»Du siehst deinem Vater auch sehr ähnlich, Gabriel. Dem Mann, der meinen Vater vor meinen Augen tötete. Und trotzdem liebe ich dich. Weil ich ganz genau weiß, dass nicht etwa die Gene bestimmen, wer man ist, sondern die eigenen Entscheidungen und Taten. Denk mal darüber nach.«

Ein blauer Schimmer legte sich über seine Großtante. Im nächsten Moment war sie auch schon verschwunden.

»Michael! Such einen der gelben Steine für sie aus«, blaffte der Graf nur und ging ohne jedes weitere Wort zum Schlafzimmer, wo mit einem lauten Krachen die Tür hinter ihm zuflog.

#8

Als Neila erwachte, war es bereits nach elf Uhr. Gegen ihre Erwartungen hatte sie trotz der letzten Nacht keine verrückten Träume gehabt.

Nein, sie hatte so tief und fest geschlafen wie schon lange nicht mehr. Ihr Kopf schien sich ebenfalls erholt zu haben und die neuesten Entwicklungen einfach hinzunehmen.

Zwar waren noch ein paar Fragen offen, aber die würde sie auch noch klären. Genüsslich streckte sie sich und setzte sich auf. Es fühlte sich richtig an. Anders. Als wäre sie aus einem langen Schlaf erwacht.

Neila schmunzelte über den Gedanken. Wahrscheinlich nannte man es deshalb »Erwachen«. Ihr waren die Augen nicht nur verändert, sondern auch geöffnet worden. Alles um sie herum sah sie nun klar und deutlich.

Nicht, dass sie jetzt besonders scharfe Augen gehabt hätte wie die Vampire in *Twilight*. Es war mehr die Art der Dinge. Ein undefinierbares Gefühl und unbeschreiblich. Aber gut.

Neila kam ein Gedanke, als ihr Blick den Lichtschalter neben der Tür ihr gegenüber streifte. Sie konnte jede Struktur des Kunststoffes in ihrem Geist spüren. Schon gab sie ihm mental einen Stoß. Ein warmes Gefühl züngelte auf, und eine Sekunde später hörte sie das leise »Klick« und das Licht sprang an.

Neila begann freudig zu lachen und spielte das Spiel eine ganze Weile weiter. Einfach nur, weil sie es konnte. Bis eine Melodie in ihrem Kopf widerhallte, die sie noch nicht kannte. Neila schaltete das Licht wieder aus und konzentrierte sich auf die Melodie, die immer klarer wurde. Sie kannte sie nicht. Aber sie ähnelte zwei anderen. Denn auch sie klang dunkel und rau. Jedoch hatte sie einen stolzen Klang. Es war ein schwarzer Stein, der sich näherte. In einem metallenen Armreif. Da der Graf sich noch nie in diesem Teil des Schlosses blicken hatte lassen, tippte Neila auf ihre Tante.

Wenige Sekunden später ging auch schon ihre Türe ganz langsam auf, und Tante C steckte den Kopf herein. Als sie sah, dass Neila wach war, öffnete sie breit lächelnd die Tür.

»Alles Gute zum Geburtstag Neila«, sagte sie und kam auf sie zu.

Neila drängte die nun lautere Melodie mit den anderen unwillkürlich in den Hintergrund und erwiderte die Umarmung. »Danke!«

»Michael hat mir schon alles erzählt. Wunderschön. Strahlende Saphire. Sogar im Halbdunkeln leuchten deine Augen. Wie geht's dir?«

Neila erwiderte das Grinsen. »Es ist ... seltsam.«

Tante C lachte auf. »Ja, das ist es. Warte nur ab, bis du deinen Stein bekommst. Dann wird alles noch seltsamer.«

Neila hätte beinahe laut losgeflucht. Sie hatte für einen Moment vergessen, dass niemand wusste, dass sie bereits einen Stein hatte. Wahrscheinlich konnte sie nur seinetwegen das Licht ein- und ausschalten. Sie musste wirklich vorsichtiger sein.

»Ich bekomme einen Stein?«, sprach sie das aus, was ihr plötzlich wie Schuppen von den Augen fiel.

Eine leichte Panik stieg in ihr auf. Der Bruder ihrer Mom hatte doch zwei Steine gehabt und war durchgedreht. Würde ihr das auch passieren? Oder galt das nur für die lila Steine?

»Keine Sorge«, meinte Tante C aufmunternd.

»Dir passiert nichts. Es ist das Natürlichste für einen Engel, einen Götterstein zu tragen. Du wirst schon sehen.«

»Und wann bekomm ich ihn?«

»Na, heute. Das traditionelle Geschenk für einen Engel zu seinem siebzehnten Geburtstag.«

Neila schluckte krampfhaft.

»Äh, okay. Sag mal. Was ich gestern oder in der Nacht schon fragen wollte. Kann man auch mehr als nur einen Stein tragen«, fragte sie vorsichtig. Sie musste es einfach wissen. Gespannt wartete sie auf die Antwort, die prompt von ihrer Tante kam: »Es kommt auf die Steine darauf an. Zwei Steine sind in der Regel kein Problem. Mehr als zwei sind allerdings auch per Gesetz verboten und dürfen nur von ausgebildeten Engeln getragen werden. Nur den Wächtern der Ordnung, wie mir, ist es untersagt. Teils zu meinem Schutz, teils, weil die schwarzen und weißen Steine bereits stärker als andere sind.«

»Was meinst du mit ausgebildeten Engeln?«, hakte Neila nach, nun ein wenig entspannter.

»Jeder Engel muss eine dreijährige Ausbildung durchmachen, für die die Familie, beziehungsweise die Sippe zu sorgen hat. Am Ende werden sie geprüft, ob sie auch mit der Verantwortung für einen Stein zurechtkommen und es gegenüber den Menschen geheim halten können. Aber jetzt genug davon. Los, zieh dich an! Es gibt gleich Mittagessen. Elion wartet schon. Er will dir unbedingt sein Geschenk geben. Wie alle anderen übrigens auch.«

Tante C stand vom Bett auf und ging hinaus. Neila huschte kurz unter die Dusche, wusch sich gründlich die letzte Nacht vom Körper und aus den Haaren. Mit fettigen Haaren und klebriger Haut wollte sie ihren Geburtstag nicht feiern.

Also suchte sie sich eine ihrer neuen Hosen heraus und dazu ein einfaches Shirt in Schwarz. Einzig ihre nassen Haare föhnen wollte sie nicht. Sie hasste es. Denn sie fielen am Ende nie so, wie sie es haben wollte.

»Scheiße ...« Neila wich vom Spiegel zurück und fasste sich in die Haare.

Dann zwickte sie sich. Aber sie war wach. Und ihre Haare trocken. Sie fielen glatt und glänzend an ihrem Gesicht herab. Genauso wie sie es haben hatte wollte. Die freche Melodie lachte auf. Die Melodie des Lebenssteins hingegen blieb unverändert und beruhigte sie.

»Ich kann meine Haare trocknen ...«, brachte sie verblüfft hervor. »Na das ist doch mal was. Wie auch immer ich das eben gemacht habe.«

Ihr kam gerade eine Idee, was sie noch so ausprobieren konnte, als aus dem Zimmer das Klingeln ihres Handys zu vernehmen war. Neila runzelte die Stirn, als sie die unbekannte Nummer sah. Einen Moment wollte sie nicht rangehen, aber dann tat sie es doch.

Bei der Stimme die auf ihr »Hallo?« antwortete, gefror ihr Lächeln. »Alles Gute zum Siebzehnten, Schwesterherz. Wie war er denn so bis jetzt?«

Neila ballte bei Daniels Stimme die Hände zu Fäusten. An ihrer Wut über ihr Arschloch von Bruder hatte sich nichts geändert. »Woher hast du die Nummer?«, zischte sie.

»Ich hab Michael heute Morgen angerufen, und er hat mir deine Nummer zukommen lassen. Nett, oder?« Der Sarkasmus in seiner Stimme bei den letzten Worten ließ ihre Laune noch mehr in den Keller sinken.

»Michael ist total in Ordnung. Einen besseren Vormund gibt es nicht«, gab sie hart zurück.

Daniel schnaubte, fragte jedoch nur: »Wie war dein Tag bisher?«

»Du meinst meine kleine Party mit Michael und Raphael, bei der ich mir aus Versehen in den Arm geschnitten hab?«

An der anderen Leitung lachte Daniel leise in sich hinein. »Aus Versehen. So, so.«

Neila horchte auf.

Wusste ihr Bruder von dem Lebensstein? Es klang fast danach. Aber Neila hütete sich, ihn am Telefon da-nach zu fragen. Wahrscheinlich wurden sie überwacht. Ihr Bruder rief ja nicht gerade aus einem Hotel an.

»Rufst du nur an, um mir zum Geburtstag zu gratulieren?«, fragte sie leicht genervt. Sie wollte schon hinzufügen, dass die anderen auf sie warteten, als Daniel mit plötzlich ernster Stimme erwiderte: »Nein. Ich wollte dich zwei Sachen fragen. Erstens. Erinnerst du dich an Moms Kette, die sie immer getragen hat?« Neila erstarrte und war sofort wachsam. Natürlich wusste sie, von welcher er sprach.

»Ja. Warum?«

»Wo ist sie, Neila?«

Ihr Magen zog sich zusammen, während sie fieberhaft nachdachte, wo die silberne Kugel war, die ihre Mutter immer an zwei langen, ineinander verschlungenen Ketten getragen hatte.

»Neila?«, fragte Daniel mit Nachdruck. »Als du sie gefunden hast, hatte sie sie da um?«

Neila schloss die Augen. Bei den Erinnerungen an jenen Nachmittag begann sie sofort wieder zu zittern.

»Nein«, antwortete sie nach einer Weile. Am anderen Ende der Leitung war es totenstill.

»Warum interessiert dich das, Daniel?«

»Sie wollte, dass du sie an deinem Siebzehnten bekommst.« Etwas in der Stimme ihres Bruders war falsch. Oder waren es die Worte. Ihre Mutter hatte es ihnen beiden doch mehrfach gesagt: »Ich lege diese Kette niemals ab. Sie ist ein Teil von mir.« Neilas Blick blieb unwillkürlich auf dem Nachtkästchen haften.

»Warte kurz«, sagte sie in den Hörer und riss die Schublade auf. »Sie hat mir ein Päckchen hinterlassen.«

Daniel schwieg, während sie das Papier wegriss. Für einen Moment hätte sie beinahe lautstark aufgestöhnt, als sie ein Buch vorfand, doch dann erkannte sie, dass es auf einer goldenen Schatulle lag. Sie hätte es nicht wahrgenommen, wenn die Melodien in ihrem Kopf nicht lauter geworden wären. Vorsichtig legte sie das Buch beiseite und besah sich das kleine Schlüsselloch.

In Windeseile zog sie den kleinen Schlüsselbund mit den drei altmodischen Schlüsseln hervor, von denen der kleinste schließlich passte. Bevor sie sie jedoch öffnete, sah sie noch einmal zur Zimmertür, um sich zu vergewissern, dass niemand außer ihr da war.

Das warme lila Licht empfing sie, und sie seufzte kaum merklich auf. Doch ihr Glücksgefühl währte nur für einen Moment.

»Neila?«

Wie von selbst ergriff ihre Hand die schwarzen Bänder, an denen eine silberne Kugel hing, und hielt sie hoch. Die Kugel bestand aus einem verspielten Muster mit Zwischenräumen. Auf den ersten Blick sah sie ganz genau wie die ihrer Mutter aus. Doch das Material war anders. Neuer. Da entdeckte Neila einen kleinen Verschluss. In dem Moment dämmerte es ihr.

»Sie hat mir so eine Kette besorgt wie ihre, Daniel«, sagte sie mit monotoner Stimme. Da ihr Bruder zischend Atem holte, wusste sie, dass er verstand, was sie als Nächstes sagen wollte. »Aber ihre ist weg.

Ich hab nur noch ...« Rasch suchte sie nach einem Synonym für den leuchtenden lila Stein in der Schatulle.

»... Elions Geburtstagsgeschenk.« Ihr Bruder hakte nicht nach. Also hatte er verstanden.

Es wurde still.

In Neilas Kopf nahmen die Tatsachen immer mehr Gestalt an. Tatsache

Nummer eins: Neilas Mutter hatte den Todesstein in so einer Kette aufbewahrt, in der nun auch der Lebensstein steckte.

Tatsache Nummer zwei: Der Lebensstein und der Ewigstein waren in Neilas Besitz.

Tatsache Nummer drei: Der Todesstein war verschwunden.

Die Frage war nun: Wusste der Mörder ihrer Mutter, was er da mitgenommen hatte, und wenn ja, war das der Grund gewesen, warum sie hatte sterben müssen?

»Neila.« Daniels Stimme riss sie aus ihren Gedanken. »Ich muss gleich wieder los. Hör zu. Du kennst die Kette von Mom besser als jeder andere. Wenn du sie siehst, versuch herauszufinden, wem sie gehört oder von wem der sie hat. Aber unternimm nichts. Und noch etwas. Es ...« Er betonte das Wort besonders stark. Neilas Blick fiel auf die leere Stelle links neben dem lila Stein. »...ist nicht besonders gut auf die Familie vom Grafen zu sprechen.«

Eine Männerstimme ertönte im Hintergrund.

»Pass auf dich auf. Und auf Elion. Grüß ihn von mir. Wenn was ist, Michael weiß, wie du mich erreichen kannst.«

Ehe sie noch etwas sagen konnte, hatte er auch schon mit einem »Mach's gut, kleine Schwester« aufgelegt.

Ihr iPhone glitt aufs Bett. Wie von selbst fanden ihre Finger den kleinen Verschluss an der Metallkugel, durch die man nur einen dunklen Stein erkennen konnte. Sie öffnete ihn und klappte eine Hälfte beiseite. Der runde Stein darin leuchtete nicht und hatte, wenn sie ihn gegen das Licht hielt, einen brombeerfarbenen Schimmer. Das änderte sich jedoch schlagartig, als sie ihn mit der Fingerspitze berührte. Augenblicklich war sie von den hellen Farben umgeben, die ihr so vertraut waren wie ihr eigener Körper. Sie kannte dieses warme Gefühl auf ihrer Haut und in ihrem Inneren sehr gut. Es dauerte eine Weile, bis sie bemerkte, dass die Melodien in ihrem Kopf verschwunden waren. Alle beide.

»*Alles Gute zum Geburtstag*«, hallte es plötzlich durch ihren Kopf. »*Ich bin der Stein des Lebens und der Heilung. Endlich bist du erwacht, Sarakiel.*«

Neila klappte der Mund auf.

Die hohe, sanfte Stimme lachte leise. »*Ja, so reagieren die meisten Klangengel, wenn sie uns zum ersten Mal hören können.*«

»*Wen meinst du mit uns?*«, dachte Neila.

Wie selbstverständlich antwortete die Stimme: »*Göttersteine nennt ihr uns. Ich muss dir sagen, ich freue mich ganz besonders, dass du meinem Ruf gefolgt bist und zu meiner Gebieterin wurdest.*«

»*Warum? Und deinem Ruf gefolgt? Was meinst du damit?*«

Die Stimme wurde zärtlich. »*Nicht nur wir haben jeder seinen eigenen Klang, Sarakiel. Auch Engel und selbst Menschen haben einen. Mir gefiel deiner ganz besonders gut. Ich hab schon viele junge Klangengel heranwachsen sehen. Aber bisher hat mich keiner so berührt wie du. Ich musste dich einfach zu meiner Gebieterin machen. Entschuldige bitte.*«

»*Schon in Ordnung*«, erwiderte Neila leicht verlegen. »*Ich fühl mich geschmeichelt, glaub ich. Warum nennst du mich Sarakiel? So hat mich meine Mutter doch genannt, oder?*«

»Ich habe ihr deinen Namen verraten, bevor sie mich in Schlaf versetzte. Sarakiel ist der Name deiner Melodie. So wie alles einen Namen hat.«

»Hast du denn auch einen?«

»Das kannst du dir selbst beantworten. So wie einige der Steine haben Klangengel die Gabe, mit der Zeit die Namen der Melodien zu erfassen.«

»Und warum kann ich dich erst jetzt hören?«

»Hören konntest du mich immer, wenn du wolltest«, erwiderte die Stimme. »Doch verstehen kannst du mich im Moment nur, weil die Verbindung durch die Berührung sehr stark ist.«

Neila dachte kurz darüber nach und nahm dann ihren Finger von der Kugel. Das Licht erstarb, und in ihrem Kopf hörte sie wieder beide Melodien. Aber da war auch noch eine dritte, die sie immer klarer wahrnehmen konnte. Neila schluckte und klappte die Kugel zu.

Sie hängte sie sich um den Hals, verschloss die Schatulle und sperrte sie samt dem Buch in ihrem Nachtkästchen ein. Just in dem Moment, in dem sie das Geschenkpapier zusammenknüllte, klopfte es an der Tür. Der Ewigstein lachte sie in ihrem Kopf mal wieder aus, doch sie schob seine Melodie weit in ihren Hinterkopf.

»Wo bleibst du denn?« Michael kam herein, blieb jedoch wie angewurzelt stehen. Neila folgte seinem Blick, der auf die silberne Kugel fiel. Einen Moment dachte sie, er würde erkennen, was für ein Stein sich dahinter befand, aber dann wäre in seinem Blick wohl Entsetzen gewesen. Das war es jedoch nicht. Sondern eine Mischung aus Trauer und vielleicht Sehnsucht. Neila war sich nicht ganz sicher.

Ihr Gehirn schaltete blitzschnell und umschloss das kühle Metall. »Die Kette ist von meiner Mom. Sie hatte auch so eine.« Ihr Onkel nickte langsam.

»Sie hat sie oft getragen. Es war ein Geschenk ihrer Großmutter, soweit ich weiß.«

»Ich wollte gerade runterkommen, als mir das Päckchen wieder eingefallen ist. Und dann brauchte ich einfach eine kalte Dusche.«

Wieder nickte ihr Onkel. Er sah auf. Einen seltsamen Ausdruck in den Augen. Dann trat er wortlos beiseite mit einer auffordernden Geste zum Korridor. »Neila?«

Sie drehte sich zu ihm um. Er schloss die Tür hinter ihnen. »Alles Gute zum Geburtstag.«

Neila lächelte angesichts seiner Unbeholfenheit.

»Danke.« Sie kicherte leise und wandte sich zum Gehen. »Aber tu mir einen Gefallen«, meinte sie möglichst gleichgültig. »Das nächste Mal, wenn du Daniel meine Nummer gibst, frag mich oder warn mich vorher lieber.«

»Er hat dich also schon angerufen. Ihr habt aber nicht ...«

Neila warf ihm einen genervten Gesichtsausdruck zu. »Bitte. Ich hab all die Serien gesehen und weiß, was geheim halten bedeutet. Da kann ich mir ja gleich ›Freak‹ oder ›Engel‹ auf die Stirn tätowieren lassen, wenn ich so dumm bin, am Telefon über all das zu reden.«

»Dann ist es ja gut«, kam es nur von Michael. Neila erwiderte sein Grinsen.

»Dir scheint es wesentlich besser zu gehen.« Sie gingen gemächlich die Treppen ins Erdgeschoss hinunter. »Als vor ein paar Wochen, meine ich.«

Neila lächelte leicht und sah zu dem schwarzen Kron-+leuchter empor. »Da dachte ich auch, ich hätte sie für immer verloren. Aber das ist nicht so.« Eine Hand fuhr zu ihrer Kugel.

Die Melodie des Lebens übertönte die anderen beiden und füllte ihre Gedanken aus. Füllte das Loch aus, das ihre Mutter hinterlassen hatte. Ganz würde die

Melodie es nie ausfüllen können, aber sie gab ihr die Kraft, die sie brauchte, um nicht in ihm zu versinken.

»ILA!!« Neila hielt an der untersten Stufe inne, als die kleine Gestalt auf sie zugestürmt kam. In der Hand wedelte Elion mit einem Blatt Papier. »Alles GUTE!«, schrie er ihr entgegen und warf sich um ihren Hals. »Das hab ich für dich gemalt. Das bist du mit einem ganz großen Strauß von den lila Blumen, die du so sehr magst.« Plötzlich erstarb das Lächeln auf dem Gesicht ihres kleinen Bruders. »Was ist denn mit deinen Augen?«

»Das erklären wir dir, wenn du älter bist. Gefällt's dir?«, erwiderte Neila rasch.

»Wie Edelsteine« Elion streckte seine kleine Hand aus und legte sie an ihre Schläfe. »Du musst kommen und die Geschenke aufmachen. Es sind gaaanz viele!«

»Aber hallo!« Neila sah auf. »Du hast uns lange genug warten lassen, Nel!« Melina lehnte mit verschränkten Armen und aufgesetzter beleidigter Miene am Durchgang zu den Wohnräumen.

»Entschuldigt, aber Moms Geschenk war als Erstes dran.« Sie deutete auf ihre Kette. Rasch sah sie wieder zu ihrem Bruder, der für einen Moment traurig wurde. Bis ihm wieder die Geschenke einfielen und er sie in Melinas Richtung zog.

Ihre Cousine nahm sie in den Arm und raunte ihr dann ins Ohr: »Krasse Augen. Mal schauen, wie meine nächste Woche aussehen.« Neila erwiderte ihr Lächeln und ging ihrem Bruder hinterher zum Esszimmer. »Sie kommt. Sie kommt!«, hörte sie ihn quieken.

In dem lichtdurchfluteten Esszimmer, das lediglich aus dem endlos langen Tisch bestand, an dessen Ende zwei Stühle standen, warteten Tante C und – Neilas Haut begann augenblicklich zu prickeln – Raphael.

Nur der Graf und Aurora fehlten. Wie Neila feststellte, war für sie auch nicht gedeckt worden. Aber sie ließ sich ihre Laune dadurch nicht verderben. Und schon gar nicht, als sie den Berg an Geschenken sah, der neben ihrem Platz aufgestapelt war. Es waren mehr, als sie je bekommen hatte.

»Danke.« Sie sah leicht verlegen in die Runde, weil sie sonst nicht wusste, was sie sagen sollte.

»Ja, ja ... Die kannst du später noch aufmachen.« Raphael grinste sie an, sodass ihr Herz wieder einen kleinen Stromschlag bekam. Für einen Moment waren nur sie und er im Raum. Sie beide und die Spannung zwischen ihnen. Da meldete sich die Melodie des Lebenssteins, drängte sich dazwischen und schirmte Neila ab, sodass sie wieder ins Hier und Jetzt gerissen wurde, wo Melina gerade sagte: »Typisch Mann. Wenn sie nichts zwischen die Zähne bekommen, werden sie frech und leicht reizbar.«

»Dann wollen wir ihn mal nicht verhungern lassen«, entgegnete Neila lachend und nahm Platz.

Die Stimmung während des Essens war noch nie so gut gewesen. Selbst ihr Onkel, der sonst nur starr auf seinen Teller sah, lachte über die Witze, die Melina und Raphael rissen. Es lag wohl daran, dass der Graf nicht da war und sie mit seinen finsteren Blicken beobachtete.

Das einzige Mal, als Neila kurz innehielt, war, als sie eine neue Melodie hörte. Eine eklig süße. Sie gehörte zu einem rosafarbenen Stein in einer Kette, die um den Hals des Hausmädchens Marie hing. Es war die erste Melodie, die ihr nicht gefiel. Vielleicht mochte sie das Hausmädchen deshalb nicht besonders. Und es war offensichtlich, dass das auf Gegenseitigkeit beruhte. Neila entgingen die kurzen, verächtlichen Seitenblicke von ihr nicht. Ebenso wenig die glühenden, die sie Michael oder auch Raphael zuwarf. Gegenüber ihnen oder auch den anderen war sie zuckersüß und schleimte sich bei jeder Gelegenheit ein.

Neila verbannte sie aus ihrem Kopf. Zusammen mit ihrer Melodie. Nach dem Essen staunte sie nicht schlecht, was sie alles bekommen hatte. Es war ihr fast schon unangenehm, so viele teure Geschenke zu bekommen.

Michael hatte ihr tatsächlich ein MacBook mit einer hellblauen Schutzhülle gekauft samt Laptoptasche und kabelloser Maus. In einem Umschlag, der an dem Paket befestigt war, war schließlich neben ihrem neuen Personalausweis und Reisepass mit neuem Nachnamen etwas, das sie in den letzten Wochen vollkommen vergessen hatte.

»Mein Führerschein!«, japste sie und besah sich den gelben Zettel. Dann sah sie zu ihrem Onkel auf.

Der zuckte nur lässig mit den Schultern. »Ich hab mich, Cecilia und Aurora als Begleitpersonen eintragen lassen, falls du nichts dagegen hast.« Langsam schüttelte sie den Kopf.

»Ich dachte, man kann erst mit siebzehn in Deutschland anfangen?«, warf Melina ein.

»Man kann auch ein halbes Jahr vor dem siebzehnten Geburtstag anfangen«, erwiderte Neila. »Ich hab einen Kurs in den Osterferien gemacht samt Theorie und ein paar Wochen später die praktische Prüfung. Das hab ich total vergessen.«

»Und jetzt hast du auch noch eine Garage voller toller Autos«, meinte Raphael.

»Na ja, mir wär eine alte Klapperkiste zum Üben lieber. Da kann nicht so viel kaputt gehen.«

Die anderen lachten, und Neila nahm sich das nächste Geschenk.

Wie nicht anders zu erwarten, bekam sie von ihrer Tante drei vollständige Outfits samt Schuhen und dem passenden Schmuck. Dazu Schals, Tücher und eine beige Wollmütze. Und wie sollte es anders sein, gab's auch Schminke und Pflegeprodukte.

»Damit ich was Angemessenes habe und nicht nur in Jeans rumrenne?«, fragte sie grinsend und nahm ihre Tante in den Arm.

»Damit du dein spezielles Kostüm findest, dachte ich mir, ich zeig dir ein paar Stile, die nicht zu steif sind«, erwiderte Tante Cecilia augenzwinkernd.

Neila fühlte sich so wie in diesen Filmen, in denen das hässliche Mädchen herausgeputzt und mit allem ausgestattet wurde, das sie zu brauchen schien. Oder so ähnlich. Denn eines hatte sie bereits beim Aufwachen gewusst. Ihr Leben hatte sich komplett verändert, weil sie sich von heut auf morgen verändert hatte. Es war eine Chance, vollkommen neu anzufangen und alles hinter sich zu lassen.

Den Nachmittag über verbrachte sie zum einen Teil mit Elion, der ihr unbedingt das Baumhaus zeigen wollte. Da sie Geburtstag hatte, war das Mädchen-Verbot für sie an diesem Tag aufgehoben. Anschließend ließ sie die beiden wieder basteln und hämmern, um sich mit Melina ihrem neuen Computer zu widmen. Doch die entspannte Atmosphäre im Schloss wehrte nur so lange, bis sie sich zum Abendessen wieder zusammenfanden.

Neila hielt vor der Tür kurz inne, um sich an die neueste Melodie zu gewöhnen. Zu ihrer Verwirrung klang die dunkle, tiefe Weise alles andere als unangenehm in ihrem Kopf wider. Es war die kraftvollste Melodie der schwarzen Steine, die sie bisher gehört hatte. Sie hatte damit gerechnet, die Melodie des Steins nicht zu mögen, den der Graf in seinem Ohrring trug.

Doch genau das Gegenteil war eingetreten. Was sie von seinem Besitzer jedoch nicht behaupten konnte. Sein eiskalter Blick ihr gegenüber hatte sich nicht verändert. Anstatt ihr zum Geburtstag zu gratulieren, sagte er bei ihrem Eintreten barsch: »Gratuliere zum Erwachen.«

Sie hatte das nur mit einem Nicken abgetan und sich gesetzt. Von ihrer Großtante war jedoch immer noch keine Spur zu sehen. Melina und auch ihre Tante hatten nicht gewusst, wo sie war. Nur, dass sie bereits in den frühen Morgenstunden aufgebrochen war.

Während dem Nachtisch stand sie dann plötzlich in der Tür. Ruhige Klänge, voller Leben, die Neila an das Rascheln der Bäume und an den Geruch von Kräutern erinnerten, umgaben die kleine, zierliche Gestalt.

»Wo bist du gewesen?«, fragte der Graf forsch.

Aurora ignorierte ihn und zog Neila in eine herzliche Umarmung. »Ich wünsche dir alles, alles Gute, meine Liebe. Und viel Kraft für deinen neuen Weg. Entschuldige, dass ich erst jetzt komme, aber ich hatte einige Dinge zu erledigen. Um genau zu sein, musste ich etwas für dein Geburtstagsgeschenk in die Wege leiten. Und das von Melina.«

Überrascht sahen sich Neila und Melina an. »Es ist etwas für euch beide. Denn ihr werdet mit mir in der nächsten Woche eines der leer stehenden Apartments einrichten und dann dort einziehen.«

Melina kreischte vor Freude auf.

Neila verstand nicht genau, was daran so besonders war oder warum sie ein anderes Zimmer bekommen sollte. Aber darüber konnte sie sich keine Gedanken machen, denn schon brauste der Graf auf: »Kommt nicht infrage. Diese Räumlichkeiten gehören den Wächtern!«

»Welche Wächter, Gabriel?« Neila hatte noch nie erlebt, dass Aurora einen so herablassenden Blick aufgesetzt hatte. Bis jetzt. »Ich seh hier nur vier, fast fünf. Und in näherer Zukunft wird sich daran auch nichts ändern. Das Apartment steht seit sechzig Jahren leer. Außerdem darf ich dich daran erinnern, dass du höchstpersönlich mir die Verwaltung über Schloss und Park übertragen hast. Ich entscheide über die Zimmerverteilung.«

»Das muss nicht ...« Aurora wandte sich Neila mit einem strengen Blick zu, und diese brach sofort ab.

»Neila. Ich werde dafür sorgen, dass du die nächsten Jahre in vollen Zügen genießen kannst. Du und Melina. Genau wie jedes andere Mitglied in meiner Familie vor euch auch.«

Langsam, aber immer noch mit einem unguten Gefühl in der Magengegend, nickte Neila, was ein breites Lächeln auf das Gesicht von Aurora zauberte.

»Morgen kommt ein befreundeter Innendesigner«, trällerte sie begeistert und setzte sich auf einen der leeren Stühle. »Und am Montag die Klempner für die Badezimmer.«

Nachdem Marie den Nachtisch abgeräumt hatte und Melina mit Elion nach oben gegangen war, verlagerten Neila und der Rest ihre Runde in den Salon nach nebenan.

Neila wurde nervös, da sie ahnte, was jetzt kommen würde. Aber es kam ganz anders. Und nicht nur sie, sondern alle außer Aurora schienen überrascht zu sein, als plötzlich Ferdinand in der Tür stand und verkündete:

»Der hochwohlgeborene Baron von Hohenfels ist soeben eingetroffen und wünscht Miss Neila zu sprechen.« Neila sah augenblicklich zu ihrem Onkel und dem Grafen hinüber, die beide große Augen machten.

»Bringt ihn doch bitte zu uns«, forderte Aurora ihn gut gelaunt auf, und Ferdinand verschwand wieder.

»Was soll das?«, fragte der Graf unwirsch und erhob sich. »Du weißt doch, dass wir jetzt keine Zeit haben.«

»Oh doch, die haben wir.« Wieder dieser scharfe Ton der Großtante. Neila hätte sich am liebsten in eine Ecke verkrochen. »Ich hatte dich gewarnt, Gabriel. Du hast mir keine andere Wahl gelassen.«

Noch ehe irgendjemand etwas darauf erwidern konnte, betrat ein gut genährter Mann im Nadelstreifenanzug und mit Gehstock den Salon. Letzteres war wohl eher als Dekoration zu verstehen, denn er schien mehr gut gelaunt zu hüpfen, anstatt zu gehen. Eigentlich hätte er jetzt noch vergnügt pfeifen müssen, dann wäre das Bild perfekt gewesen.

Die Melodie des neuen Steins traf Neila und ließ sie sofort breit lächeln. So viel Heiterkeit verbreiteten nicht nur die Klänge, sondern auch das strahlende Lachen des Mannes mit der Glatze.

»Liebster Schwager!«, rief er fröhlich aus und nahm den missmutig dreinblickenden Grafen kurz in die Arme. Neila musste sich ein Lachen verkneifen, so bizarr war die Szene samt der Miene des Grafens. Ganz offensichtlich mochte er diesen Mann nicht.

»Schwesterherz«, wandte sich dieser nun an Aurora und gab ihr einen Kuss auf die Wange, bevor er Onkel Michael und Raphael ebenfalls so begeistert begrüßte. Dann trafen seine marineblauen Augen Neilas, und er breitete erneut die Arme aus. »Das Ebenbild ihrer Mutter. Bis auf die Haare. Eine wunderschöne junge Frau mit einem noch schöneren Namen.«

Bevor sie richtig aufgestanden war, hatte er sie in seine Arme gezogen. Die fröhliche Melodie von ihm ließ sie leise auflachen.

Sie schloss für einen Moment die Augen und genoss es. So nahm sie jeden Klang dieser Melodie noch genauer wahr. Sie ähnelte einer anderen. Auroras.

Beide trugen blaue Steine. Der ihrer Großtante hatte eine blaugrüne Farbe, während der des Mannes die gleiche Farbe hatte wie seine Augen. Beide trugen ihn an einem Ring um ihren linken Mittelfinger.

Da ließ er sie wieder los, nahm jedoch seine Hände nicht von ihrer Schulter. Neila zwang die Melodien wieder in den Hintergrund, um sich auf seine Worte konzentrieren zu können.

»Deine Eltern waren zwei starke und warmherzige Personen. Ich habe sie sehr geschätzt. Du kannst stolz auf sie sein.«

»Das bin ich auch«, entgegnete Neila immer noch lächelnd. Der Mann, dessen Name sie immer noch nicht kannte, nickte mehrfach. Sie wollte ihn schon danach fragen, da ertönte die Stimme des Grafen. »Warum bist du hier?«

Der Mann verdrehte die Augen, und Neila musste sich ein weiteres Lachen verkneifen.

»Nun. Mir sind da ein paar Sachen zu Ohren gekommen, die mir überhaupt nicht gefallen haben, liebster Schwager.« Der Mann drehte sich um und zog gleichzeitig Neila an seine Seite. Seine Stimme war plötzlich eiskalt, während seine Hand in einer väterlichen Geste ihre Schulter drückte.

»Und ich bin hier, um der Enkelin meiner verstorbenen Schwester zum Geburtstag zu gratulieren und meinen Pflichten als ihr Großonkel nachzukommen. Denn du scheinst wohl deine Probleme damit zu haben. Aber ich werde nicht zulassen, dass meine Schwester umsonst starb und eine ihrer Enkelinnen schutzlos den Gefahren ausgeliefert ist, die ihr der Name von Schwarzbach einbringen wird.«

Neila verstand nur, dass sie anscheinend einen weiteren Großonkel hatte, mit dem sie jedoch wirklich verwandt war. Aurora und der Mann waren also die Geschwister ihrer verstorbenen Großmutter väterlicherseits. Schön und gut. Aber den Rest verstand sie nicht. Irgendwas entging ihr.

»Du willst ihr doch nicht etwa ...?«, fragte der Graf vollkommen fassungslos. Auch die anderen sahen den Mann mit großen Augen an. Doch lag auf den Lippen von Onkel Michael und auch Raphael ein erleichtertes Lächeln. Tante C schien wie Neila keinen Schimmer zu haben, um was es gerade ging.

»Oh doch.« Der Mann wandte sich an Neila und sah ihr tief in die Augen. »Ich möchte, dass du in den nächsten Tagen mit Aurora zu mir kommst, damit du dir einen unserer blauen Göttersteine aussuchen kannst.«

Im Salon wurde es mucksmäuschenstill.

Neila spürte sämtliche Blicke im Raum auf sich. Sie wusste jedoch nicht, was sie tun sollte. Hilfe suchend sah sie zu Raphael. Er hielt ihren Blick und nickte kaum merklich.

Sie schaute zu Boden und schloss kurz die Augen. Wie gerne hätte sie jetzt jemanden zum Reden gehabt, der ihr erklärte, was los war, bevor sie etwas sagen musste. Einen Ratgeber. Allein schon wegen der wütenden Miene des Grafen, der ihr wohl gleich an die Gurgel springen wollte.

Also entschied sie sich für eine neutrale Antwort: »Ich würde dich gerne besuchen kommen. Aurora hat mir viel über eure Gärten erzählt. Die würde ich zu gerne mal sehen.«

Auf dem runden Gesicht breitete sich ein wissendes Lächeln aus. »Gute Antwort, Neila«, sagte er augenzwinkernd. »Sehr schlau und höflich. Lass dich von uns nicht unter Druck setzen oder verunsichern. Nicht wahr, Gabriel?«

»Raphael?«, sagte der Graf so leise und eindringlich, dass es Neila eiskalt den Rücken runterlief. »Warum begleitest du Neila nicht ins Zimmer. Es war sicher ein langer Tag für sie.«

Diesen Wink befolgte Neila nur zu gerne. Sie verabschiedete sich von dem Besucher und bedankte sich noch einmal für die Einladung, bevor sie zu Raphael in den Korridor hinausschlüpfte.

»Erklär's mir, bitte!«, forderte sie ihn auf, als sie das Treppenhaus über die Eingangshalle erreichten.

»Gleich.« Raphael warf ihr einen Blick zu, während sie Schulter an Schulter die Treppen hinaufstiegen und schließlich in den Korridor zu ihrem Zimmer einbogen.

Dort trafen sie zu Neilas Überraschung Melina an, die auf sie gewartet hatte. »Und? Was für einen Stein hast du bekommen? Rot oder Grün?«

»Weder noch«, antwortete Raphael und schloss die Tür hinter ihnen. Melinas Miene wurde hart, und sie stemmte die Hände in die Hüfte.

»Was? Er hat ihr doch nicht etwa rosa oder gelb gegeben? «

»Bitte, Raphael« Raphael erwiderte Neilas Blick. »Kannst du mir sagen, was da gerade passiert ist? Und warum der Graf so ausgerastet ist? Und was ist mit Aurora? Ich hab sie noch nie so, so zornig erlebt.«

»Aurora ist wütend auf den Grafen, weil er dir einen unserer gelben Steine geben wollte.« Melina zischte und stieß eine üble Verwünschung aus. Raphael ignorierte sie.

»Unter den Farben gibt es eine Art Ranking. Eine Rangordnung. Rosa und Gelb, ebenso Grau, stehen am Schluss, weil ihre Fähigkeiten nicht als besonders nützlich angesehen werden. Darüber sind Braun und Türkis. Und noch darüber sind die elementaren Kräfte von Rot, Grün, Orange und Blau. Wir haben außer den schwarzen Steinen ein paar andersfarbige aus der Zeit, als unsere Familie noch viel mehr Mitglieder hatte. Ein paar in Rosa, mehrere in Gelb, Braun, Grün und Rot.«

»Also ist ein gelber Stein nicht besonders mächtig, und der Graf wollte mir einen davon geben, weil ...?«

Raphael seufzte. »Ich weiß es wirklich nicht, Neila.«

»Aber ich«, meinte Neila leise und ließ sich auf das Sofa fallen. »Weil er nicht will, dass ich einen mächtigen Stein bekomme. Er hasst mich und meine Mom.«

»Das kann Onkel Michael doch nicht zulassen«, protestierte Melina lautstark.

»Er kann da genauso wenig machen wie ich. Deshalb, nehme ich an, hat Aurora Onkel Billy eingeladen.«

Melina stieß einen leisen Freudenschrei aus. »Billy ist hier? Warte ...«

»Er will ihr einen der blauen Steine geben.« Raphael begann plötzlich zu grinsen und Melina zu kichern.

»Das hat dem Grafen bestimmt nicht gefallen, nehm ich mal an. Das Oberhaupt der ältesten blauen Sippe mischt sich in seine Angelegenheiten ein.«

»Oberhaupt?«

»Billy ist das, was der Graf in unserer Familie ist. Er ist das Familienoberhaupt über eine der mächtigsten und ältesten Sippen. Außerdem sind sie im Besitz der stärksten blauen Göttersteine, die es gibt. Und noch um einiges mehr. Es heißt, sie hätten über hunderttausend blaue Steine.«

Raphael sah sie mit einem bedeutungsvollen Blick an.

»Blau passt auch viel besser zu dir«, meinte nun Melina. »Es sind die Steine der Erde. Also der Pflanzen.« Neila musste lächeln. Diese Verbindung gefiel ihr.

»Warum hab ich das Gefühl, dass es dem Grafen aber nicht gefallen wird, wenn ich das Angebot annehme?«

»Wird es auch nicht«, entgegnete Melina feixend. »Selber schuld.«

»In der Gemeinschaft der Engel gehören wir zu einer der ältesten und mächtigsten Sippen«, erklärte Raphael ruhig. »Und wenn durchdringt, dass die blaue Sippe einem Mitglied von uns einen Stein übergibt, wird es böses Gerede geben. Zum Beispiel, dass wir keine anderen Steine mehr hätten. Geldprobleme oder Ähnliches. Es schwächt das Ansehen.«

»Das Ansehen kann Neila doch egal sein. So wie der Graf sie behandelt. Es ist ihm egal, was mit ihr ist, und er ist sogar bereit, ihr keinen richtigen Schutz zu geben. Da soll er sich doch mal nicht so anstellen. Mach dir darüber bloß keine Gedanken, Nel. Wenn Billy es dir anbietet, dann nimm es an. Blau ist besser als Rosa, Gelb oder Rot.«

»Was ist Rot? Feuer?«

Raphael und Melina schüttelten den Kopf.

»Luft«, meinte er. »Orange ist Feuer und Grün Wasser.«

»Oookaay … Und warum stehen die vier über den anderen? Ich meine, die Elemente zu beeinflussen, ist ja schön und gut, aber mir kommt das eher, ich weiß nicht, schwach vor.«

»Es ist nur eine ihrer Fähigkeiten«, erklärte Raphael lachend. »Für diese Fähigkeiten sind sie bekannt, weil nur sie sie haben. Je mächtiger der Stein, desto mehr hat er.«

»Zum Beispiel«, fügte Melina hinzu. »Gegenstände zu manipulieren und schweben zu lassen, ist eine Fähigkeit, die jeder Stein, egal in welcher Farbe, hat. Es ist sozusagen die Grundlage. Aber nur rosafarbene Steine können zum Beispiel dein Aussehen verändern. Die schwächsten nur die Farbe der Kleidung oder der Haare. Dann gibt es welche, die auch noch die Form von Kleidung oder Haaren ändern können. Stärkere können dir sogar ein anderes Gesicht geben, und die mächtigsten verändern ihr gesamtes Erscheinungsbild.«

»Und die niedrigsten Steine sind rosa?«, fragte Neila skeptisch. »Für mich klingt das sehr praktisch.«

»Im Vergleich zu den Fähigkeiten von Blau oder Schwarz ist es lachhaft«, meinte Raphael und lehnte sich zurück.

»Dann erzähl mir doch davon!«, forderte Neila ihn auf, was ihn zum Lachen brachte.

»Ich kann dir nur sagen, was allgemein bekannt ist. Die niedrigsten Blauen können neben den Grundlagen nur noch die Pflanzen beeinflussen oder auch die Erde. Schwache Erdbeben und so was. Nächste Stufe wäre die Veränderung der Pflanzen, damit man mit ihnen spezielle Kräutertränke und Salben herstellen kann.«

»Kräuterhexen also«, warf Melina grinsend ein.

Raphael verdrehte die Augen und fuhr ungehindert fort. »Die nächste Stufe ist schon um einiges mächtiger. Sie erschaffen Gegenstände aus dem Nichts. Je stärker der Stein, desto größer und wertvoller sind sie. Wiederum andere, wie zum Beispiel Aurora, können Pflanzen aus dem Nichts wachsen oder wieder verschwinden lassen. Dazu gehört auch die Fähigkeit der Teleportation.«

»Von einem Ort verschwinden und an einem anderen wieder auftauchen?«, fragte Neila, verblüfft von dem Gedanken, dass sie das vielleicht selbst bald konnte.

Raphael nickte. »Mehr ist über die blauen Steine nicht bekannt. Man hält diese Fähigkeiten, so gut es geht, geheim.«

»Warum?«, wollte Neila wissen.

»Damit man, falls es zu einem Kampf kommt, einen Vorteil hat.«

»Aber es kommt doch zu keinen Kämpfen, oder? Ich meine, es ist doch kein Krieg oder so«

»Nein, das nicht. Aber es gibt immer Engel, die versuchen, die mächtigsten Steine zu stehlen«, antwortete Melina plötzlich ernst.

»Oder zum Beispiel die Gier«, meinte Raphael. »Eine Art Rauschzustand, der manche Engel befallen kann. Viel weiß man darüber nicht. Nur dass die Engel nie wieder davon loskommen und keine Skrupel haben, immer mehr Steine anzuhäufen. Es ist wie eine extreme Zwangsstörung.«

»Und was löst es aus?«

Raphael schüttelte den Kopf. »Das weiß keiner so genau. Ist ein Engel einmal von der Krankheit befallen, ist es sehr schwer, mit ihm zu reden oder überhaupt an ihn heranzukommen, ohne dass er versucht, einen umzubringen.«

Die Art und Weise seines Blickes verriet Neila, dass Raphael bereits persönliche Erfahrung mit so jemandem gemacht hatte. Und keine guten, seinem finsteren Blick nach zu urteilen.

»Es gab in der Vergangenheit Zeiten, da ist es wie eine Seuche ausgebrochen. Und wiederum welche, da gab es überhaupt keine Fälle davon.«

»Lass mich raten. Die schwarzen Steine stehen natürlich ganz oben auf ihren Listen.« Melina und Raphael nickten synchron.

»Und ... warte ... was ist mit Elion? Ich meine, wenn die Familie auf einer Abschlussliste von irren Engel steht, wird man es auch auf ihn abgesehen haben.« Allein schon bei diesem Gedanken begann Neila zu hyperventilieren.

»Beruhig dich, Nel.« Melina legte ihr beruhigend die Hand auf die Schulter. »Sobald er das Gelände verlässt, ist immer jemand bei ihm. Ein Engel wird immer in seiner Nähe sein. Wie zum Beispiel die Kindergärtnerin oder seine zukünftige Grundschullehrerin. Traunstein ist eine der sichersten Städte für Engel in ganz Europa. Hier hat es nur sehr wenige Angriffe durch die Gier gegeben.«

»Woran erkennt man einen eigentlich? Oder Engel im Allgemeinen?«

»Ihre Augen. Die Gier färbt die Augen lila. Außerdem meiden sie andere. Menschen wie Engel. Die Krankheit lässt die Engel zu Einzelgängern werden, was absolut untypisch ist. Die meisten Sippen wohnen dicht beieinander in einer Stadt.«

Neila horchte auf. Lila Augen? Lila war die Farbe der Steine der Schöpfung. Ob es da einen Zusammenhang gab?

»Und wie erkenne ich einen anderen Engel?«, fragte sie, ohne wirklich auf die Antwort zu lauschen. In Gedanken dachte sie fieberhaft über diese Krankheit nach. Sie musste an den Bruder ihrer Mutter denken. Vielleicht waren die Göttersteine der Auslöser.

»Auf den ersten Blick gar nicht.«

Neila horchte auf. »Okaay ...? Aber woher weiß man dann, wer ein Engel ist und wer nicht.«

»Jeder Engel gehört zu einer Sippe oder einem Zirkel, bei denen er sozusagen registriert ist, ebenso sein Stein. Und jede Sippe hat ihr eigenes Erkennungszeichen, das ihre Mitglieder verpflichtet sind zu tragen.«

»Und was ist unseres?«

Ohne zu zögern, streckte Raphael ihr seine linke Hand hin. Gespannt wartete Neila, und dann geschah es. Innerhalb eines Wimpernschlags tauchte eine Art schwarzes Tattoo auf der Innenfläche der Hand auf.

Die schwarze Eule mit den silbernen Augen breitete ihre Flügel aus, sodass man ein Monogramm aus »A« und »S« auf ihrem Bauch erkennen konnte. Dann war sie auch schon wieder verschwunden. Ganz so als wäre sie davongeflogen.

Keine Sekunde zweifelte Neila daran, dass sie das gerade wirklich gesehen hatte. Etwas, da war sie sich sicher, dass sie vor ein paar Tagen mit Sicherheit getan hätte.

»Das »A« steht für unsere Sippe »Atrea« und das »S« für unseren Familiennamen beziehungsweise dafür, dass wir zur Familie des europäischen Oberhaupts gehören, dem Grafen.«

»Hättet ihr mir das nicht alles Stück für Stück beibringen können, anstatt alles an einem Tag? Ach, wartet. Stimmt ja. Ihr wusstet ja nicht, ob ich wirklich erwache. Was hättet ihr eigentlich getan, wenn es nicht so gewesen wäre.«

»Ihr wärt die meiste Zeit des Jahres in einem Internat gewesen, glaub ich. Aber sagen wir mal so, das Blut unserer Familie ist im Vergleich zu anderen Engelsfamilien sehr stark, weswegen Onkel Michael davon ausgegangen ist, dass du erwachen wirst.«

Neila schüttelte ungläubig den Kopf. Für einen einzigen Tag waren das langsam zu viele Informationen. Ebenso zu viele Fragen, die trotzdem übrig blieben. Aber es reichte Neila erst einmal.

Noch dazu hatte sie ihr Telefonat mit ihrem Bruder nicht vergessen sowie die Tatsache, dass irgendjemand gerade den Todesstein hatte. Ebenso die letzten Worte. Warum war der Todesstein sauer auf ihre Familie? Konnte ein Stein so etwas überhaupt sein.

Dann war noch die Frage, warum die anderen Engel Klangengel wie sie hassten. Vielleicht konnte sie das jetzt noch herausfinden. Raphael und Melina würden ihr sicher mehr erzählen als die anderen im Schloss.

Weil sie nicht wusste, wie sie das Thema ansprechen sollte, ohne Verdacht zu schöpfen, meinte sie nach einer langen Pause: »Also die schwarzen und die weißen sind die mächtigsten Steine, die es gibt. Und jeder Engel kennt die beiden Familien. Seid ihr dann so was wie die Könige unter den Engeln?« Ohne es zu wissen, hatte sie einen Nerv getroffen, denn Raphael und Melina fuhren ruckartig hoch.

»Vorsicht!«, mahnte sie Raphael eindringlich. »Benutze diese Bezeichnung nie wieder, Neila!« Leicht belustigt über ihre Reaktion hob sie fragend eine Augenbraue.

»Diese Bezeichnung steht für die dunkelste Zeit in der Geschichte der Engel vor über zweitausend Jahren. Er steht für die Tyrannei einer einzigen Familie, die sich als solche bezeichnet hat. Eine Schreckensherrschaft, die die Nazis als Wohltäter dastehen lässt.«

Ein ungutes Gefühl beschlich Neila, als Raphael mit gedämpfter Stimme fortfuhr: »Viele Aufzeichnungen über diese Familie gibt es nicht. Dafür viele Legenden um ihre Personen und ihren Namen. Keiner weiß so recht, was ›Melinail‹ bedeutet. Es passt zu keiner Sprache, die es auf der Welt gibt. Einige behaupten deshalb, dass es die Sprache der Göttersteine ist, weil der Klang einigen Namen von Göttersteinen ähnelt. Die Engel der Familie Melinail hatten eine Gabe. Man nannte sie auch Klangengel.«

Neila musste an sich halten, um sich nichts anmerken zu lassen. Ihre Vorfahren waren Tyrannen, die schlimmer als die Nazis gewesen waren?

Irgendwie fiel es ihr schwer, das zu glauben. Sie wollte es nicht.

»Sie waren in der Lage, mit den Göttersteinen zu sprechen und ihnen ihren Willen aufzuzwingen. Damit hatten sie alle unter Kontrolle und konnten mit jedem Engel machen, was sie wollten. Konnten sich jeden Stein nehmen, den sie wollten. Sie wussten angeblich genau, welcher mächtig und welcher es nicht war. Anscheinend besaßen sie am Schluss alle mächtigen farbigen Steine. Außer den schwarzen und den weißen, die sich zusammenschlossen. Die ersten Wächter der Ordnung stürzten die Klangengel und löschten jeden von ihnen aus.«

»Das klingt alles sehr schwammig«, brachte Neila nach ein paar Schrecksekunden heraus.

»Es gibt auch bis auf die Entstehungsgeschichte der Wächter keine anderen Aufzeichnungen darüber«, meinte Raphael. »Für meinen Geschmack klingt sie etwas zu sehr nach ›Die Wächter haben euch vor den Tyrannen gerettet und sind ja so toll!‹, um ernst genommen zu werden. Geschichte ist nicht schwarz oder weiß, sondern beides, hat mein Geschichtslehrer mal gesagt.«

»Allerdings muss ich schon sagen ...«, begann Melina leise, »... dass ich froh bin, dass es heutzutage keine Klangengel mehr gibt. Allein die Vorstellung, dass mein Stein sich gegen mich wendet, lässt es mir kalt den Rücken runterlaufen.«

Neila zuckte kaum merklich zurück. Melina entging diese Reaktion, weil sie kurz die Augen geschlossen hatte.

Aber Raphael nicht. »Alles in Ordnung?«

Neila nickte mechanisch. Sie war immer noch wie gelähmt von Melinas Worten. Ihre Cousine hatte Angst. Angst vor ihr. Ihren Fähigkeiten. Und wenn Neila ehrlich war, dann ging es ihr ganz genauso. Erst nach und nach wurde ihr bewusst, dass sie nie mit jemandem außer ihren Brüdern über diese Sache sprechen konnte. Dass sie niemanden haben würde, bei dem sie sich aussprechen konnte. Dem sie ihre Sorgen und Ängste mitteilen konnte.

Aber genau so jemanden brauchte sie.

Neila sah zu Raphael, der die Augenbrauen zusammengezogen hatte und sie mit einem so sorgenvollen Blick musterte, dass es ihr das Herz erwärmte. Rasch sah sie wieder weg. Denn in ihr wuchs der Wunsch, ihm alles zu erzählen. Aber das durfte sie nicht.

»Ich bin müde ...«, hörte sie sich selbst sagen.

Melina verstand den Wink sofort. »Kein Thema. Wir sehen uns dann morgen. Gute Nacht!« Neila hörte sie noch etwas Unverständliches mit Raphael reden, dann war sie auch schon verschwunden. Raphael jedoch nicht.

»Was hast du, Neila? Und sag jetzt nicht nichts. Ich kann es dir ansehen. Du bist auf einmal ganz weiß geworden.«

»Ich weiß nicht ...« Sie schluckte krampfhaft. »Ist alles ziemlich viel auf einmal.«

»Bis vor fünf Minuten schienst du das alles noch gut aufzunehmen.«

Neila zuckte mit den Schultern. »Vielleicht war es die Vorstellung, dass ich zu einer willenlosen Marionette werden könnte, wenn es diese Klangengel noch geben würde.«

»Es gibt sie aber nicht mehr.« Sie hörte, wie er aufstand. Einen Augenblick später saß er neben ihr auf dem Sofa. Sofort wurde das Prickeln auf ihrer Haut stärker.

Wie von selbst sah sie zu ihm.

»Bis du dir sicher?«

Der misstrauische Blick war aus Raphaels Gesicht wie von Zauberhand verschwunden. Neilas Herz begann lauthals zu schlagen. Er gab keine Antwort, sondern sah sie nur an. Schien mit sich zu ringen. So wie sie. Mehr und mehr verschwand alles andere aus ihrem Kopf. Schließlich fragte Neila mit belegter Stimme: »Was ist das, Raphael?«

»Was?« Seine Stimme klang genauso wie ihre. Leise und heiser vor Anspannung.

»Das.« Neila griff nach seiner Hand. Sie holten gleichzeitig tief Luft, als der vertraute Blitz sie durchzuckte und sie in Brand steckte und immer größer wurde, je länger sie sich berührten. Neila war sich nicht sicher, was diesmal anders war, aber zum ersten Mal wollte jede Faser ihres Körpers nicht, dass es aufhörte. Aber sie unternahm nichts. Obwohl sie genau wusste, was sie sich in diesem Moment am meisten wünschte.

Dennoch wusste sie nicht, ob es ihm genauso ging. Raphael schien noch immer innerlich mit sich zu ringen. Für Neila hieß das, dass ihn irgendwas daran hinderte. Oder jemand.

In diesem Moment erinnerte sie sich an die Worte ihrer Tante, dass Raphael mit einer Liliana zum Ball gegangen war.

Das versetzte ihrem Herzen einen Stich. Das Feuer jedoch loderte noch immer. Dennoch entzog sie ihm ihre Hand und senkte den Blick.

In diesem Augenblick griff Raphael mit der anderen Hand an ihren Hals. Sie erschauerte, als sein Daumen ihr Kinn entlangfuhr und es nach oben drückte.

In ihrem Magen flatterten Schmetterlinge immer schneller im Rhythmus ihres Herzens, als sie für den Bruchteil einer Sekunde seinen warmen Atem auf ihren Lippen spürte. Dann endlich küsste er sie. Neila hatte bereits einige Jungs in den letzten Jahren geküsst, aber noch nie hatte sie dabei so ein explodierendes Glücksgefühl erlebt wie in diesem Moment. Es war noch viel besser, als man es in den Büchern beschrieben hatte.

Ihre Lippen gehörten einfach zusammen.

Der Kuss war erst sehr zärtlich, doch dann griff Raphael in ihren Nacken und zog sie noch enger an sich. Sie erwiderte die Geste, indem sie ihre Arme um seinen Hals schlang. Solch eine Leidenschaft hatte sie weder bei einem Jungen noch bei sich selbst je erlebt. Sie hatte es sich zwar vorgestellt, aber das war nichts im Vergleich zu dem Feuer, in dem sie und Raphael eng ineinander verschlungen standen. Es raubte Neila den Atem, dass ihr schummrig und schwarz vor Augen wurde.

Die Melodien in ihrem Kopf verstärkten das noch, mit ihren Klängen. Dabei schienen sie plötzlich immer mehr zu einer einzigen zu verschmelzen. Bevor Neila jedoch darüber auch nur einen klaren Gedanken fassen konnte, löste Raphael sich schwer keuchend von ihr. Erst da merkte sie, wie sehr sie außer Atem war. Sie zitterte am ganzen Körper, sodass ihr Kopf nach vorne fiel.

An Raphaels rechte Schulter gelehnt, versuchte sie zur Ruhe zu kommen. Ihm ging es offenbar genauso, denn Neila konnte sehen und hören, wie er schwer atmete. Dieses Detail brachte sie zum Lächeln. Seine Arme zogen ihren restlichen Körper noch näher an sich, sodass sie eng aneinandergeschmiegt eine ganze Weile dasaßen.

Die Melodie des Lebenssteines, die vor Glück Purzelbäume zu machen schien, ließ sie leise summen.

»Welches Lied?« Sie verstummte bei Raphaels leise gehauchter Frage an ihrem Ohr.

»Kennst du nicht«, erwiderte sie und fügte hinzu: »Es ist von meiner Mom. Sie hat es immer gesummt. Ich kenne den Text nicht oder sonst was...«

Etwas versetzte ihrem Herzen einen Stich, doch sie ignorierte es und genoss den Moment. Sie erinnerte sich noch an ihre erste Knutscherei und das verlegene Schweigen danach. Diese Stille war alles andere als verlegen. Es war wie eine kleine Blase, eine eigene Welt ohne Probleme und peinliche Fragen. Die jedoch zerplatzte mit einem Mal, als eine dunkle, ruhige Melodie die Ankunft eines Besuchers ankündigte.

Langsam löste sie sich von Raphael. Was der jedoch nur so weit zuließ, dass er sie erneut küssen konnte. Zärtlich und kurz. Aber es reichte vollkommen aus, um sie wieder aus der Fassung zu bringen. Wäre nicht die immer lauter werdende Melodie gewesen, hätte sie sich sofort wieder auf ihn gestürzt. Allein schon bei seinem verschmitzten Lächeln und den glühenden dunkelbraunen Augen flatterte es in ihrem Magen und brachte sie ebenfalls zum Lächeln.

Raphael hielt schlagartig inne, als es an der Tür klopfte. Noch bevor er reagieren konnte, hatte Neila sich aus seinen Armen gewunden und war aufgestanden.

Just in dem Moment, in dem sie sich auf einen der Sessel fallen hatte lassen und »Herein!« gerufen hatte, kam Michael herein, der ihr mitteilte, dass sie noch am nächsten Tag mit Aurora für ein paar Tage zu Billy fahren würde. Neila hatte Schwierigkeiten damit, ihm zuzuhören, weil in ihren Gedanken in diesem Moment nur Raphael war und der Wunsch, ihr Onkel möge verschwinden.

Er zerbrach jedoch in tausend kleine Stücke, als Michael sich beim Gehen an Raphael wandte und sagte: »Ich muss mit dir sprechen. Kommst du?« Selbstverständlich sprang Raphael sofort auf.

Neila biss sich auf die Lippe und mied seinen Blick. Es war kindisch, das wusste sie. Aber sie wollte nicht, dass er jetzt ging.

Doch Raphael hatte sich entschieden zu gehen. »Bis morgen, Neila.«

Sie nickte nur in Richtung Tür, die kurz darauf zuging. Als die beiden dunklen Melodien aus ihrem Kopf verschwunden waren, stürzte sie ins Bad und verriegelte die Tür.

Langsam ließ sie sich an ihr hinuntergleiten, während sie an dem Verschluss der Kugel herumnestelte. Dann ließ sie den runden Stein in ihre Hand fallen.

Augenblicklich begann er wieder zu leuchten, und in ihrem Kopf verstummte alles außer der ihr vertrauten Stimme. »*Wunderschöne Gefühle, nicht wahr?*«

»*Ich dreh noch durch!*«, erwiderte Neila in Gedanken. »*Diese ganze Engelssache ist neu. Dazu die Geheimniskrämerei und die Lügerei. Dann hat auch noch der Mörder meiner Mutter den Todesstein und stellt damit was weiß ich an. Meine Vorfahren waren Tyrannen, und deshalb hassen alle die Klangengel. Und zu all diesem Zeug muss ich jetzt auch noch mit meinen Cousin knutschen. Verdammte Scheiße! Und dann kann ich noch nicht einmal mit jemandem darüber reden.*«

»*Doch mit mir*«, widersprach der Stein ihr. »*Du musst Vertrauen haben, Sarakiel. Vielleicht ist es an der Zeit, das Bild der Engel über Klangengel zu ändern.*«

»*Du meinst, ich soll es ihnen sagen?*«

145

»*Stück für Stück. Lerne ihnen zu vertrauen, und sie werden dir Vertrauen aussprechen. Du brauchst Geduld.*«

Neila ließ diese Idee eine Weile durch ihre Gedanken wandern. Der Stein hielt sich so lange dezent im Hintergrund. »*Ich weiß, dass ich auf Dauer verrückt werde, wenn ich alle um mich herum belügen muss. Lügen habe ich schon immer gehasst.*«

»*Das weiß ich, Sarakiel.*«

»*Woher?*«

»*Ich lausche deiner Melodie bereits seit deiner Geburt. Ich kenne dich, so wie du mich kennst.*« So aberwitzig und auch Angst einflößend diese Worte waren, so fühlte es sich wie ein wohltuendes Bad an. Voller Wärme und Beruhigung für Körper und Seele.

»*Wie kann ich mit dir reden, ohne dass ich dich berühre und du zum Leuchten anfängst?*«

»*Es ist nicht das Wie, sondern das Wann, Sarakiel. Deine Gabe steht erst am Anfang und wird mit jedem Tag stärker werden. Es wird der Tag kommen, an dem du mich und auch die anderen verstehen kannst ohne eine Berührung. Sarakiel, ich habe eine Bitte an dich.*«

»*Und welche?*«

»*Übernimm die Aufgabe der Gebieter der Ewigkeit. Stelle sicher, dass ich und meine beiden Brüder keinen Schaden anrichten können. Nur bei dir und deinem Bruder sind wir in Sicherheit. So wie wir es bei deiner Mutter und ihren Vorfahren waren.*«

Bei dem Wort »Vorfahren« wurde Neila wieder ganz mulmig. Der Lebensstein schien das zu spüren.

»*Sarakiel, konzentriere dich nicht auf die Vergangenheit, sondern auf die Gegenwart.*«

»*Was bedeutet Melinail?*«

»*Melodie der Herzen.*«

Da war zum ersten Mal Trauer in der sonst so liebevollen Stimme, sodass Neila es nicht wagte, weiter nachzufragen. Ihr war nur allzu bewusst, dass der

Lebensstein genau wusste, was vor zweitausend Jahren passiert war.

»Ich verspreche dir, dass niemand mit euch Schaden anrichten wird, solange ich es verhindern kann. Du hast mein Wort, Liaras.«

Neila stutzte. Woher hatte sie denn jetzt diesen Namen?

»Da du meinen Namen mit dem Versprechen in Verbindung gebracht hast, ist es bindend. Es ist der alte Schwur der Gebieter der Ewigkeit, Sarakiel.«

»Was passiert, wenn ich versage und es nicht schaffe, den Todesstein zurückzuholen.«

Da kam ihr ein noch schrecklicherer Gedanke, der ihr eine Gänsehaut bescherte. »Was ist, wenn der Todesstein bereits eine neue Bindung eingegangen ist? Ich will nicht töten! Ich KANN nicht töten.« Liaras schwieg, und Neilas Panik wuchs.

»Ich werde dir helfen und dir die Macht für deine Aufgabe geben, die du brauchen wirst, Sarakiel. Dies ist mein Schwur.« Neila umschloss den runden brombeerfarbenen Stein mit ihrer Faust, sodass diese nun lila zu glimmen schien.

Liaras beruhigte ihre Panik mit jeder Minute, die verstrich. Half ihr zu verstehen, dass es sinnlos war, sich jetzt darüber Gedanken zu machen. Noch wusste sie nicht, wo der Todesstein war. Und solange er sich in seiner Eisenkugel befand und noch niemand ihn berührt hatte, bestand keine Gefahr.

Erst einmal musste sie herausfinden, ob der Anhänger ihrer Mutter tatsächlich verschwunden war. Vielleicht hatte sie ihn ja auch versteckt, oder er war, während sie die Einbrecher abgewehrt hatte, runtergefallen. Ihr wurde prompt schlecht.

Wenn ihre Mom über den Todesstein und seine Fähigkeiten verfügte, wie hatte man sie dann überwältigen können? Dann war außerdem noch ihr Schmuck aus dem Haus verschwunden. Das meiste war nur Modeschmuck, doch was, wenn sie danach gesucht hatten, als ihre Mom nach Hause gekommen war.

Waren die Mörder ihrer Mom Engel gewesen? Müssten sie doch fast, oder? Erst einmal musste sie sicherstellen, dass der Stein nicht doch noch irgendwo in ihrem Haus war, dann könnte sie weitersehen oder neue Schlüsse ziehen.

Aber da war noch ihre Familie.

Wie sollte sie ihnen erklären, dass sie noch einmal dorthin wollte. Sie wusste, dass ihr Onkel es ihr überließ, was mit dem Haus passieren sollte, und er nur dafür gesorgt hatte, dass es repariert und sauber gemacht worden war. Neila brauchte einen Plan, ohne die Familie misstrauisch zu machen.

»Was ist mit Elion, Liaras? Kann er euch schon hören? Weißt du das? Und wie kann ich ihn davon abhalten, dass er den Ewigstein berührt, so wie ich dich. Nicht, dass es nicht schön war. Du weißt, was ich meine.«

»Natürlich, weiß ich das. Ich kann dir jedoch nicht sagen, ob er uns hören kann. Ich glaube aber, deine Mutter hatte vor, ihn ebenfalls in ein ähnliches Schmuckstück zu stecken.«

»Dann könnte man ihn nicht mehr so leicht berühren«, stimmte Neila ihr zu. *»Aber warum hat sie es bis jetzt noch nicht getan?«* Darauf hatte Liaras keine Antwort, sie sagte nur:

»Du solltest ihn gut verstecken.«

»Äh, warte mal kurz. Ihn? Wie männlich? Habt ihr Geschlechter?«

Liaras lachte lieblich. *»Nicht in dem Sinne, wie ihr dieses Wort definiert. Es klingt einfach besser als ›es‹. Allerdings haben einige deiner Vorgänger mich immer als den weiblichen und den Todesstein als den männlichen angesehen. Genauso wie sie die Fieras in diese beiden Kategorien zwängen wollten.«*

»Fieras …?«

»Ihr nennt es unsere Fähigkeiten.«

»Was sind denn deine Fieras.«

»Um es kurz zu fassen, sämtliche Fähigkeiten der Lizt, Rirsia, Kiras, Tolirios und natürlich der Noctel. Entschuldige, ich hab vergessen, dass ihr sie ja nach ihrem Äußeren benennt. Rosa, Grau, Grün und Blau. Und als Noctel bezeichnen wir die weißen und schwarzen Steine, wobei ich Schwarz schon immer mehr gemocht habe als Weiß.«

Neila musste über ihre letzten Worte schmunzeln, denn sie sagte es mit einem so zärtlichen Unterton, dass ihr warm ums Herz wurde und sie sofort an Raphael denken musste.

»Ich kenn Weiß noch nicht, aber Schwarz klingt immer so vertraut und aufregend.«

»Natürlich klingen sie für dich so. Genauso wie ich und meine Brüder. Du bist mit uns und einem der schwarzen Steine aufgewachsen. Das prägt Klangengel für ihr Leben. Du wirst dich immer leichter tun, sie aus einer Menge heraus zu erkennen, und wir werden auch die Ersten sein, die mit dir richtig kommunizieren können.«

»Mein Dad, stimmt. Wo ist sein Stein jetzt?«

»Das weißt du doch selbst, Sarakiel.«

»Daniel hat ihn«, antwortete Neila automatisch. »Der Stein war in dem Ring, den Dad ihm zum siebzehnten Geburtstag geschenkt hat.« Vor ihren Augen erschien ein breiter mattschwarzer Ring. Die Erinnerung war nur verschwommen, doch sie war da. Es war vor vier Jahren gewesen, als alles noch in Ordnung gewesen war.

»Er kann ihn benutzen, oder? Daniel mein ich. Er ist zu einem Wächter geworden.«

»Das kann nur er dir sagen. Ich habe in dieser Zeit geruht, Sarakiel. Wie es deine Mutter wollte. Aber vielleicht solltest du ihn besuchen und selber fragen«

»*Das wäre auch ein Vorwand, um im Haus nach dem Todesstein zu suchen*«, vollendete Neila Liaras Gedanken. »*Aber erst einmal werd ich mit Aurora fahren. Kann es gefährlich werden für mich, einen zweiten Stein zu tragen?*«

»*Nicht, wenn er rosa, grau, grün oder blau ist. Zumindest in den nächsten drei Jahren deiner Ausbildung sollten es nur diese Farben sein, solange du noch nicht – wie nennt ihr das? – gereift bist.*«

»*Ich nehme mal an, dass es damit zu tun hat, dass ich ihre Fähigkeiten durch dich bereits besitze und mit den anderen überfordert wäre?*«

»*Genau. Engel erwachen, doch sind sie zu diesem Zeitpunkt noch nicht im Vollbesitz ihrer Kräfte. Sie reifen zusammen mit ihrem Stein und wachsen daran*«, fügte sie hinzu, als hätte sie genau gewusst, was Neila fragen hatte wollen.

»*Ich bin ein Teil deiner Gedanken, Sarakiel. Ich weiß immer, was du sagen oder fragen willst.*«

»*Warum muss ich dann immer noch fragen?*«, erwiderte Neila grinsend.

»*Man nennt das höfliche Konversation, junger Engel.*«

Neila begann zu kichern.

Was in ein Lachen überging, als ihr der Gedanke kam, dass sie sich gerade mit einem runden lila Stein unterhielt, der in ihrem Kopf war und alles über sie wusste.

#9

»Sie soll was?«

Raphael starrte seinen Onkel fassungslos an. »Warum? Warum ist er so zu ihr?«

Michael schüttelte erschöpft den Kopf.

»Ich weiß es selbst nicht mehr. Erst dachte ich, er hasst sie, weil sie ihrer Mutter so ähnlich sieht. Aber mittlerweile ist er noch verbissener. Genauso wie damals, als er alles versucht hat, um Greg und sie auseinanderzubringen. Er will um jeden Preis verhindern, dass Neila einen starken Stein bekommt. Was daran so schlimm wäre, weiß ich nicht!«

»Sie darf keinen gelben oder rosa Stein bekommen, Michael. Sie wäre absolut schutzlos und ein leichtes Ziel.« Raphael begann vor Wut und Panik zu zittern. Er ballte die Hände zu Fäusten. Die Angst um Neila saß ihm im Nacken. Stärker als je zuvor. »Das lass ich nicht zu.«

»Meine Mutter auch nicht. Genauso wenig ich. Es reicht langsam«, murmelte Michael müde. »Ich hab damals nichts unternommen, um Greg und Vanessa zu schützen. Bei Neila lass ich das nicht zu«

»Und wie sollen wir ihr helfen? Wenn kein blauer Stein sie erwählt, bekommt sie den, den ihr der Graf gibt. Oder hab ich den Deal zwischen ihm und Billy falsch verstanden?« Michael schüttelte den Kopf. »Wie funktioniert dieses Erwählen jetzt eigentlich genau?«

»Funktionieren?« Michael gab ein Schnauben von sich. »Es ist bisher nur fünfmal vorgekommen, dass ein Stein sich einen Engel ausgesucht hat. Im letzten Jahrhundert wohlgemerkt.«

Raphael verdrehte die Augen. »Das weiß ich. Ich meine ...«

»Die Theorie ist«, unterbrach Michael ihn, »dass jedem Engel ein Stein zugeteilt ist. Eine Art Seelenverwandtschaft zwischen Stein und Engel. Befinden sie sich in der gleichen Umgebung findet der Stein, so heißt es, seinen Weg zu dem Engel. Egal an welchen anderen Engel er gerade gebunden ist.«

Raphaels Blick fiel auf seinen rechten Unterarm, wo sein ovaler schwarzer Stein in seinem Lederband lag. Er erinnerte sich noch genau an den Tag, an dem der Graf ihn einen der gleichförmigen Steine aussuchen hatte lassen, die sich hinter dicken Tresormauern in den tiefen Kellergeschossen des Schlosses befanden. Auf allerlei Sockeln hatten sie gelegen, und er hatte sich, ohne zu zögern, einen von ihnen genommen. Dieser Stein strahlte ein atemberaubendes Gefühl der Macht aus, aber eine besondere Verbindung, wie Onkel Michael sie eben beschrieben hatte, besaßen sie nicht.

»Billy hat nur zugestimmt, weil der Graf versprochen hat, es ihm gleichzutun und zu testen, ob einer unserer Steine sie erwählt. Wenn keiner sie erwählt, ist es seine Entscheidung.«

»Es gibt Millionen von Göttersteinen«, zischte Raphael ärgerlich. »Das ist unfair.«

»Ach bitte, Raphael!« Er wandte sich um. In der Tür zu Michaels Arbeitszimmer stand Aurora. »Genau wie Gabriel unterschätzt ihr Bilius gewaltig. Und mich auch.«

Mit einem Wimpernschlag stand Aurora neben ihm und strich ihm beruhigend über den Kopf, wie früher. Wenn sie so verschlagen lächelte, konnte sie einem manchmal wirklich Furcht einflößen. Die Angst um Neila verpuffte im selben Moment.

»Was sagen wir Neila?«, fragte er grinsend.

»Gar nichts. Das braucht sie nicht zu wissen. Es wird sie nur noch mehr gegen ihn aufbringen. Ich spüre ihren verletzten Stolz. Das können wir nicht brauchen, wenn wir wollen, dass endlich Ruhe in diese Familie einkehrt.«

»Raphael« Er sah zu Onkel Michael hinüber, der ihn mit ernstem Blick fixierte. Automatisch straffte er die Schultern. »Du fährst mit den beiden. Für alle Fälle. In Augsburg ist es in den letzten Monaten zu einigen Vorfällen gekommen. Überfälle auf Engel, denen man ihre Steine abnahm. Halte die Augen offen!«

»Geht klar.«

»Hast du schon mehr über Daniels Verhaftung herausfinden können?« Überrascht sah Raphael von Aurora zu Michael, die sich nun fixierten.

»Nein«, antwortete Onkel Michael zähneknirschend. »Aber je mehr ich höre, desto mehr glaube ich, dass da etwas viel Größeres im Gange ist.«

»Engel?«, entgegnete Aurora.

»Darauf verwette ich meinen Stein.«

»Bleib dran, Michael.« Auroras Stimme bekam einen seltsam rauen Unterton. »Ich hab das Gefühl, dass Greg und Vanessa nicht nur unseretwegen so oft umgezogen sind.«

Raphael bekam ein ungutes Gefühl, während er Aurora ansah. Ihre Sorgenfalten und diese angespannte Haltung. Er hatte sie nur einmal so erlebt.

Kurz darauf war sein Vater getötet worden.

#10

Melina war am nächsten Morgen total aufgedreht und konnte es kaum abwarten, dass der Innendesigner kam. Weswegen sie Neila bereits um halb neun aus dem Bett scheuchte.

»Warst du mal in einem der Apartments?«, hatte sie entgeistert gefragt, als Neila es gewagt hatte zu fragen, weshalb sie so scharf auf einen Umzug war. »Ein eigenes Reich, abgetrennt von den Erwachsenen. Ein Zwei-Stockwerke-Apartment mit zwei Schlafzimmern und Bädern nur für uns beide. Noch dazu mit dem besten Blick auf den Park. Es ist wie unsere eigene Wohnung, Nel!«

Das hatte die Euphorie tatsächlich erklärt, von der sich auch Neila anstecken ließ.

Der Mann, ein Engel, wie die einschläfernde Melodie des braunen Steins verriet, war ganz in Schwarz gekleidet, hatte weißblondes Haar und trug eine schicke Designerbrille. Er hatte sich im Voraus schon etliche Gedanken über das Erdgeschoss gemacht und projektierte mit einer lässigen Handbewegung ein 3-

D-Bild in die Luft, sodass sie sich besser vorstellen konnten, wie es aussehen sollte.

Es ging zunächst einmal um die grundsätzlichen Renovierungs- und Umbauarbeiten, die dem Architekten vorschwebten und in den nächsten Tagen erledigt werden sollten. Anschließend befragte er jede von ihnen nach ihren Vorlieben und Lieblingsfarben. Dabei hatte es vor allem Neila überrascht, dass aus ihrem Mund bei der Frage nach ihren Farben statt wie sonst Rot »Brombeerfarben und Blau« kam. Allerdings wunderte sie das auch nicht mehr wirklich.

Den ganzen Vormittag saßen sie mit Master Jakobsen und Aurora zusammen, bis sie allesamt mit den Entwürfen zufrieden waren. Nach einem schnellen Mittagessen eilte Neila schließlich nach oben, um ihre Reisetasche zu packen. Als sie ihre Waschutensilien verstaut hatte, musste sie schließlich zwei Entscheidungen treffen, die sie die ganze Nacht und den Vormittag vor sich hergeschoben hatte.

Aus einem reinen Impuls heraus ging sie schließlich ins Bad, schloss die Tür hinter sich ab und verbrannte den Brief ihrer Mutter, ehe sie ihn im Klo hinunterspülte. Mit leichtem Stechen in der Brust grübelte sie schließlich über die zweite Entscheidung nach.

Nahm sie den Ewigstein mit, um ihn im Auge zu behalten, oder versteckte sie ihn in ihrem Zimmer? Beide Vorgehensweisen hatten ihre Vor- und Nachteile. Schließlich entschied sie sich für Ersteres. Sie holte ein kleines Säckchen, in dem sie sonst ihre Sonnenbrille aufbewahrte, und stülpte es über den leuchtenden Stein, ohne ihn zu berühren. Danach wurde das Säckchen gut verknotet und gemeinsam mit ihrem iPhone in die Hosentasche ihrer Jeans gesteckt.

Ihr Herz setzte für einen Moment aus, als sie durch die hohen Fenster im Treppenhaus einen Blick auf die Auffahrt warf. Sie blieb wie angewurzelt stehen.

Vorfreude und auch ein eigenartiges Gefühl machten sich in ihr breit, als sie sah, wie Raphael Aurora ihren Koffer aus der Hand nahm und in den dunkelroten Mercedes einlud, sich dann bückte und eine Sporttasche hinterherschmiss. In seiner Hand konnte sie einen schwarzen Autoschlüssel aufblitzen sehen.

Unsicher, ob es das hieß, was sie vermutete, ging sie langsam hinunter. Sie hatte Raphael den ganzen Tag nicht gesehen. Nicht seit ihrem Kuss.

Als hätte er gespürt, dass sie ihn beobachtete, sah Raphael plötzlich auf. Neila blieb stocksteif stehen und war erneut in seinem Blick gefangen. Von seinem Lächeln. Sofort ging ihr Atem wieder schneller.

Dafür wurde sie von dem Stein in ihrer Hosentasche ausgelacht. Das wiederum löste ihre Starre auf.

»Na warte ...«, dachte sie, während sie die Treppen hinunter in die Eingangshalle eilte. »Wart mal, bis ich dich verstehen kann. Dann kannst du was erleben, Frechdachs.«

»Ah, gut.«

Aurora strahlte ihr entgegen, als sie in den bewölkten Nachmittag hinaustrat. »Raphael kommt mit.«

»Willst du fahren?« Das freche Grinsen von Raphael ließ ihre Anspannung sich in Luft auflösen.

»Ist keine Klapperkiste, sorry«, erwiderte sie und ging zum Kofferraum, um ihre Tasche hineinzuwerfen. Nachdem sie sich von Elion und Melina verabschiedet hatte, stieg sie ein. Sie setzte sich auf den Beifahrersitz, weil Aurora darauf bestand.

Das betretene Schweigen zwischen ihnen auf den ersten Metern verging zu ihrer Erleichterung, als Aurora im Plauderton einwarf:

»Raphael, wusstest du eigentlich, dass Neila Ärztin werden will. So wie du.«

»Du studierst Medizin?«

Raphael warf ihr einen belustigten Blick zu. »Warum überrascht dich das so?«

»Keine Ahnung«, gab Neila zurück. »Ich hab irgendwie angenommen, du würdest Jura oder BWL studieren.«

Er lachte in sich hinein. »Gott, da würde ich eingehen! Nie im Leben. Und du also auch?«

»Warum überrascht dich das jetzt?«, konterte Neila und musste ebenfalls lachen.

»Tut es ehrlich gesagt nicht. Immerhin war es deine Mom, die mich darauf gebracht hat. Ich wollte immer so wie sie sein. Wundert mich nicht, wenn es dir da nicht anders geht. Tut mir leid.« Er warf ihr einen entschuldigenden Blick zu.

»Schon okay. Ihr hätte das bestimmt gefallen.« Sie schwieg einen Moment, während sie auf ihre Hände sah.

Dann gestand sie leise seufzend: »Ich weiß noch nicht, ob ich es machen werde. Früher wollte ich es mal. Es war der einzige Grund, warum ich aufs Gymnasium wollte. Warum ich gelernt habe. Ich hab sie oft im Krankenhaus besucht.«

»Glaubst du, deine Mom würde wollen, dass du es aufgibst?«

»Ich weiß nicht, was ich will. Eigentlich ...« Sie musste selbst über ihre nächsten Worte schmunzeln. »... wollte ich mir nächstes Jahr das Sorgerecht für Elion erkämpfen und mit ihm irgendwo neu anfangen.«

»Aber?«

»Die Umstände haben sich ein klein wenig verändert, findest du nicht?«

»Ein bisschen«, erwiderte er mit ironischem Unterton.

So ging es die ganze Fahrt über weiter. Aurora hatten sie, zumindest ging es Neila so, vollkommen vergessen. Neila wusste nicht, was der Kuss bedeutete, war aber mehr als froh, als sie mehr und mehr feststellte, dass Raphael und sie mehr gemeinsam hatten, als sie anfangs gedacht hätte.

In den letzten Wochen hatten sie sich kaum gesehen, geschweige denn in Ruhe unterhalten können. Er war ihr aus der Entfernung immer unnahbar und im Vergleich zu ihr wie ein Erwachsener vorgekommen. Aber das war er nicht. Die Art und Weise, wie er über die Dinge sprach, die er mochte oder die ihn begeisterten, riss sie ebenfalls mit.

Die Leidenschaft in seiner Stimme und das Funkeln in seinen Augen, ganz besonders, wenn er über sein Studium sprach, beeindruckten sie. Seine Messlatte hätte er sich nicht höher setzen können. Er wollte Chirurg werden. Was noch die nächsten zehn Jahre in Anspruch nehmen würde.

Allerdings erfuhr sie in diesem Zusammenhang, dass Engel mit den Jahren immer stärker belastbar wurden. Körperlich wie mental. Ebenso wurden sie selten krank, was in diesem Beruf von großem Vorteil sein konnte. Raphael erzählte ihr die halbe Autobahnfahrt über die verschiedenen Theorien, was den Unterschied zwischen Menschen und Engel ausmachte. Die einen behaupteten, es seien die Gene, andere wiederum hielten das Blut für verantwortlich. Doch keiner hatte einen stichhaltigen Beweis gefunden.

Äußerlich wie innerlich schienen Menschen und Engel sich in nichts nachzustehen. Weswegen auch für Neila die Theorie, dass die Steine der ausschlaggebende Punkt seien, am logischsten klang, wenn man mal außer Acht ließ, dass es sich um magische Steine handelte.

»Du bist ja regelrecht besessen«, lachte Raphael, als sie ihn mit Fragen über diese Theorie löcherte.

»Ich find das faszinierend. All die Fragen, die das aufwirft. Ob die Steine uns dauerhaft verändern oder nur dann, wenn wir sie tragen? Und warum dann

Menschen sie nicht benutzen können? Und was passiert eigentlich, wenn ein Engel erwacht? Das würde ich nur zu gern wissen.«

»Ich glaube, ich hab ein Monster erschaffen«, witzelte Raphael. Er wurde langsamer, weil sich vor ihnen ein Stau gebildet hatte. »Allerdings ist es schwer, das herauszufinden. Die Technik, also CT, MRT und so weiter, versagt nämlich. Diese Geräte können die Vorgänge, die sich abspielen, wenn wir unsere Fähigkeiten einsetzen, nicht aufzeichnen. Hat man alles schon versucht. Es gibt ein Institut in München an der Uniklinik, die sich nur mit Engelskunde befasst. Natürlich streng geheim und unter Ausschluss der Öffentlichkeit. Du erinnerst mich irgendwie an Felix.« Raphael lachte erneut und schüttelte leicht den Kopf.

»Felix Huber«, fuhr er erklärend fort. »Ein Engel einer türkisen Sippe. Hat mit mir zusammen zu studieren angefangen, aber sobald er das Institut das erste Mal betreten hatte, war es um ihn geschehen. Er hat sofort das Studium geschmissen und dort seine Ausbildung angefangen. Zurzeit versucht er eine Maschine zu bauen, mit der man die Melodien der Steine hören und verstehen kann.«

»Wirklich? Meinst du, er schafft das?« So recht wusste Neila nicht, was sie davon halten sollte.

»Felix ist ein Genie, ein wandelndes Lexikon, und seine technischen Fähigkeiten sind beeindruckend. Und er ist noch keine achtzehn. Also wenn, dann schafft es wohl er.«

»Warte, was?«

Raphael nickte mit einem grimmigen Lächeln. »Der kleine Kerl hat mit vierzehn sein Abi gemacht und ist mittlerweile einer der begabtesten technischen Leiter in dem führenden Institut für Angelismus von ganz Europa.«

»Nehme an, es kommt aus dem Lateinischen? Angelus, Engel, oder?«, fragte Neila.

»Kleine Streberin.«

»Mittlerweile nicht mehr«, rutschte es Neila heraus. Sie sah verlegen weg und fügte hinzu: »Ich muss die Zehnte wiederholen. Bin ein bisschen aus der Bahn gekommen in den letzten Jahren.«

»Bei mir war's die Neunte. Allerdings wurde ich auch schon ein Jahr früher eingeschult. Da hat sich das wieder ausgeglichen.«

Neila beobachtete ihn verstohlen aus den Augenwinkeln, während er mit einem plötzlich ernsten Ausdruck auf die Straße schaute. Sie hätte ihn am liebsten danach gefragt, weil sie ihm ansehen konnte, dass mehr hinter seinen Worten steckte, doch sie beließ es dabei und schwieg.

»Also eine Streberin. Was hast du denn noch so gemacht?«, nahm er nach einer Weile das Gespräch wieder auf.

»Na komm schon«, hakte er nach. »Schlimmer als Streber geht doch nicht.« Er stieß ihr spielerisch mit dem Ellbogen in die Seite.

»Was hast du denn so gemacht?«, konterte sie und fing seinen Schlag ab.

Raphael grinst. »Fußball und Judo.«

Neila war baff. Mit offenem Mund starrte sie ihn von der Seite an, was ihm natürlich nicht entging.

»Was?«

»Das hat auch Daniel gemacht, seit ich denken kann.«

»Fußball haben wir früher im Kindergarten gespielt«, meinte Raphael dazu nur.

»Also. Du? Gut, dann rate ich. Reiten?«

Neila schüttelte den Kopf und verdrehte dabei die Augen. »Ich hatte nur eine Reitstunde mit fünf. Da bin ich runtergefallen, seitdem hab ich den größten Respekt vor jedem, der sich oben halten kann.«

»Okay. Fußball?«

Neila schüttelte wieder den Kopf.

»Turnen? Leichtathletik? Volleyball?«

»Nein, nein und noch mal nein. Im Raten bist du aber wirklich schlecht.«

»Sag schon!«

Neila biss sich auf die Unterlippe. »Ich hab mit fünf Ballett angefangen, mit sieben Tennis, und eine Zeit lang hab ich auch Standardtanz gelernt, was aber durch die ständigen Umzüge nicht einfach war, weil ich mir jedes Mal einen neuen Tanzpartner suchen musste.«

Die Überraschung stand Raphael deutlich ins Gesicht geschrieben. »Du ...« Er warf ihr mehrere Blicke zu und schüttelte immer wieder den Kopf. »Entschuldige, aber damit hätte ich nie im Leben gerechnet. Du kommst mit nicht so wie...«

»Wie eine Tussi vor? Meinst du das?«

»Ich wollte eigentlich typische Primaballerina sagen, aber das passt auch. Wenn du mir jetzt noch sagst, dass du nebenbei noch ein Instrument gelernt oder ein Buch geschrieben hast, bekomm ich wirklich Minderwertigkeitskomplexe.«

Neila kniff die Lippen zusammen, um nicht lauthals loszulachen, während sie an die Decke starrte.

»Klavier?«, fragte Raphael mit einem gespielt ängstlichen Unterton.

Neila sah zu ihm. »Nein. Geige. Seit ich sieben war. Und ich hab im Chor gesungen. Sogar mal in der Band von meinem damaligen Freund.«

»Also fassen wir zusammen. Streberin, nebenbei Ballerina, Standardtänzerin, spielte Tennis und Geige und singt. Und das seit frühester Kindheit. Respekt. Aber ...« Er zögerte kurz. »Du hast mit allem aufgehört?«

»Mein größter Fan saß plötzlich nicht mehr in der ersten Reihe«, antwortete Neila leise.

Zum ersten Mal seit Langem, wollte sie von ihrem Dad sprechen. Also tat sie es auch.

»Er war bei jedem Macht, bei jedem Konzert oder Aufführung dabei. Zusammen mit Daniel und Mom saß er immer in der ersten Reihe. Ihn jubeln zu sehen, hat mir immer gefallen. Nachdem Dad tot war, bin ich, na ja, durchgedreht. Mir hat dieses Mädchenhafte plötzlich überhaupt nicht mehr gefallen. Meine Klamotten, Tanz, Tennis, alles. Ich bin etwas von der Spur abgewichen, bis Daniel verhaftet wurde und Mom einen Nervenzusammenbruch hatte. Das hat irgendwie dafür gesorgt, dass ich nicht noch weiter abgerutscht bin. Elion und seine Grübchen haben den Rest getan.«

Der vertraute Blitz zuckte durch sie.

Langsam senkte sie ihren Blick und lächelte, als sich Raphaels Hand mit ihrer verhakte. Es war eine so vertraute Geste, als würde sie sie schon ihr Leben lang kennen. Voller Trost und Wärme, sodass jeder Kummer vertrieben wurde.

Sie schwiegen eine Zeit lang.

Raphael verließ schließlich die Autobahn, und wenige Minuten später fuhren sie in einem leichten Nieselregen zwischen Korn- und Maisfeldern hindurch. Dabei hielt er weiterhin ihre Hand, und Neila stimmte innerlich einen Lobgesang für den Erfinder des Automatikgetriebes an. Schließlich bogen sie in eine einsame Straße ein, die auf einen Wald zulief und leicht bergauf führte.

»Ah, wir sind da!« Wie von der Tarantel gestochen ließ Raphael ihre Hand los, als Aurora sich plötzlich hinter ihnen meldete. Auch Neila erschrak fast zu Tode, sodass sie ihm seine Reaktion nicht verübelte.

Andererseits, war es denn so schlimm, wenn Aurora sah, wie sie Händchen hielten? Neila war das Ganze ein wenig peinlich, weil sie nicht wusste, was Aurora davon halten würde. Von was auch immer. Sie wusste es selbst ja noch nicht genau. Das war gelogen. Natürlich wusste sie es.

Sie hatte sich restlos verliebt. Ob es das Gleiche für Raphael war, wusste sie nicht. Aber er schien zumindest etwas an ihr zu finden.

Das Auto wurde langsamer, und sie gelangten an ein in Backsteine eingefasstes Eisentor, das im selben Moment aufging. Neila hatte von einer der mächtigsten Sippen, wie Raphael sie genannt hatte, ein ähnliches Schloss wie ihr neues Zuhause erwartet, aber das, was sie sah, machte sie sprachlos.

Ihr klappte der Mund auf, als sie auf einen Platz fuhren, der nicht zu einem Schloss, sondern zu einem Bauernhof gehörte. Mit allem, was man sich darunter vorstellte.

Längliche Gebäude mit schmalen Fenstern und großen Toren. Ein Hühnergehege, das neben einem großen Berg unter dem Vorsprung einer der Ställe war. Dahinter konnte Neila nur schemenhaft die weite, eingezäunte Koppel sehen, auf der ein paar Pferde grasten. Den Tiergeräuschen von der anderen Seite nach zu urteilen gab es wohl auch einige Kühe.

»Äh …«, machte sie, während Raphael den Motor abstellte. »Irgendwie bin etwas überrascht. Positiv. Nach dem, wie Billy angezogen war.«

Aurora und Raphael lachten beide auf. »Das hier ist, wie man so schön sagt, das Privathaus, Neila«, erklärte Aurora. »Hier wohnt meine Nichte mit ihrer Familie. Billy ist zwar auch oft hier, aber er ist meistens im Hauptschloss der Sippe. Da, wo wir morgen hinfahren werden.«

Sie öffnete die Tür und stieg aus. Raphael und Neila taten es ihr nach. Ein Gewirr aus den unterschiedlichsten Melodien wurde immer lauter und drängte sich für einen Moment in ihr Bewusstsein, sodass sie kurz die Augen schließen musste, um nicht laut aufzustöhnen. Wenn sie sich nicht irrte, so waren mindestens neun weitere Steine in der Nähe. Allesamt blau und voller Heiterkeit. Zu viel für Neila in diesem Moment, sodass sie missbilligend mit den Zähnen knirschte.

Aber sie schaffte es auch diesmal, die Melodien in ihren Hinterkopf zu verbannen. Zusammen mit Liaras Hilfe, wie ihr das warme, wohlige Gefühl verriet. Vor Erleichterung seufzend nahm sie einen tiefen Zug der frischen Landluft.

»Ein Landei also auch noch, die Primaballerina«, hörte sie Raphaels Stimme ganz in ihrer Nähe. Neila drehte den Kopf und zog eine Augenbraue hoch, was ihn erneut zum Lachen brachte. Es erstarb jedoch jäh, als sein Blick auf etwas hinter ihr fiel. Neila wandte sich um und sah, wie ein breitschultriger und durchtrainierter junger Mann die Veranda des größten Gebäudes verließ und auf sie zusteuerte. Sie konnte nicht anders, als ihn anzuschauen, denn sie wurde das Gefühl nicht los, dass sie ihn von irgendwoher kannte.

Als er sich schließlich mit der Hand durch die kurzen braunen Haare fuhr, wusste sie auch, woher. Es war der Mann, der in diesem Werbespot für irgendein Männer-Parfüm warb. Der mit den stählernen Muskeln und diesem verwegenen Blick. Genau dem Blick, mit dem er sie jetzt ansah.

Neilas Wangen glühten leicht, während er sie im Näherkommen immer eingehender von oben bis unten musterte. Zu ihrer eigenen Überraschung fand sie es überhaupt nicht unangenehm.

»Nikolas.« Sein Blick blieb auf ihr, als Aurora neben Neila trat und ihr einen Arm um die Schulter legte. »Das ist hier Neila. Neila, Nikolas ist der zweitälteste Sohn meiner Nichte.«

»Nick. Freut mich, schöne Frau.«

Neila hob leicht amüsiert eine Augenbraue bei dieser Anrede. Einfallslos und plump.

Doch ehe sie etwas darauf antworten konnte, sagte eine andere Stimme hinter ihr: »Vergiss es, Nicki.« Der Spott, der in Raphaels Stimme lag, als er den Namen aussprach, ließ Neila sich umdrehen. Seine Augen glitzerten vor Hohn. Ebenso sein verächtliches Lächeln, als er lässig zu ihnen kam.

»Was soll ich vergessen?« Nicks Stimme war auf einen Schlag kalt.

»Jungs. Wir sind doch gerade erst angekommen«, ging Aurora nun dazwischen und schob dabei gleichzeitig Neila zum Haus. »Ihr könnt euch später noch den Schädel einschlagen.«

Neila wandte noch einmal kurz den Blick zu den beiden, die sich nun anstarrten, als ständen sie ihrem schlimmsten Feind gegenüber, dann folgte sie Aurora zum Haus, wo sie eine weitere Gestalt erkannte. Eine gut gebaute Frau mit hellblonden Haaren, die ihnen entgegenlachte, erwartete sie bereits. Als sie die Hände ausbreitete, blitzte der blaue Stein in ihrem Armreif auf.

»Tante Aurora. Ich wollte es erst glauben, wenn ihr hier seid.« Aurora ließ Neila los und schloss die Frau in eine herzliche Umarmung.

»Und das ist dann wohl Neila.« Die tannengrünen Augen richteten sich über Auroras Schulter auf sie. In ihnen stand plötzlich Trauer und tiefes Mitleid, das ihr jedoch nicht mehr allzu viel ausmachte, ganz anders wie noch vor ein paar Wochen.

»Mein Beileid, Süße.« Ehe sie sich versah, war sie in einer Umarmung gefangen. »Ich bin Jill. Die Cousine deines Dads.«

»Vielleicht sollte ich mir langsam einen Familienstammbaum zulegen, um nicht den Überblick zu verlieren.«

Jills Lachen auf ihren Kommentar war laut und herzlich. Bis sie plötzlich über ihre Schulter schrie:

»Nikolas Xaver Thel, wage es ja nicht, dich mit ihm zu prügeln, bevor ich ihn begrüßen konnte.«

Neila drehte sich um und machte automatisch einen Satz vorwärts. Der Anblick, wie Raphael von Nick am Hemdkragen festgehalten wurde, gefiel ihr nicht und weckte in ihr den Drang, sofort dazwischenzugehen. Doch das Lächeln auf Raphaels Gesicht beruhigte sie. Allerdings machte Nick keine Anstalten, ihn loszulassen, und redete immer noch auf ihn ein.

Raphaels Lachen erstarb. Dann ging alles blitzschnell. Ein schwarzer Lichtblitz leuchtete auf, und Nick schlitterte über den Kies einige Meter von Raphael weg. Sein zorniger Blick ließ Neila zur Salzsäule erstarren. Nur wenige Sekunden später zuckte sie zusammen, als Raphael von etwas gegen das Auto geschleudert wurde.

Neila verzog das Gesicht, als ein kurzer Schmerz ihren Rücken durchzuckte. Plötzlich war auch schon Nick bei ihm und versperrte ihr die Sicht auf Raphael. Da schossen auf einmal dicke Ranken aus dem Boden und ließen alles um sie herum erzittern. Für einen Moment war Neila abgelenkt, weil sie ihr Gleichgewicht halten musste. Als sie wieder zu den beiden hinübersah, wich sie kaum merklich zurück.

Raphael und Nick waren mit den Ranken gefesselt. Was sie jedoch nicht davon abhielt, sich gegenseitig weiter Beleidigungen an den Kopf zu schmeißen und gegen die Fesseln anzukämpfen. Gebannt, aber auch fasziniert sah Neila zu, wie es um Raphael schwarz zu glimmen begann.

»Es reicht!«

Neila blinzelte und sah zur Seite, wo gerade noch Aurora gewesen war. Doch jetzt stand sie vor Raphael und hatte ihm eine Hand auf die Brust gelegt. Neila konnte nicht verstehen, was sie sagte, doch es wirkte. Raphaels aggressive Haltung entspannte sich.

Neben ihr seufzte Jill genervt.

»Was zum Teufel sollte das denn ...?«, fragte Neila vollkommen überrollt von den Ereignissen.

»Die beiden hassen sich. Das war schon immer so. Und es wird immer schlimmer, je älter sie werden«, erklärte sie ihr gereizt, dann bedeutete sie Neila, ihr ins Haus zu folgen. »Aurora kümmert sich um die beiden. Ich hab Kuchen gebacken, hast du Lust?«

Mechanisch nickte Neila und folgte ihr schließlich, ohne noch einmal einen Blick zurückzuwerfen.

Drei Stunden später hatte sie sich ein wenig von dem Schock angesichts des Hasses in Raphaels Blick erholt. Jill hatte sie in dieser Zeit vollkommen in Beschlag genommen, ihr den Hof, die Tiere und die Gärten gezeigt, während sie von ihrer Familie erzählte, sodass Neila langsam einen Durchblick hatte, wie sie mit allen verwandt war.

Der Vater ihres Dads war ein von Schwarzbach und nur entfernt mit dem Grafen verwandt gewesen. Neilas Großmutter jedoch war eine gebürtige von Hohenfels und hatte vier Geschwister. Billy war ihr ältester Bruder und Aurora ihre beinahe gleichaltrige Schwester. Außer den beiden gab es noch Cassandra und Adam, die beide mit ihren Familien im Ausland lebten. Cassandra in Australien und Adam in England.

Jill wiederum war Billys älteste Tochter und hatte zwei weitere Geschwister. Ihr Bruder, der Erbe der Sippe, lebte mit seiner Frau und seiner Tochter im Hauptsitz, während ihre jüngere Schwester in Hamburg wohnte.

Auf der Pferdekoppel lernte sie schließlich auch Jills Ehemann Manfred kennen, einen ebenso wohlgenährten Mann mit rundem Gesicht und einem ur-bayrischen Dialekt, der sich zum Schreien komisch anhörte. Auch er trug einen blauen Stein, bei dessen Melodie sie eine starke, alte Eiche vor Augen hatte, die kein Sturm zähmen konnte.

Neila fühlte sich auf Anhieb in dieser Umgebung wohl. Es hatte etwas von einem einfachen Bauernleben und war kein riesiges Schloss, in dem man sich immer winzig fühlte.

Während sie am Koppelzaun dabei zusah, wie die Pferde grasten, schlängelte sich plötzlich etwas um ihr linkes Handgelenk. Verwirrt sah Neila hinunter und sah eine rote Rose an ihrem Handrücken erblühen, die gerade aus dem Boden gewachsen war. In dem Moment, als sie die Melodie eines blauen Steines hörte, hell und klar, wusste sie, von wem sie war. Sie drehte sich um.

»Für mich?«, fragte sie lächelnd, an Nick gewandt, der ihre Geste erwiderte und die letzten Meter auf sie zukam. Ganz lässig und cool, wieder mit diesem verwegenen Lächeln.

»Ich seh hier sonst keine schöne Frau, die ihrer würdig wäre.«

Neila biss sich auf die Unterlippe. Gott, war das schnulzig und falsch, dass es eigentlich schon wieder zum Lachen war. Andererseits hatte ein Männermodel ihr gerade gesagt, dass sie schön war, und das, musste sie zugeben, gefiel ihr.

Welcher Frau denn nicht?

»Danke«, erwiderte sie höflich.

Nick bückte sich und berührte den langen Stiel der Blume, woraufhin er sich in nichts auflöste. Automatisch hob Neila sie an die Nase und roch daran.

»Jede Frau sollte sich mit ihrer Lieblingsblume schmücken können«, säuselte Nick und trat dicht an sie heran.

Neilas Grinsen wurde breiter. Sie ignorierte ihn und sah wieder zu seinem Vater, der den Brunnen auf der Koppel reparierte.

»Wie kommst du darauf, dass Rosen meine Lieblingsblume sind?«, fragte sie. Innerlich lachte sie sich schlapp. Rote Rosen waren so was von Klischee. Die

Blumen gefielen ihr ja, aber es waren noch nie ihre Lieblingsblumen gewesen.

»Weil die Lieblingsblume einen Teil der Persönlichkeit widerspiegelt. Rosen beispielsweise sind wunderschön und zart.«

Jetzt konnte Neila nicht mehr anders und lachte los. Zart? Sie und zart?

Immer noch sich den Bauch haltend vor Lachen, drehte sie sich um. Aber nicht wegen Nick, sondern weil eine vertraute leidenschaftliche Melodie in ihrem Kopf aus weiter Ferne erklang.

Dort in einigen Metern Abstand stand er.

Augenblicklich pochte ihr Herz schneller.

»Was ist so lustig?«, fragte Nick, immer noch lächelnd. Er kam noch einen Schritt näher. Offensichtlich nahm er an, dass sie sich wegen ihm umgedreht hatte.

»Ich bin einiges, aber nicht zart«, erwiderte Neila prustend und wandte ihm den Kopf zu. Als er noch näher an sie herantreten wollte, legte sie ihm bestimmt die Hand auf die Brust. »Vielleicht war ich es mal. Aber ich hab mich verändert. Du hast keine Ahnung, wer ich bin, Nick.«

Sie drückte ihn sacht von sich weg. »Und ich finde es zum Totlachen, dass du denkst, du hättest mich mit nur einem Blick durchschaut, ohne mit mir zu reden. Mal abgesehen davon, dass du die Nummer wohl schon mit einigen Frauen abgezogen hast. Aber danke für die Blume. Sie ist sehr schön, allerdings nicht meine Lieblingsblume.« Damit wandte sie sich ab und ging immer noch lachend auf Raphael zu.

»Irgendwann ...«, rief ihr Nick hinterher. »... bekomm ich auch dich.«

Neila drehte sich im Gehen zu ihm um.

»Versuch's ruhig, dann bekomm ich wieder was zu lachen. Huch ...«

Abrupt blieb sie stehen, als sie beinahe in Raphael hineingelaufen wäre. Sie musste wieder lächeln. Doch es erstarb, als sie in das versteinerte Gesicht sah. Die kalten, dunklen Augen sahen über sie hinweg.

»Was ist das zwischen euch? Warum hasst ihr euch so?«, wollte sie wissen, während sie das aufkommende, prickelnde Gefühl zu ignorieren versuchte.

»Es gibt gleich Essen«, war die einzige Antwort, die sie von ihm bekam. Denn er machte auf dem Absatz kehrt und ging, die Hände in den Hosentaschen, davon.

Instinktiv reagierte sie und hielt ihn zurück, doch er schüttelte sie einfach ab. Neila erstarrte und runzelte die Stirn. Hatte sie irgendwas falsch gemacht?

Im Auto war doch noch alles in Ordnung gewesen. Oder hatte das Ganze nicht mit ihr, sondern mit Nick zu tun?

»Was ist mit den beiden?«, fragte sie Jill, während sie ihr nach dem Essen beim Abräumen half. Während der Mahlzeit hatte Raphael kaum ein Wort gesagt, hatte nur vor sich hin gestarrt. Nick hingegen hatte gelacht und seine oberflächlichen Flirtversuche gegenüber Neila immer noch nicht aufgegeben. Ohne irgendeine Wirkung. Neila fand ihn einfach zum Schreien komisch und mit der Zeit langweilig.

»Das weiß keiner so genau«, meinte Jill seufzend als Neila sie später darauf ansprach. »Nick behauptet, dass Raphael einfach neidisch auf ihn ist. Und meine Tochter meint, dass das Ganze wohl vor fünf Jahren eskaliert ist, als einer dem anderen die Freundin ausgespannt hat. Keiner von beiden redet darüber, daher wissen wir nichts Genaueres. Wir versuchen sie nur, so gut es geht, voneinander fernzuhalten.«

»Jungs ...«, seufzte Neila leise, und Jill lachte.

Dann legte sie plötzlich die Hand auf Neilas Schulter, worauf die zu ihr aufsah. Ernst und leise meinte sie: »Pass auf, Neila. Nick scheint ein Auge auf dich geworfen zu haben, und sosehr ich meinen Sohn auch liebe, er liebt die Frauen. Wenn du was Ernsthaftes suchst, bist du bei ihm an der falschen Adresse.«

»Keine Sorge«, antwortete Neila ruhig. »Das war mir heute schon klar, als er mir diese rote Rose geschenkt hat. Seine Sprüche sind etwas, ähm, zu kitschig für mich. Zu viel Süßholzgeraspel.«

Außerdem hatte Nick etwas Arrogantes und Überhebliches an sich, aber das wollte sie Jill nun nicht auf die Nase binden.

Die schien sichtlich erleichtert zu sein und seufzte lächelnd auf. »Gut. Ich wünschte, Nick, würde sich Raphael gegenüber nicht so verhalten und ihm mehr ein Freund sein.« Neila folgte Jills Blick, der auf das Küchenfenster gerichtet war. Dort auf dem weiten Rasen steuerte eine Gestalt gerade den Wald an. Immer noch mit hängenden Schultern.

Unverkennbar Raphael.

Sofort verspürte sie das Verlangen, ihm nachzulaufen.

»Würdest du mir einen Gefallen tun?« Neila sah reflexartig wieder zu Jill. »Könntest du ihm hinterhergehen? Ich glaube, er braucht jemanden zum Reden. Ihr beide scheint einen guten Draht zueinander zu haben.«

Das ließ sich Neila doch nicht zweimal sagen. Sie nickte und machte auf dem Absatz kehrt, warf sich im Flur ihre Jacke über, schlüpfte in die Schuhe und ging hinaus.

Als sie den Waldweg erreichte, hielt sie kurz inne und sah sich um. Weit und breit kein Raphael zu sehen. Ein paar Minuten ging sie den schmalen Pfad entlang, bis sie die vertraute Melodie hörte. Schwach, aber sie war da. Neila blieb stehen und schloss die Augen. Blendete alle anderen Melodien aus, außer seiner, sodass sie klarer und lauter wurde.

Wie von selbst fanden ihre Füße den Weg, vom Pfad weg, unter den tief hängenden Ästen hindurch, bis sie ihn schließlich sah.

Raphael saß, ein Bein angewinkelt, an eine Buche gelehnt und starrte vor sich hin.

Seine Haut begann zu kribbeln.

Er wusste, wer da in der Abenddämmerung stand. Doch das konnte seine Stimmung auch nicht bessern. Raphael wollte sie nicht sehen, sonst musste er wieder an zuvor denken, wie Nick sie zum Lachen gebracht hatte. Und dann diese Rose.

Er grub die Hände in den Erdboden.

»Was ist?«, zischte er in die Nacht, sah aber nicht zu ihr. Er konnte hören, wie sie näher kam. Neila sagte nichts. Und das machte ihn noch wütender, sodass er die Augen schloss, um sich unter Kontrolle zu halten. Seine Wut stieg mit jedem Schritt, den sie auf ihn zukam. Seine Haut begann wie immer zu brennen, als er ihre Wärme ganz nah spüren konnte.

»Das könnte ich dich fragen.«

Raphael schnaubte verächtlich. »Das geht dich nichts an.«

Sie schwieg eine Weile. »Schade.«

Die Trauer in ihrer Stimme ließ ihn dann doch aufschauen. Die saphirblauen Augen blitzten in der Dämmerung auf, und ihr wehmütiges Lächeln verschlug ihm die Sprache. Er hatte ihr wehgetan. Sie hatte ihm nur helfen wollen, und er? Er blaffte sie an. Dabei konnte sie doch im Grunde gar nichts dafür. Am liebsten hätte er sich entschuldigt, aber er hielt sich eisern zurück. Es war besser so. Besser so für ihn. Dennoch konnte er einfach die Augen nicht von ihr nehmen, wie sie neben ihm hockte und ihn musterte. Beinahe so als könnte sie in ihn hineinblicken.

»Ich hab zwar keine Ahnung, warum du und Nick euch gleich an die Gurgel gegangen seid«, begann sie, und Raphael wandte sich ab, als sie seinen Namen nannte.

Er wusste, was jetzt kommen würde. Sie würde Nick in Schutz nehmen, ihm Vorwürfe machen und ihm sagen, dass er der Vernünftige sein sollte.

Wie alle anderen vor ihr.

»Aber ich würde mich nie von so einem ... einem ... aufdringlichen, arroganten, oberflächlichen und Süßholz raspelnden Typen wie Nick runterziehen lassen. Und dafür, dass er es zu genießen scheint, dich auf die Palme zu bringen, ist er in meinen Augen auch noch ein Arschloch.«

Raphaels Finger lockerten sich augenblicklich, als ihre Worte in seinem Kopf widerhallten. Verdutzt sah er wieder zu ihr. Das hatte er sich doch gerade nur eingebildet, oder?

Seine Hand schnellte hoch, als sie aufstehen wollte. Der vertraute Blitz ließ jede Faser in seinem Körper prickeln und verdrängte nach und nach seine Wut.

»Nick ist was?«, brachte er schließlich ungläubig hervor.

Sie lächelte. »Ein Arsch. Warum schaust du denn jetzt so überrascht?«, fragte sie und setzte sich neben ihn, ohne seine Hand jedoch loszulassen.

Gott sei Dank! Die Berührung tat so gut.

»Du bist das erste Mädchen, das so über ihn redet. Die Erste, die ihm nicht sofort um den Hals fällt oder dahinschmilzt«, antwortete er mechanisch. Er konnte es immer noch nicht fassen.

Oder verarschte Neila ihn gerade?

Sie lachte leise auf. »Da schämt man sich ja fast für sein Geschlecht. Wer auf solche plumpen und schnulzigen Sprüche reinfällt, der hat ihn verdient.«

Raphael konnte sie einfach nur anstarren, wie sie lachend den Kopf schüttelte. Sie meinte es ernst. Und er hatte gedacht, Nick hätte sie bereits um den Finger gewickelt, so wie die Rose von ihm.

Neila lachte gerade Nick aus. Eine Stimme in seinem Kopf ließ ihn jedoch wieder innehalten in seiner Freude. Nur weil sie im Moment nicht für ihn schwärmte, musste das nicht heißen, dass es sich nicht ändern konnte. Wie von selbst entzog er ihr seine Hand und starrte in die Baumkrone hinauf.

»Wenn Nick ein Mädchen haben will, bekommt er es immer früher oder später.«

Verdammt, hatte er das gerade laut gesagt? Wieder krallten sich seine Hände in den Erdboden. Er fluchte und warf ihr einen Blick zu. Jetzt war es auch schon egal. »Weißt du, wie beschissen es sich anfühlt, wenn alle deine Exfreundinnen dich mit ein und demselben Typen betrogen haben? Wenn er sich immer genau an die ranmacht, die mir gefallen, die mir wichtig sind, und ich hilflos dabei zusehen muss, wie sie tatsächlich auf ihn hereinfallen. Sie glauben, dass es ihm um sie geht, dabei will er nur mir eine reinwürgen.«

Er biss sich auf die Lippe, um nicht weiterzureden. Um ihr nicht zu sagen, dass ihn allein die Erinnerung rasend werden ließ. In den letzten Jahren, nachdem er und Nick beide die Schule abgeschlossen hatten und sich dadurch nicht mehr so oft gesehen hatten, hatte er sich im Griff gehabt.

Aber jetzt. Allein die Vorstellung, wie Nick sie berührte, ließ ihn durchdrehen. Er wusste nicht, was das zwischen ihnen war, weil er so etwas noch nie erlebt oder gefühlt hatte.

Eine Weile starrten sie sich an.

Dann sagte sie leise: »Also denkst du jetzt, dass es mit mir das Gleiche wird. Du bist eifersüchtig?!«

»Was denkst du denn«, fauchte er und setzte sich ruckartig auf. »Er macht vor niemanden halt. Und allein der Gedanke, dass er dich berührt ...« Er brach ab, als ihre Augen böse aufblitzten.

»Was kann bitte ich dafür, dass deine Exfreundinnen alle so hirnrissig waren, auf Nick reinzufallen. Dass sie sich auf ihn eingelassen haben, wenn sie dich haben konnten. Deshalb brauchst du mich jetzt nicht anfauchen. Das ist nicht meine Schuld. Ich bin dir hinterher, weil ich mir Sorgen gemacht habe, weil du dich, seit wir aus dem Auto ausgestiegen sind, mir gegenüber total seltsam verhältst. Und dann erfahre ich auch noch, dass du mich deshalb so behandelst, weil du glaubst ich wäre wie deine Ex? In einer Sache seid ihr euch absolut gleich, du und Nick. Ihr glaubt beide tatsächlich, mich zu kennen. Der eine denkt, ich wäre zart, und der andere, dass ich bei einem Kerl wie Nick schwach werde.«

»Du und zart?«, rutschte es Raphael heraus. »Das hat er gesagt?«

Neilas Mund verzog sich zu einem verächtlichen Lächeln, doch ihre Augen blitzten immer noch finster zu ihm herüber.

»Zart und wunderschön, wie eine Rose«, erwiderte sie genervt und voller Ironie. Nun zuckten auch Raphaels Mundwinkel.

Zart war sie nun wirklich nicht. Nicht, wenn man wusste, was sie in den letzten Jahren durchgemacht hatte. Ihr Erscheinungsbild wirkte vielleicht so, wenn man sie das erste Mal traf, aber dann merkte man sehr schnell, dass sie tougher als mancher Mann war. Noch dazu hatte sie einen scharfen Verstand.

Da hatte Nick wirklich ein Eigentor geschossen. Allein die Tatsache brachte ihn erneut zum Grinsen.

Und es wurde noch breiter, als ihm bewusst wurde, was er von Anfang an gewusst, für einen Moment aber vergessen hatte. Neila war anders.

»Tut mir leid, Neila. Wenn es um Nick geht, drehen bei mir alle Sicherungen durch. Ich hab nicht gewusst, dass er hier ist. Und als er dich dann gleich ins Visier genommen hat, war es wie früher in der Schule.«

»Ich kann dich schon irgendwie verstehen«, meinte Neila seufzend. »Warum macht er das?«

Raphael zögerte einen Moment, doch dann erzählte er ihr die Geschichte, auf die er selbst nicht besonders stolz war.

»Wir haben uns schon immer gestritten und gemessen. Haben uns gegenseitig provoziert, angestachelt und so weiter. Als wir in der zehnten Klasse waren, hatte Nick dann seine erste Freundin und hat pausenlos damit angegeben. Von wegen er könnte jede haben und ich nicht. Also hab ich ihm seine Freundin ausgespannt, nur um es ihm zu beweisen. Damals war er noch kein Männermodel, und mein adliger Titel half mir bei den Mädchen ungemein. Das ging in der ganzen restlichen Schulzeit so weiter. Mir wurde es irgendwann zu kindisch, aber er macht immer weiter.«

»Kindisch ist genau das richtige Wort! Männer!«, stöhnte sie auf und schüttelte den Kopf. »Und die armen Mädchen.«

»Ihnen hat's gefallen«, meinte er und konnte ein selbstgefälliges Grinsen nicht unterdrücken. »Sie sind immerhin auch auf ihre Kosten gekommen.«

»Und wurden dann abserviert. Wahnsinn.«

Neila schlug ihm spielerisch gegen seine Schulter. Erstaunlich, wie viel Kraft diese dünnen Arme hatten.

»Ich bin echt nicht stolz darauf.«

»Hast du mal versucht, mit Nick darüber zu reden?«

Ihm entfuhr ein Schnauben. Das hatte ihm gerade noch gefehlt. »Niemals!«

Neila seufzte abermals und setzte erneut an, als ein Geräusch sie aufschauen ließ.

Eindeutig Schritte. Und dann seine Stimme, die ihren Namen rief, was Raphaels Laune wieder in den Keller sinken ließ. Nick kam direkt auf sie zu. Er hatte nach Neila gesucht.

»Lust, ihn ein bisschen zu ärgern?«, flüsterte Neila und wandte den Kopf wieder zu ihm. Ihr Lächeln war heimtückisch und listig, sodass sich sein Magen vor Vorfreude zusammenzog.

Bevor er jedoch etwas antworten konnte, saß sie plötzlich rittlings auf ihm. Nick war schlagartig vergessen. Alles. Nur dieser verführerische Blick und das Lächeln sowie ihr Körper an seinem waren das Einzige, was es noch gab.

Ihre Haare fielen wie Vorhänge um sein Gesicht. Wie hypnotisiert griff Raphael in ihren Nacken und zog sie auf seine Lippen. Ihre kalten Finger fanden den Weg in seine Haare und bescherten ihm zusätzliche Schauer, während sie sich küssten, wie schon am Abend zuvor. Sie gehörte ihm. Neila gehörte zu ihm. Jede Faser seines Körpers brauchte sie. Wollte sie. Je intensiver der Kuss wurde, desto sicherer war er sich darin. Neila reagierte genauso leidenschaftlich auf ihre Berührungen wie er.

»Neila?« Die Stimme von Nick war nun ganz nah, doch weder Neila noch er beachteten ihn.

Küssten sich weiter, genossen es. Erst als Nick zum gefühlt tausendsten Mal ihren Namen nannte, löste sie sich von ihm. Ihr Blick und ihr Lächeln ließen seinen Ärger verpuffen.

»Was gibt's?«, fragte sie und drehte den Kopf zu Nick, der im Schatten stand. Seine weißen Zähne blitzten auf, als er lächelte.

»Mom meint, du sollst reinkommen, oder du erkältest dich noch.«

»Ich hab's hier ziemlich warm«, kommentierte sie, und Raphael lächelte in sich hinein, seinen Blick auf die Halsbeuge gerichtet. Schließlich konnte er nicht mehr widerstehen und küsste sie dort. Immer und immer wieder.

»Aber danke. Sag ihr, wir kommen gleich.«

»Ist noch was?«, fragte Raphael, als Nick keine Anstalten machte zu verschwinden.

»Wie geht's Liliana? Hab gehört, ihr wart das Traumpaar des Balles am Freitag.«

Raphael verkrampfte sich und wartete auf eine Reaktion von Neila. Doch wenn sie diese Worte aufgeschreckt hatten, dann ließ sie sich nichts anmerken. Sie beugte sich einfach erneut vor und küsste ihn. Wieder war es, als wäre die Festplatte in seinem Gehirn mit einem Schlag gelöscht worden. Er erwiderte den Kuss und zog sie noch enger an sich.

Bis sie sich plötzlich von ihm löste und aufstand. Nick war weg. Aber seine Worte hatten seinen Zweck erfüllt.

Blitzschnell hielt er sie davon ab zu gehen. Er musste das klarstellen. Auch wenn er keine Ahnung hatte, was genau das zwischen ihnen war, er wollte, dass es weiterging.

»Mach dir keinen Kopf«, meinte sie plötzlich seltsam steif und wich seinem Blick aus. »Es war ja nur eine Knutscherei. Sag ihr einfach, dass es von mir ausging und dass wir Nick ein bisschen ärgern wollten. Dann solltest du keine Probleme bekommen.«

»Soll das ein Scherz sein?« Er hätte jetzt einfach mitspielen können. Das wäre der einfachere Weg.

Aber den hatte er noch nie gewählt. Auch wenn er wusste, was die anderen dazu sagen würden, dass sie seine Cousine war und dass der Graf wahrscheinlich toben würde. Er hob ihr Kinn an und trat dicht an sie heran.

»Nur eine Knutscherei? Das war verdammt noch mal viel mehr. Und ich hab auch nicht vor, in Zukunft darauf zu verzichten. Lily ist eine alte Freundin. Und außerdem im Moment mehr an Frauen interessiert.

Ich bin der Einzige außer ihren Liebschaften, der das weiß. Wenn du willst, bin ich so was wie ihr Alibi-freund für ihren streng konservativen, katholischen Vater.«

»Er ist doch nicht so dumm, wie ich dachte«, mur-melte sie nach einer Weile und schlang wie selbstver-ständlich die Arme um seinen Hals. Selbst als sie fortfuhr, blieb Raphaels Lächeln erhalten.

»Erst macht er dich eifersüchtig, damit du mich stehen lässt, und dann macht er mich eifersüchtig. Warum hab ich plötzlich das Gefühl, dass er nicht so leicht aufgeben wird? Und warum ...?« Sie wich ein wenig zurück. »Warum habe ich das Gefühl, dass der Rest der Familie nicht gerade darüber begeistert sein wird.«

»Sie müssen es ja nicht wissen.« Für seinen Ge-schmack machte sie sich viel zu viele Gedanken darü-ber. Und sie redete zu viel. Daher würgte er sie mit einem zärtlichen Kuss ab.

#11

So wie sie in der Nacht zuvor eingeschlafen war, so wachte sie auch wieder auf.

»Schön geträumt?«, fragte Aurora, die sie geweckt hatte und an ihrem Bett saß. Neila grinste sie verschlafen an. »Frühstück ist in einer halben Stunde fertig. Du kannst dir ruhig Zeit lassen.«

»Aber ich muss mich nicht besonders anziehen oder so was?« Neila richtete sich auf, als ihr schlagartig einfiel, warum sie überhaupt hier waren. Sie würde heute einen Stein bekommen.

»Nein.« Aurora schüttelte den Kopf und ging zur Tür, des kleinen Gästezimmers. »Zieh einfach das an, worin du dich wohlfühlst.«

Etwas erleichtert atmete Neila aus. Als Aurora verschwunden war, ging sie hinüber zu ihrer kleinen Reisetasche. Sie hatte vorsichtshalber eines der Outfits mitgenommen, das Tante C ihr zum Geburtstag geschenkt hatte und das ihr am besten von allen gefiel.

Also griff sie sich die leicht zerfranste helle Jeans, das weiße Top sowie ihren Waschbeutel und machte sich auf den Weg ins angrenzende Badezimmer. Dort sprang sie rasch unter die Dusche, wobei sie leise vor sich hin summte.

Es war eine Ewigkeit her, dass sie in der Dusche gesungen hatte. Früher hatte sie es lauthals getan, um vor allem Daniel damit zu ärgern. Irgendwie hatte es ihr doch gefehlt. Die Musik im Allgemeinen. Also sang sie leise vor sich her. Das Lied, das sie mit elf bereits auf einem Schulkonzert als Solo gesungen hatte.

»Just a small town girl, livin' in a lonely world...«

Sie konnte schon bald nicht mehr verhindern, dass sie sich von dem Lied wie so oft mitreißen ließ, während sie sich anzog. In ihrem Kopf hörte sie die Bigband, die sie dazu begleitet hatte. Das Schlagzeug und den Chor, der immer wieder mit einsetzte.

»Don't stop believin' ...«

Sie kam aus dem Lachen nicht mehr heraus, denn sie verhielt sich gerade wie ein Teenie. Genau genommen war sie auch einer, aber durch die letzten Jahre hatte sie sich nie so fühlen können. Doch es tat gut, mal wieder so herumzuhüpfen und ihren Lieblingssong zu schmettern. Den ihres Vaters.

Dann holte sie kurz Luft und besah sich ihr Spiegelbild. Ihre nassen Haare. Spürte, wie sie sich innerhalb von Sekunden von selbst trocknete. Es war praktisch.

Aber diesmal wollte sie noch etwas ausprobieren. Sie schloss die Augen und kramte ein Bild hervor, das sie in einer Zeitschrift gesehen hatte. Schon ziepte es leicht an ihren Haaren, und als sie ihre Augen wieder öffnete, sah sie, dass sich ihre Haare gerade zu einem scheinbar lockeren und seitlichen Zopf flochten. Rasch griff sie sich einen Haargummi und befestigte ihn. Dabei sah sie zu dem Stuhl, wo ihre Kette unter ihrem Schlafanzug hervorlugte. Doch sie wagte es nicht, sie nun herauszuholen und zu berühren. Den Schein würde man wahrscheinlich durch den Türschlitz sehen können.

Fünf Minuten später, sie hatte noch ein wenig Make-up aufgelegt, erwies sich das als absolut richtige Entscheidung.

»Journey, Don't stop believin'. Klasse Song.«

Vor Schreck hätte Neila beinahe ihre Klamotten und den Waschbeutel fallen gelassen. Und dann noch mal, als sie erkannte, dass Raphael nur in einer langen, etwas tief sitzenden Schlabberhose vor ihr stand. Augenblicklich wurde sie rot.

»Macht es Spaß, andere zu belauschen«, meinte sie und suchte einen anderen Punkt, den sie anschauen konnte, als seine nackte Brust. Raphael hatte keinen so krass durchtrainierten Bauch, dass man jeden einzelnen Muskel sehen konnte. Er hatte genau das richtige Maß, nach Neilas Geschmack. Da konnte sie einfach nicht widerstehen. Langsam fuhr sie über seine Brust. Leicht verlegen blickte sie zu ihm auf. Ihn schien das Ganze mehr als zu amüsieren. Das Prickeln zwischen ihnen wurde stärker und stärker.

Raphael warf einen Blick über die Schulter in den Flur, und ehe sie sich versah, war sie wieder im Badezimmer, und die Tür fiel ins Schloss. Seine Lippen fordernd auf ihren.

»Dir auch einen guten Morgen«, lachte sie leise.

»Du hast eine tolle Stimme, weißt du das?« Sie lächelte ihn verlegen an. Es war das erste Kompliment von ihm, und es gefiel ihr.

Aber bei seinen nächsten Worten wurde ihr Herz schwer. »Du solltest dir überlegen, ob du nicht wieder anfangen willst. Auf der Schule gibt es ein paar tolle Clubs.«

Ehe er noch mehr sagen konnte, löste sie sich kopfschüttelnd von ihm. Das führte in eine Richtung, in die sie definitiv noch nicht gehen konnte. Keiner hatte das bisher verstanden. Also warum er?

»Nein.« Sie ging zur Tür. Dort drehte sie sich noch einmal zu ihm um. »Das heute war aus einer Laune heraus. Mehr nicht.«

Dann ging sie. Ließ ihn stehen. Sie wusste, dass es kindisch war, abzuhauen und ihm nicht mehr zu erklären, damit er nicht sauer wurde. Aber dieses Thema mied sie nun schon drei Jahre, und sie war einfach noch nicht bereit dazu, sich damit auseinanderzusetzen. Nicht wenn ihr ganzes restliches Leben kopfstand. Sie hatte gerade ihre Sachen zusammengepackt, sich den schwarzen Schal umgelegt sowie die dunkelroten Cardigan, als es an der Tür klopfte. Neila hatte ihn bereits an der Melodie seines Steines erkannt. Sie seufzte und zog sich ihre Stiefel an, während sie »Komm rein!« rief.

»Frühstück ist fertig.« Offenbar fiel ihm nichts Besseres ein, als das.

Neila konnte seinen Blick auf ihr spüren. Er kam jedoch nicht herein, sondern blieb an die Tür gelehnt stehen. Sie stand auf. Ihre gute Laune vom Morgen hatte einen ordentlichen Dämpfer bekommen. Sein ernster Ausdruck ließ zu dem noch ein schlechtes Gewissen in ihr aufsteigen.

»Tut mir leid«, meinte sie schließlich kleinlaut. »Das Thema ist nur ...«

»... nicht einfach für dich. Neila ...« Er streckte ihr die Hand hin. Sofort begann sie wieder zu lächeln, als sie sie ergriff und er sie zu sich zog. »Ich versteh das besser, als du denkst. Und jetzt lass uns frühstücken gehen. Wir müssen in einer Stunde los.«

Wie schon am Abend zuvor ließ er ihre Hand wieder los, als sie in Sichtweite von Aurora kamen, die in der großen Wohnküche auf der Eckbank saß und ihren Tee trank.

Nick war wohl bereits auf dem Weg zum Flughafen für ein nächstes Shooting, und Jill und Manfred waren draußen bei den Tieren. Die beiden kamen erst, als sie aufbrechen wollten.

»Ich drück dir die Daumen, dass alles gut läuft!« Jill drückte sie fest, sodass sie fast das Gefühl hatte, in der Mitte durchzubrechen.

Ihre Worte wollten ihr einfach nicht mehr aus dem Kopf gehen, also wandte sie sich an Raphael, der den Wagen über die Landstraßen Richtung Augsburg steuerte.

»Warum drückt mir Jill die Daumen, dass alles gut läuft. Ich dachte, ich geh einfach in diesen Raum und suche mir einen Stein aus. Oder hab ich da was missverstanden? Raphael?«

Er ignorierte sie und verschlimmerte damit ihr ungutes Gefühl immens.

»Aurora?« Neila drehte sich um.

»Mach dir keine Sorgen, Schatz. Das ist nur so eine Redensart bei uns.«

Neila legte den Kopf schief. »Das glaub ich dir aber nicht. Was ist hier los?«

Doch beide schwiegen die restliche Fahrt beharrlich weiter, sodass sie immer unsicherer und vor allem wütender wurde. Erst das pompöse Schloss mit der weiten Auffahrt und dem Diener in einem Frack, der ihr die Tür öffnete, ließ sie das für eine Weile vergessen. Breite Stufen führten hinauf zu der von Säulen umgebenen Eichentür.

Just in dem Moment, in dem sie die Schwelle überquerte, drohte ihr Kopf zu platzen. Es war, als ob mehrere Dutzend Orchester alle unterschiedliche Melodien spielen würden. Neilas Hand fuhr zu ihrem Kopf, während sie sich zwang weiterzugehen.

In Gedanken rief sie nach Liaras. Schrie gegen die lauten Melodien an, und endlich konnte sie durchatmen. Der Stein der Ewigkeit in ihrer Hosentasche lachte sie mal wieder aus, während Liaras' Melodie sie beruhigte. Die einzigen Melodien die sie nun noch am Rande hörte, waren die von Raphael und Aurora.

Der Diener, dessen gelben Stein sie bereits beim Aussteigen wahrgenommen, jetzt aber ausgeschlossen hatte, führte sie durch eine prunkvolle Eingangshalle in den angrenzenden Salon. Keine Minute nachdem sie sich neben Aurora auf eines der Sofas gesetzt hatte, hörte sie, wie mehrere Steine, blaue Steine sich näherten. Keinen kannte sie bisher.

»Raphael!«

Dann sah sie vor sich nur noch eine glänzende braune Haarmähne an der Stelle, wo sich eben noch Raphaels Gesicht befunden hatte.

»Ist das lange her. Du hast dich schon ewig nicht mehr blicken lassen«, fuhr die junge Frau aufgekratzt fort, die Neila dezent ihr Hinterteil in einem engen Mini entgegenstreckte. Ihre Stimme mochte sie bereits jetzt nicht. Genauso wie den Rest ihres Körpers, der gerade Raphael belagerte.

Doch sie zwang sich, cool zu bleiben, und wandte sich zum Eingang, wo zwei weitere Personen erschienen waren. Zwei Frauen. Beide sehr elegant und businessmäßig in Kostümen.

Die eine schien etwa in dem Alter von Aurora zu sein, während die andere Neila irgendwie bekannt vorkam. Aber sie konnte nicht sagen, woher. Sie erhob sich zusammen mit Aurora, die nun auf die beiden Frauen zuging und sie herzlich begrüßte.

»Neila, darf ich dir meine Schwägerin Baronin Veronika von Hohenfels und ihre Schwiegertochter Katharina vorstellen. Meine Lieben, dass ist Neila.«

»Es freut uns sehr, dich endlich kennenzulernen«, meinte Katharina und strich sich ihre braunen Haare hinter das Ohr, bevor sie sie geschwind auf beide Wangen küsste. »Olivia, lass doch den Armen mal in Ruhe.«

»Willkommen, Neila.« Neila wandte sich zu der Baronin, die diesem Titel alle Ehre machte. Ein sanftes, höfliches Lächeln, eine perfekte Haltung. Einfach wie man sich eine typische adelige Dame aus einem früheren Jahrhundert vorstellte. So wie Aurora.

»Billius ist schon unterwegs. Er wird sicher jeden Moment hier sein.«

Etwas so Beruhigendes lag in diesen hellblauen Augen, dass Neila sich sofort pudelwohl fühlte. Sie konnte nicht widerstehen und konzentrierte sich auf den Stein, den Veronika in ihrem Collie trug. Wie ein warmer Sommertag strich dessen Melodie durch ihren Kopf.

Sie lächelte. »Danke für die Einladung«, erwiderte sie ehrfürchtig.

Veronika schüttelte den Kopf und wandte sich an Aurora. »Du hattest recht. Einzigartig. Voller Kraft und Stärke.« Die Frau mit dem bronzefarbenen Haar, sah wieder zu Neila. »Noch dazu wunderschön und stolz. Eindeutig eine Mondlilie.«

»Was?« Neila fuhr bei dem spitzen Aufschrei herum und sah in ein Paar nachtblaue Augen. Die junge Frau, die Neila auf Anfang zwanzig schätzte, sah sie abschätzig an und stemmte die Hände in die Hüfte.

»Sie ist doch nie im Leben eine Mondlilie, Granny! Das Outfit ist so was von letzte Saison und erst ihre Haare. Mondlilien sind die schönsten und stärksten Heilpflanzen, die es auf der Erde gibt, und sie soll eine sein? Dass ich nicht lache.«

»Olivia!«, fuhr Katharina sie an. Doch es war bereits zu spät. So was ließ Neila sich nicht bieten. Höflichkeit hin oder her.

»Ich scheine wohl eher mit meinen inneren Qualitäten zu überzeugen als mit äußeren. Was man von dir nicht behaupten kann. Jedenfalls hab ich es nicht nötig, ein viel zu enges Top anzuziehen, durch das man alles sehen kann.«

Olivia schnaubte verächtlich und wackelte mit ihrem Kopf. »Schätzchen, das ...« Sie deutete auf ihre Klamotten. »... nennt man sexy. Aber ich nehme an, das versteht nur jemand, der bereits Sex hatte. Also spiel du schön mit deinen Puppen und red nicht über Dinge, die du nicht verstehst.«

Oh, sie konnte ihr jetzt allerhand an den Kopf werfen, aber sie war sich durchaus der Anwesenheit von Aurora und den anderen Frauen, vor allem aber von Raphael bewusst. Ihr bisheriges Sexleben würde sie nicht so offen darlegen wie Olivia mehr oder weniger gerade eben.

Mit einem siegessicheren Grinsen wandte sich Olivia jetzt an Raphael und streckte ihm die Hand hin. Dessen Augen lagen jedoch auf Neila.

»Komm, Raphael, lassen wir die Kleine in Ruhe spielen. Wir machen da weiter, wo wir das letzte Mal aufgehört hatten«, schnurrte sie.

Kaum merklich spannte sich Neilas Körper an. Raphael hatte wirklich mit dieser arroganten Zicke geschlafen?

»Sorry, Olivia.« Raphael grinste zu ihr hinüber, bevor er sich Olivia zuwandte. »Kein Bedarf. Aus dem Alter bin ich einfach raus.«

Mit diesem Kommentar hatte Neila schon wieder vergessen, dass er etwas mit dieser Tussi gehabt hatte. Denn er hatte gerade dafür gesorgt, dass Olivia rot anlief. Vor Wut oder vor Scham, das wusste sie nicht genau, aber sie tat es.

»Da hörst du's, Olivia!«, sagte Katharina seufzend. »Zeit, dass du dich deinem Alter entsprechend verhältst. Du bist fünfundzwanzig und glaubst immer noch, du wärst achtzehn.«

Neila kniff die Lippen zusammen, um nicht lauthals loszulachen. Olivia war fünfundzwanzig und zog sich immer noch wie ein Teenager an. Das war zum Schreien komisch und einfach peinlich.

Bevor die puterrot angelaufene Olivia noch etwas sagen konnte, erschien wie aus dem Nichts plötzlich Billy. Und kurze Zeit später ein weiterer Mann im Anzug und mit kurzem Vollbart.

»Daddy!« Olivia rannte zu ihm und stürzte sich in seine Arme. »Grandpa, ich versteh wirklich nicht, warum einer unserer Steine SIE …« Sie funkelte böse zu Neila hinüber. »… erwählen sollte.«

»Erwählen?« Neila fuhr zu Aurora herum, die kurz die Augen schloss und seufzte.

»Olivia, es reicht«, mischte sich nun Veronika ein, und Olivias Protest erstarb augenblicklich. »Geh, bitte!« Das gefiel ihr offensichtlich überhaupt nicht, aber sie fügte sich, während ihr Vater sich Neila vorstellte.

»Bitte entschuldige das Verhalten meiner Tochter. Sie hat gerade eine schlimme Trennung hinter sich«, meinte Lorenz freundlich und drückte ihre Hand.

Das erklärte natürlich Olivias gereizte Stimmung und auch ihr Auftreten. Mitleid überkam Neila, und sie seufzte.

Und so wie sie sie angefunkelt hatte, tippte Neila darauf, dass ihr Freund sie wahrscheinlich mit einer Schwarz-haarigen und Jüngeren betrogen hatte.

»Verstehe.«

»Na dann, Neila.« Billy trat zu ihr und streckte die Arme aus. »Bereit?«

»Was meinte Olivia mit ›erwählen‹?«, erwiderte Neila, ohne sich zu rühren. Er hatte doch nicht wirklich gedacht, dass sie das vergessen hatte? Im Raum wurde es still.

Schließlich stieß Billy einen langen, tiefen Seufzer aus. »Ich erkläre es dir auf dem Weg.« Er deutete auf eine Tür im hinteren Teil des Salons. Neila nickte und folgte ihm schließlich. Die anderen blieben wie selbstverständlich, wo sie waren.

»Es ist ein ganz besonderer Moment, wenn ein Engel zum ersten Mal seinen Stein erhält«, erklärte Billy ihr und führte sie durch noch ein paar geräumige Salons, bis sie in einer kleinen Bibliothek landeten.

»Dieser Moment gehört nur dem Engel allein und demjenigen, dem die Steine gehören, also dem Sippenoberhaupt. Keinem sonst.« Billy trat, wie sollte es auch anders sein, an ein Bücherregal unter einem wunderschönen Landschaftsgemälde und betätigte einen Schalter, den Neila nicht sehen konnte, wodurch eine Tür frei wurde, die mit diversem technischem Schnickschnack ausgestattet war. Er legte seine Hand auf ein Pult und ließ seine Augen scannen, dann sprang die Tür auf.

Neila hätte beinahe laut aufgestöhnt, als die vielen Orchester wieder lauter wurden. Sie rief in Gedanken erneut nach Liaras, und es wurde wieder ruhiger. Nur ein leises Summen war zu hören. Neila schickte ein fettes Danke an den Lebensstein und nahm sich vor, sobald sie wieder zu Hause war, mit ihr zu reden.

»Und was machen wir jetzt, oder was mache ich?«, fragte sie, als sie den Fuß der schmalen Wendeltreppe erreicht hatten. Billy legte ihr den Arm um die Schulter und führte sie einen fensterlosen Gang entlang, der Neila an einen Kerker erinnerte. Nur auf Hightech-Art, mit Bewegungsmeldern und den warmen LED-Lichtern. Hier und da gab es eine Tür, doch Billy führt sie direkt auf die Tür am Ende des Ganges zu, die wie die anderen mit Passwort, sowie mit Finger- und Augenscan gesichert war.

Die Orchester in ihrem Kopf, die nun wieder lauter wurden, ignorierend, betrat Neila den kleinen Raum, der wohl eine Art Überwachungsraum war, denn an allen Wänden sprangen einen plötzlich Bildschirme an. Neugierig trat Neila an einen von ihnen heran. Sie zeigten alle ein und denselben quadratischen Raum, in dem sich nur Regale befanden. Regale mit kleinen rechteckigen Kissen. Davor standen, wie einige andere Bildschirme zeigten, kleine Kärtchen mit Nummern. Manche waren leer, auf anderen hingegen lagen kleine Kugeln.

Das Geräusch einer Tastatur, auf der jemand tippte, ließ Neila aufschauen. Billy hatte sich an einem separaten Tisch zu schaffen gemacht. Sie hielt sich instinktiv zurück und wartete ab, was nun passieren würde.

Ein weiteres Geräusch ließ sie nach links schauen. Dort schob sich die Wand auf und legte einen kleinen Fahrstuhlähnlichen Raum frei.

Wie sich herausstellte, war es auch einer, denn Billy sagte: »Damit kommst du direkt in den Raum. Such dir einfach einen dieser Steine aus. Lass dir so viel Zeit, wie du brauchst.« Er legte ihr beide Hände auf die Schultern und lächelte sie zuversichtlich an. »Egal welchen. Vertrau auf dein Gefühl.«

»Und was ist das jetzt mit dem Erwählen?«, fragte sie.

Billy schüttelte den Kopf. »Mach dir darüber jetzt keine Gedanken, sondern such dir erst einmal deinen Stein aus. Wenn du fertig bist, geh einfach wieder in die Schleuse zurück. Falls was ist ...« Er deutete auf die Bildschirme. »Ich kann dich sehen und hören.«

Sie nickte zum Zeichen, dass sie verstanden hatte, und ging mit einem aufgeregten Kribbeln im Magen zur Schleuse. Liaras' Melodie wurde plötzlich lauter. Neila wusste auch so, was sie von ihr wollte.

Sie musste sich konzentrieren. Denn sie würde sich gleich in einem Raum voller Göttersteine wiederfinden. Obendrein beobachtete Billy sie. Das hieß, sie durfte sich nichts anmerken lassen. Für einen Moment schloss sie die Augen, als die gläsernen Türen sich hinter ihr schlossen. Offenbar bestand das ganze Gefährt aus Glas, denn sie konnte ringsherum sehen, wie sich die Steinwände an ihr vorbeischoben, als sie immer tiefer gelangte. Dann wurden sie zu Betonwänden.

Schließlich sah sie unter sich ein Licht, als sich dort eine Luke öffnete. Die Schleuse wurde langsamer und behutsam in den Raum hineingelassen. Noch war das Orchester ruhig. Neila überlegte, ob das vielleicht an dem dicken Glas lag. Sie nutzte die Ruhe, um sich einmal um sich zu drehen und den Raum von oben aus zu begutachten.

Auf den Schwarz-Weiß-Bildern der Bildschirme hatte man es nicht erkennen können, aber die Steine funkelten in allen Blautönen, die es nur gab.

Allesamt in der Form einer Kugel lagen sie auf schwarzen Samtkissen mit goldenen Nähten in Regalen aus altem, dunklem Holz. Die Wände, der Boden und auch die Decke waren aus einem einzigen weißen Material, ähnlich wie Plexiglas, sodass man das Gefühl hatte, in einem Würfel zu sein, der von außen beleuchtet wurde. Ein leises Ruckeln kündigte schließlich ihre Ankunft am Boden an.

Neilas Herz begann vor Vorfreude Purzelbäume zu schlagen, aber sie wappnete sich auch. Konzentrierte sich auf Liaras. Griff unwillkürlich an ihre Halskette. Dann gingen die Türen auf, und sie hätte es beinahe umgehauen.

Als hätte man rund um sie herum in nächster Nähe Ghettoblaster aufgestellt und sie alle volle Kanne aufgedreht. Sie begann kaum merklich zu zittern und blieb einen Moment stocksteif stehen. Ihr Kopf begann immer stärker zu pochen. Dann schaffte sie es, die Lautstärke zu drosseln, sodass sie durchatmen und hinaustreten konnte.

Neila kniff die Augen zusammen, als alles um sie herum plötzlich blau erstrahlte. Sie blinzelte, und als sie sich an das aquamarine Licht gewöhnt hatte, bemerkte sie noch etwas.

Es war ruhig. Die Schmerzen in ihrem Kopf waren auf einen Schlag verschwunden.

Nur Liaras' Melodie nicht, aber auch sie war nur im Hintergrund. Verdrängt durch eine andere. Eine, die Neila nicht bekannt war, aber sich trotzdem so anhörte, als hätte sie genau nach dieser einen schon ihr Leben lang gesucht.

Langsam drehte sie sich um und sah dorthin, wo das Licht am stärksten war. Bedächtig ging sie darauf zu und fand sich schließlich vor einem der Regale wieder. Die Melodie rief nach ihr, also streckte sie ihre Hand aus und stellte sich auf die Zehenspitzen, doch sie war zu klein. Sie wollte sich gerade die kleine Leiter zu Hilfe holen, da spürte sie etwas Glattes auf ihrer Handinnenfläche.

Die Melodie des Steines explodierte schier und ließ Neila leise auflachen, als sie die Hand zurückzog und auf den intensiv leuchtenden Stein sah, der zu pulsieren schien. Er freute sich, sie zu sehen, das konnte Neila spüren. Und ihr ging es ganz genauso. Für einen Moment schrak sie zurück, als das Leuchten noch heller würde.

Sie kniff die Augen zusammen, als der satte Aquamarinton sie blendete. Dann ließ er nach, und Neila riss dir Augen auf. Die Form des Steines hatte sich verändert. Es war keine Kugel mehr, sondern ein Halbmond, der an einem schlichten silbernen Ring auflag und wie ein Edelstein funkelte. Doch das intensive Leuchten war vorbei.

Es erinnerte nun an ein normales Schmuckstück. Während Neila das kühle Metall hin und her drehte, lauschte sie der fröhlichen Melodie, die Liaras' sehr ähnelte. Dennoch traute sie sich nicht, den Ring anzustecken. Der neugierige Teil drängte sie dazu, während der andere sie zur Vorsicht mahnte.

Deshalb ging sie schließlich, den Blick immer noch auf den Aquamarin gerichtet, wieder zur Schleuse. Sie merkte kaum, wie sie sich in Bewegung setzte, geschweige denn, dass sie ankam.

Sie lächelte einfach auf den Stein hinunter.

Als sich schließlich die heitere Melodie von Billy langsam bemerkbar machte, sah sie auf. Billy saß sichtlich fassungslos auf einem Stuhl und starrte sie an.

»Hab ich etwas falsch gemacht?«, fragte Neila leise und machte ein paar Schritte auf ihn zu. Sie konnte sich seine Reaktion anders nicht erklären. Oder hatte er etwa Verdacht geschöpft, dass sie ein Klangengel sein könnte.

Für ein paar Sekunden überkam sie die blanke Angst. Sie umklammerte mit der einen Hand den Ring, mit der anderen Liaras in ihrer Halskette.

»Oh nein!«, hauchte er. Billy stand langsam auf. »Das, was gerade mit deinem Stein passiert ist, das nennt man die Erwählung. Eine Legende besagt, dass jeder Engel sein passendes Gegenstück, also den Stein hat, der ihn erwählt, sobald er oder sie in seiner Nähe ist. Bisher ist das im letzten Jahrhundert nachweislich nur fünfmal passiert. Sechsmal, jetzt. Allerdings ...« Er kam auf sie zu. »war es bisher ein unbestätigtes Gerücht, dass der Stein auch die Form wechseln würde. Normalerweise werden die Kugeln in Verbindung mit den Schmuckstücken oval.

Später lernt man dann, dieses Schmuckstück zu ändern, wenn es notwendig ist. Aber den Stein an sich kann ein Engel nicht verformen, nur vergrößern und verkleinern. Darf ich?«

Erleichtert nickte Neila und hielt ihm ihre Hand mit dem Ring hin. »Beeindruckend. Oh, das wird den Grafen aber zu Tode ärgern.« Plötzlich begann Billy lauthals zu lachen, sodass sein beachtlicher Bauch zu wippen begann.

»Wieso?«

»Zum einen, weil dir niemand diesen Stein wegnehmen kann, wenn ihr euch einmal gefunden habt. Zum anderen, weil das die Abmachung war, die ich mit ihm getroffen habe. Er dachte, er könnte es so verhindern, aber nichts da.« Billy lachte erneut und klopfte Neila auf die Schulter.

Die begriff langsam. »Der Graf hat zugestimmt, dass ich einen blauen Stein bekomme, aber nur wenn einer mich erwählt? Etwas das bisher überhaupt nur fünfmal vorgekommen ist?«

Billy wurde wieder ernst. »Ja, aber wenn dich keiner erwählt hätte, wovon ich ausgegangen bin, hätte ich ihm ein gefälschtes Video als Beweis gegeben. Ich weiß nicht, was er für ein Problem hat, aber seine Sturheit ist unverantwortlich. Dieser Stein gehört ab jetzt dir. Noch dazu hast du dazu beigetragen, dass wir den ersten visuellen Beweis des Phänomens Erwählung haben.«

»Äh ...« Neila wurde bei den Worten ein wenig mulmig. Sie stellte sich bereits vor, wie sie an die Leinwand eines Hörsaals projiziert wurde. Rasch verbannte sie das Bild eines schnauzbärtigen Professors aus ihrem Kopf. Billy lachte und setzte sich wieder an die Tastatur, worauf sich hinter ihr die Wand wieder vor die Schleuse schob.

»Keine Sorge. Diese Aufnahmen bleiben in der Familie. Ich werde sie lediglich ...« Aus einem schmalen Laufwerk kam ein Rohling heraus, den Billy an sich nahm. »... dem Grafen als Beweis vorlegen. Falls ihm der Ring in deiner Hand nicht genügt. Willst du ihn nicht anstecken?«

Neila sah hinunter und zögerte.

»Keine Angst. Es ist ein tolles Gefühl. So als wäre man vollständig.«

Es war noch besser. Belebend und ...

»*Ich warte schon sehr lange auf dich, Sarakiel.*«

»Was ist?« Billy hatte gemerkt, dass sie zurückgezuckt war, als sie den Ring über ihren Mittelfinger der rechten Hand geschoben hatte.

»*Wie geht das?*«, dachte sie und sah hinunter auf den Ring. Die Stimme, die sie an irgendwas erinnerte, lachte hell und klar.

»*Ich bin du, Gebieterin der Ewigkeit. Es ist mir eine Ehre, und ich bin überglücklich, dass du mich hören kannst.*«

»Oh Mann ...«, murmelte Neila, der plötzlich ganz heiß wurde. Sie griff sich an die Stirn und rieb sich die Schläfen, die heftig pochten.

»Neila?«, erklang die besorgte Stimme von Billy. »Was ist mit dir?«

Langsam schüttelte sie den Kopf. Dieses belebende Gefühl, die Orchester in Hinterkopf, die lachende Melodie des Ewigsteins und dann noch Liaras und Migina. Das Kribbeln, das von ihrem Mittelfinger an der rechten Hand ausging.

»Es ist zu viel...« Sie riss sich den Schal vom Hals und versuchte, ruhig zu atmen, doch je mehr sie es versuchte, desto weniger gelang es.

»*Du musst in die Natur, Sarakiel! Sie wird dir helfen.*«

»Ich muss an die frische Luft«, gab Neila die Worte an Billy weiter, der sie sofort hochführte. Immer wieder warf er ihr sorgenvolle Blicke zu, doch Neila versuchte das erdrückende Gefühl, alles würde über ihr zusammenbrechen, zu bekämpfen und schenkte ihm keine Beachtung.

Als säße sie in einem Raum, dessen Wände immer näher kamen und sie zu zerquetschen drohten. Erst als sie klare, reine Luft in ihrer Lunge spürte, ebbte dieses Gefühl ab. Es war bewölkt und nieselte leicht, doch Neila störte das nicht. Sie setzte sich auf die erste Stufe einer langen Treppe, die einen Abhang hinunterführte und lehnte sich mit geschlossenen Augen zurück.

»Viel besser«, seufzte sie leise auf. Sie spürte, dass Billy sich neben sie setzte, sah ihn aber erst an, als sich ihr Atem beruhigt und die Schmerzen in ihren Schläfen sich gelegt hatten. Kein Orchester, nur die ihr vertrauten Melodien leise im Hinter-grund.

Auch Migina hielt sich zurück. Sie wusste wahr-scheinlich, dass es Neila zu viel sein würde. So wie Liaras es immer wusste.

»Ich hab es da unten plötzlich nicht mehr ausge-halten«, sagte sie entschuldigend zu Billy, der nur lächelnd den Kopf schüttelte und sie weiterhin besorgt musterte.

»Es kann sein, dass dich ein sehr mächtiger Stein auserwählt hat, der einen besonders starken Bezug zur Natur hat. Die Wände dort unten sind meter-dicker Beton, sodass man die Pflanzen und die Erde nicht richtig spüren kann. Keiner von uns fühlt sich dort unten besonders wohl.«

»Es kann sein?«, wiederholte Neila langsam und sah ihn fragend von der Seite an.

»Keiner weiß, wenn er das erste Mal den Tresor betritt, welcher ein mächtiger blauer Stein ist. Erst nachdem er einen ausgesucht hat, erfährt er es. Das gilt für jedes Mitglied unserer Sippe. Selbst für mich und meinen Erben. Gleiches Recht für alle.«

»Haben die Steine deshalb alle Nummern?«

Billy nickte. »Wir haben ein Buch, in dem alle be-kannten Fähigkeiten eines Steines aufgelistet sind. So-weit sie bekannt sind. Es wurde erst vor dreihundert Jahren begonnen zu dokumentieren. Traditionsge-mäß wird es von der Frau des Oberhauptes geführt. Veronika wartet bestimmt schon auf dich. Und auch die anderen werden ungeduldig.«

Neila lächelte ihm zu.

»Ich fass es immer noch nicht, dass ich gerade eine Erwählung mit eigenen Augen gesehen habe«, mur-melte er erneut, als sie aufstanden.

»War mir ein Vergnügen«, erwiderte Neila und brachte ihn damit erneut zum Lachen. Er legte wieder eine Hand auf ihre Schulter und führte sie über die Terrasse um eine Ecke.

Immer wieder »Wahnsinn« und »Unfassbar« vor sich hin murmelnd.

Neila konnte es zwar begreifen, warum er so begeistert davon war, aber für sie fühlte es sich einfach absolut natürlich an, Migina an ihrem Finger zu tragen.

»*Du bist ich!*«, dachte sie und blickte auf den Halbmond.

»*Ich bin du!*«, erwiderte Migina fröhlich, was Neila augenblicklich zum Lächeln brachte.

Was für ein Tag!

Dabei war es gerade mal Mittag.

#12

Die typischen Unterhaltungen wie »Wie läuft's im Studium?« oder »Wie geht's dem Rest der Familie?« waren bereits seit zwanzig Minuten ausgeschöpft. Daher saß Raphael neben Aurora und hörte ihr und Veronika dabei zu, wie sie sich über ihre Kräuter austauschten. Lorenz war inzwischen wieder in die Arbeit verschwunden, nachdem er Neila begrüßt hatte. Auch Katharina hatte sich zwischendurch teleportiert. Nun war sie seit fünf Minuten zurück und telefonierte gedämpft in einer Ecke des Raumes in flüssigem Englisch.

Raphael warf immer wieder einen Blick über die Schulter, zu der Tür, wo Neila verschwunden war.

Fast eine Stunde waren sie nun schon weg. Langsam wurde er nervös. Solange hatte das bei ihm nicht gedauert. Gut er hatte auch keine so große Auswahl gehabt, aber fast eine Stunde?

Eine Stunde?

Eine Stunde und fünfzehn Minuten.

Raphael starrte die Uhr an, wo der Minutenzeiger immer weiter wanderte.

Eineinhalb Stunden. Er stand auf, setzte sich dann aber wieder hin.

»Na, was ist denn mit dir?«, fragte Katharina, die gerade aufgelegt hatte und sich wieder zu ihnen setzten wollte. »Du bist doch sonst die Ruhe in Person.«

»Dauert das nicht ein bisschen lange?«

Die drei Frauen lachten.

»Nein. Bei mir hat es wesentlich länger gedauert. Ich glaube drei Stunden, nicht wahr?« Katharina lächelte verträumt vor sich hin. »Ich konnte mich einfach nicht entscheiden.«

Just in dem Moment ging eine Tür auf, und alle fuhren herum. Doch es war nur einer der Angestellten, der ihnen die Ankunft des Hohepriesters verkündete. Raphael erinnerte sich noch gut an seine Begegnung mit den Priestern der Pallidus-Sippe, der ältesten grauen Sippe, die sich voll und ganz der Verehrung von Göttersteinen verschrieben hatten.

Sie waren mit Mönchen vergleichbar. Lebten abgeschieden nur unter ihresgleichen und huldigten den Steinen, gebrauchten sie jedoch nur im Notfall oder aber wenn ein neuer Engel erwacht war. Denn die grauen Steine verliehen ihren Trägern die Fähigkeit, die wahren Namen des Engels herauszufinden. Wie, das wusste keiner. Raphael vermutete ohnehin, dass sie sich diese Namen nur ausdachten, um sich aufzuspielen, aber das sagte er nicht laut. Denn sie waren die Hohepriester. Hoch geschätzt bei allen. So wie in früheren Zeiten die katholische Kirche.

Wie immer, wenn er einen von ihnen in den letzten Jahren gesehen hatte, musste Raphael an sich halten, um nicht die Augen zu verdrehen, bei der wichtigtuerischen Miene, die jeder Hohepriester zur Schau stellte.

Mal abgesehen davon, dass sie noch immer diese weiten grauen Kapuzenumhänge trugen, die vorne geschlossen waren und so weite Ärmel hatten, dass man ihre Hände nicht sehen konnte. Alle hatten sie sich das Symbol ihrer Sippe, ein Hieroglyphenartiges Zeichen, auf ihre Schläfen tätowiert. Es bedeutete wohl so viel wie »weise Heiligen«. Ebenso trugen sie alle eine aufwendige Goldkette um ihre Schultern, an denen ein kreisförmiger grauer Stein hing.

Die Hohepriester waren die einzige Sippe, die ihre Steine offen zu Schau stellte und kein Geheimnis daraus machte, wo sie ihn trug.

»Hohepriester Abatel.« Veronika stand auf und tat die Geste des Mannes nach, indem sie sich leicht verbeugte. Raphael und auch die anderen beiden erhoben sich und begrüßten ihn auf die gleiche Art.

»Die Vereinigung von Engel und Stein hat also noch nicht stattgefunden?«

Seine Stimme war gefühllos. Genauso wie seine grauen Augen. Absolut normal für diese Männer.

»Nein«, erwiderte Veronika ruhig. Sie bot ihm einen Platz an, doch er bevorzugte einen Raum, wo er alleine sein konnte, worauf der Angestellte ihn in ein Nebenzimmer brachte.

»Ich versteh einfach nicht, wie man so vollkommen ohne andere Mitmenschen leben kann«, murmelte Raphael in die Stille, als sich die Türen hinter dem Hohe-priester geschlossen hatten.

»Das kann man nur, wenn man nichts anderes kennt. Sein Leben lang«, antwortete Aurora, wie immer, wenn er das sagte.

Raphael kannte diese Antwort und verdrehte die Augen. Vorstellen konnte er sich das trotzdem nicht. Schon gar nicht, wie sie ohne Frauen leben konnten. Beziehungsweise, wie man Frauen als böse ansehen konnte. Onkel Michael hatte dazu ein paar sehr interessante Theorien gehabt, doch die wurden schlagartig unwichtig, denn Veronika hatte sich wieder erhoben und starrte verwundert zum Fenster hinaus.

»Wo kommen die beiden denn her?«, fragte Katharina, die wohl wie Raphael ihrem Blick gefolgt war.

»Sie brauchte wohl etwas frische Luft«, murmelte Aurora. Sie erhob sich als Letzte, ein breites Lächeln auf den Lippen. Ebenso Neila, die mit Billy lauthals lachte, als sie gerade zur Tür hereinkam.

»Was für ein TAG!«, begrüßte sie Billy überschwänglich und breitete die Arme aus.

»Einfach Wahnsinn. Unglaublich. Bei den heiligen Steinen.«

Neilas Lachen war in seinen Ohren das angenehmste Geräusch, das Raphael je gehört hatte. So ehrlich und aufrichtig, dass ihm warm ums Herz wurde.

»Er ist schon die ganze Zeit so«, kicherte sie und wechselte einen Blick mit Billy, der sie einfach nur in die Arme schloss und einmal im Kreis herumwirbelte.

Mit den Worten »Was für ein Mädchen!« stellte er sie wieder auf die Beine. Raphael konnte ihm da nur zustimmen. Was für ein Mädchen!

»Der Hohepriester wartet bereits im Nebenraum«, meinte Katharina und deutete auf die besagte Tür.

Billys Augen wurden noch größer, und er rieb sich die Hände. »Er wird dir deinen Engelnamen verraten. Erst wenn du ihn weißt, bist du offiziell in die Engelsgemeinschaft aufgenommen und kannst dann dein Sippenzeichen bekommen. Da bin ich gespannt«, sagte er vergnügt und ging mit geschwinden Schritten hinüber.

»Keine Angst.« Raphael ging auf Neila zu.

»Es heißt, mit den grauen Steinen kann man die Melodie deines Herzens hören. Er wird dir nur kurz die Hand geben, und das war's. Und?« Er hielt vor ihr inne. »Konntest du dich entscheiden?«

Da war es wieder. Neilas Lächeln.

Doch bevor sie etwas sagen konnte, war Billy mit dem Hohepriester zurück, und Neilas Aufmerksamkeit wurde auf die beiden Männer gelenkt.

»Junger Engel«, sagte dieser und streckte ihr ohne Umschweife die Hand entgegen.

Neila zögerte, gab ihm dann aber ihre linke Hand. Es wurde ruhig. Und die Stille hielt an.

Eine Minute.

Raphael sah von Neilas fragender Miene zu dem Hohepriester. Normalerweise wussten diese den Namen innerhalb Sekunden.

Zwei Minuten. Der Mann schwieg.

Raphael sah zu Billy, dessen Grinsen immer breiter wurde. Dann wieder zum Hohepriester. Raphael stutzte, denn es hatte den Anschein, als wäre der Hohepriester wie hypnotisiert.

Vier Minuten.

Langsam wurde Raphael ungeduldig.

Da endlich.

Er ließ Neilas Hand los.

Doch erstarrte sie weiterhin einfach nur an. Als hätte es ihm die Sprache verschlagen.

»Verzeiht.«

Raphael horchte auf. Es war das erste Mal, dass er einen Hohepriester mit fassungsloser Stimme sprechen hörte. »Ich muss mit meinem Obersten Bruder reden.« Er verbeugte sich und machte auf dem Absatz kehrt.

»Wissenslücken?«, vermutete Raphael belustigt über den schnellen Abgang.

»Hohepriester Abatel ist achtzig Jahre alt und arbeitet seit über fünfzig für die Kyanea«, antworte Aurora ruhig. Ihr Lächeln war verschwunden. An dessen Stelle hatte sie die Augenbrauen angestrengt zusammengezogen. Billy war der Einzige, den das nicht zu wundern schien. Neila seufzte laut.

»Wenn ich schon ein Engel bin, kann ich dann nicht wenigstens ein ganz normaler sein. Vor dem kein Hohepriester davonläuft. Hat das vielleicht etwas mit vorhin zu tun? Und was ist Kyanea?«, fragte sie an Billy gewandt.

»So nennt sich unsere Sippe. Nicht zwangsmäßig. Du hast wohl einfach ein sehr seltenes Wesen, das dem Hohepriester nicht bekannt war. Wenn du so willst, war das gerade pures Glück.«

»Wovon redet ihr eigentlich?«, fragte Raphael ungehalten.

»Das würde mich auch interessieren«, kam es von Aurora.

Billys Lächeln wurde noch breiter. Er legte wieder Neila einen Arm um die Schulter und verkündete mit geschwollener Brust: »Liebste Schwester, du kannst deinem Mann ausrichten, dass seine Bedingung erfüllt wurde. Ich war Zeuge und die Kamera auch. Und wenn er dir nicht glauben will, dann soll er sich ihren Ring anschauen.«

Raphael sah verwirrt zu Neila, die in diesem Moment die Augen verdrehte, aber verlegen lächelte. Wortlos streckte Raphael ihr die Hand hin und sie kam seiner Forderung nach.

»Heilige SCHEISSE!«, stieß er hervor und drehte sich zu den Frauen um. »Ein Halbmond. Der Stein ist ein Halbmond.« Im Handumdrehen waren sie alle um Neila herum.

Vollkommen fassungslos starrten sie alle auf den aquamarinfarbenen Stein, der die Form eines Halbmonds angenommen hatte, dessen Spitzen sich beinahe berührten. So etwas hatte er noch nie gesehen.

»Welche Nummer, Billius?«, hörte er irgend-wann über das »Wahnsinn«- und »Unglaublich«-Gemurmel Veronika fragen. Sofort wurde es wieder still.

»461«

Veronika stieß einen erstickten Schrei aus, der sie alle zusammenzucken ließ. »Ganz sicher?«

»Du weißt all die Nummern auswendig?«, fragten Neila und er gleichzeitig.

»Nur ein paar. Billius?«

»Hier ist der Beweis. 461.« Er hob den Rohling empor.

»Welcher ist es?«, wollte Aurora nun wissen.

»Er hat sie erwählt? Wirklich?«, fragte Veronika erneut. Billy nickte und sie schloss die Augen um ein paar Mal tief Luft zu holen. Als sie sie wieder öffnete, war ihr Blick entschlossen.

»Neila, du musst dir einen Lehrmeister aussuchen. Einen, der am besten ebenfalls einen blauen Stein trägt.«

»Aurora!«, kam es, ohne zu zögern, und Veronika nickte, als hätte sie es bereits gewusst. »Dann kommt mit.«

Neila hob verwirrt die Augenbrauen, entzog ihm dann jedoch seine Hand und folgte den beiden Frauen hinaus.

»Was ist denn jetzt?«, wandte Raphael sich an Billy.

»Veronika weiht sie in die Fähigkeiten ihres Steins ein. Nur sie und ihren Lehrmeister. Zu ihrem eigenen Schutz. Und Veronikas Reaktion zufolge, wird sie den nötig haben. Neila wurde von einem der mächtigen Dreißig erwählt«, schloss Billy voller Stolz. Doch Raphael konnte über die Tatsache nicht lachen.

Denn damit und mit dem Namen von Schwarzbach war sie nun ein größeres Ziel als zuvor, solange sie den Stein noch nicht richtig nutzen konnte.

Und das gefiel ihm ganz und gar nicht.

#13

Der Tag konnte tatsächlich noch verrückter werden. Nicht nur, dass sie lauter Melodien in ihrem Kopf hören konnte, mit einer davon sogar reden, kam nun auch noch diese Erwählt-Nummer dazu und die Tatsache, dass sie diesen komischen, glatzköpfigen, achtzigjährigen – der keinen Tag älter als dreißig aussah – Hohepriester verscheucht hatte, der ihr etwas sagen sollte, das sie eigentlich eh schon wusste, und sie damit in die Gemeinschaft aufnehmen sollte.

Nein, jetzt kam auch noch die ernste Miene von Veronika hinzu, die sie in einen kleinen Raum mit abgedunkelten Fenstern führte. Zehn Minuten später kam sie mit noch bedrückterer Miene zurück und setzte sich ihr gegenüber hin. Ganz ladylike, versteht sich.

Wollte Neila eigentlich wissen, was jetzt kam?

»So schlimm?«, rutschte es ihr heraus. Da war endlich wieder ein Anflug eines Lächelns auf dem Gesicht der Baronin.

»Nein.« Sie schüttelte leicht den Kopf. »Etwas beängstigend, wenn du mich fragst, da er dich erwählt hat und damit dir gehört. Hättest du ihn dir so ausgesucht, hätte ich dir für die Zeit der Ausbildung einen anderen Stein gegeben und dir ihn dann überlassen.«

»Er ist einer der mächtigen Dreißig, oder?«, warf Aurora ebenso ernst ein. Ihr sorgenvoller Blick ruhte auf Neila.

»Ich nehme mal an, dass es die mächtigsten blauen Steine sind?«, riet Neila und traf ins Schwarze. Ihr wurde schlecht. Sie war im Besitz gleich zwei mächtiger Göttersteine. Angst kroch in ihr auf. Konnte das noch gesund sein?

»Wir könnten es trotzdem so machen«, schlug sie leicht panisch vor. »Das mit dem anderen Stein zum Eingewöhnen, mein ich.«

Aurora und Veronika wechselten einen Blick.

»Einmal gefunden ...«, begann Erstere, und Letztere vollendete:

»... für immer gebunden. Es heißt die Engel, die erwählt wurden, hatten Schwierigkeiten, andere Steine zu benutzen. Dieser Stein ist ein Teil von dir. Und es wäre das Beste, wenn du so schnell wie möglich lernst, ihn einzusetzen. Ich bin froh, dass du dich für Aurora entschieden hast.«

Veronika wandte den Blick zu Aurora. »Er ist ihrem Stein am ähnlichsten.«

»Nein?«, stieß Aurora hervor. Veronika begann zu lächeln.

»Die dreißig mächtigsten unterscheiden sich dadurch, was für besondere Pflanzen sie erschaffen können, Neila«, erklärte sie ruhig. »Einzigartige Pflanzen, die es so nicht gibt und die allesamt besondere Fähigkeiten haben. Bäume mit ganz speziellen Früchten, die dich zum Beispiel eine Woche lang wach halten oder aber andere, manchmal auch tödliche Besonderheiten. Das können zwanzig von ihnen. Die anderen zehn werden auch die Heilsteine genannt, weil man mit ihnen Heilkräuter erschaffen kann. Ich und Aurora besitzen zwei dieser Steine und können mit ihrer Hilfe ganz besonders wirksame Heiltränke herstellen, speziell für Krankheiten, die nur Engel befallen. Bei Menschen wirken sie leider nicht.«

»Und ich habe einen Heilstein?«, schlussfolgerte Neila. Sie sah unwillkürlich auf Migina hinunter.

»*Du bist Sarakiel, der Engel der Heilung*«, ertönte in dem Moment ihre Stimme in Neilas Kopf.

»Der Mondstein ...«, fuhr Veronika fort und zwang Neila, aus ihren Gedanken hervorzutauchen. »... ist in der Lage, die Mondlilien wachsen zu lassen. Und ...« Sie sah Neila eindringlich an.

»... ihre Heilwirkungen zu erwecken. Aurora und ich werden dir das alles erklären, wenn es so weit ist. Es wird noch einige Jahre dauern, bist du es kannst. Erst muss sich dein Körper an die Energie des Steins gewöhnen. Zu viel Energie auf einmal könnte dich töten.«

»Die ...« Neila musste augenblicklich lächeln. Auf die eindringlichen Worte achtete sie überhaupt nicht. »Jetzt weiß ich, woher ich das Gefühl hatte, sie zu kennen. Sie erinnert mich an die Mondlilien.«

»Sie?«, fragte Veronika lächelnd.

Neila stieß innerlich wüste Flüche aus, dafür, dass sie sich beinahe verplappert hätte. Betont unwissend zuckte sie mit den Schultern und meinte schnell:

»Fühlt sich mehr wie eine Sie an.«

»Lass das ja nicht einen Hohepriester hören«, erwiderte Aurora schmunzelnd. »Nach ihrem Glauben sind alle Steine männlich.«

»Das klingt immer mehr nach ...« Neila überlegte kurz. »... nach extremen katholischen Mönchen mit esoterischem und frauenfeindlichem Touch.«

»Das trifft es wirklich«, meinte Aurora leise lachend. Dann wurde sie wieder ernst.

»Was passiert jetzt?«, fragte Neila nach ein paar Minuten vorsichtig.

»Wir müssen abwarten, bis du deinen Namen hast und in die Sippe aufgenommen wurdest. Dann wird Aurora dir alles Stück für Stück beibringen, was du über deinen und andere Göttersteine wissen musst.«

»Jeden Tag nach der Schule«, fügte Aurora ernst hinzu. »Je gewissenhafter du bei der Sache bist, desto einfacher wird es am Ende für dich sein.«

Das konnte sie auch nicht mehr schocken. Ebenso wenig das Gefühl, dass Aurora eine strenge Lehrerin sein würde.

»Neila!« Sie sah von ihrem Schoß zu Veronika auf. »Dieser Stein ist in der Gemeinschaft bekannt. Ebenso die Heilfähigkeiten der Mondlilie. Sobald es publik wird, dass du ihn hast, und auch, dass er dich erwählt hat, werden sie zu dir kommen. Die einen, weil sie wollen, dass du sie heilst, die anderen, weil sie den Stein wollen. Und wieder andere, um zu erforschen, wie sich die Erwählung auf den Engel auswirkt. Dieses Gespräch muss also unter uns bleiben.«

Neilas Herz wurde schwer, und sie verzog das Gesicht. »Ich hasse Geheimnisse«, murmelte sie leise vor sich hin. »Auch wenn sie zu meinem eigenen Schutz sind.«

Und mit jedem Tag wurden es mehr und mehr.

»*Liaras und ich werden dir helfen*«, ertönte Miginas zuversichtliche Stimme. »*Wir sind bei dir. Du bist damit nicht allein.*«

Diese Worte hatten etwas Tröstliches und brachten sie zum Lächeln. Sie schloss für einen Moment die Augen und ließ Migina weiter auf sie einreden. Mit jedem ihrer Worte und Liaras Melodie im Hintergrund tankte sie mehr und mehr Kraft und Zuversicht.

Irgendwie musste sie da jetzt durch. Rumjammern half da nichts, sondern Brust raus, Kinn hoch und ein wacher Verstand. Das hatte ihr Dad immer gesagt.

Wie von selbst straffte sich ihr Körper mit einem tiefen Atemzug. Richtete sich auf. »Ich werd das schon irgendwie schaffen«, sagte sie mehr zu sich, als zu den beiden Damen.

Veronika nickte einmal kurz. So als wollte sie sagen: »Das wirst du!«

Aurora wollte schließlich dem Grafen und Onkel Michael so schnell wie möglich die Nachricht überbringen, also gingen sie wieder nach unten, und Neila sah nur zehn Minuten später zum zweiten Mal zu, wie jemand teleportierte. Wie Aurora in gleißendes blaues Licht getaucht wurde und dann verschwunden war. Kurz darauf Billy. Im Gepäck den Rohling mit den Beweisaufnahmen.

Neila war ganz froh, dass sie noch eine zweistündige Autofahrt vor sich hatte, bevor sie dem Grafen gegenübertreten musste und somit nicht miterlebte, wie er darauf reagierte.

So stieg sie schließlich mit gemischten Gefühlen wieder in den roten Mercedes, nachdem sie sich von Katharina und den anderen verabschiedet hatte.

Wie sie dabei erfuhr, würden sie sich ohnehin am kommenden Wochenende zu Melinas Geburtstag sehen, was ihr den Abschied wesentlicher leichter machte. Besonders Billy hatte sie in den letzten Stunden sehr ins Herz geschlossen. Aber auch Veronika.

Die ersten Minuten, die sie durch die Straßen von Augsburg fuhren, schwiegen sie. Raphael schien tief in Gedanken versunken zu sein. Hatte die Stirn angestrengt gerunzelt und biss sich hin und wieder auf die Unterlippe.

Doch als sie auf die Autobahn einbogen, hielt sie es nicht mehr aus. Sie musste es ihm einfach erzählen. Er würde es ohnehin erfahren. Dieses Geheimnis durfte sie mit ihm teilen, also würde sie das auch.

»Es ist der Stein der Mondlilie«, sagte sie leise und rieb über ihren Ring und Migina.

Dabei beobachtete sie ihn von der Seite. Seine Hände verkrampften sich um das Lenkrad.

»Noch ein Grund dich sofort nach Hause zu bring-
en«, murmelte er mit finsterem Blick. Er seufzte leise.
»Auch noch der Berühmteste von den dreißig.«

»Wenn schon, denn schon«, meinte Neila halbherzig.

Raphael entfuhr ein Schnauben, aber seine Mundwinkel zuckten. Dann warf er ihr endlich einen Blick
zu, sodass Neila nicht mehr das Gefühl hatte, mit
einer Wand zu reden.

»Ich hab Angst«, flüsterte sie leise und wurde
prompt rot. Na toll! »Ich weiß nicht, was ich von dem
Ganzen halten soll. Diese ganzen Begriffe wie ›mäch-
tigster‹ machen mir Angst.«

Sie seufzte leise auf, als er endlich ihre Hand nahm
und mit seinem Daumen beruhigend über ihren
Handrücken fuhr. Die Wärme, die von dem Prickeln
auf ihrer Hand aufstieg, ließ sie sich langsam ent-
spannen.

»Vergiss diese ganzen Sachen, Neila«, erwiderte er
ruhig. »Das sind nur Worte, die Menschen sich aus-
gedacht haben und die man im Grunde vielseitig aus-
legen kann. Ganz besonders das Wort ›Macht‹. Für die
einen ist Macht nichts als Stärke, körperlich oder
mental. Für die anderen ist es wiederum Wissen oder
die Fähigkeit, andere Menschen mit ihrem Charme zu
beeinflussen. Geh zum Beispiel zu einer orangen Sippe. Die werden deinen Stein nicht als einen der mächtigsten bezeichnen. Für sie ist es einer der ihren. Du
kannst in ihren Augen nur ein paar Pflanzen wachsen
lassen und Kräutertee herstellen, im Gegensatz zu
ihrem, der angeblich Lava erzeugen kann.«

»Da wird an einem Tag meine ganze Welt auf den
Kopf gestellt und zwei Tage später noch einmal. Da
bekommt man ja ein Schleudertrauma.«

»Das geht schneller vorbei, als du denkst«, meinte
Raphael, während er ihre Hand leicht drückte und sie

gleichzeitig auf seinen Oberschenkel zog. Neila sah lächelnd auf ihre ineinander verschränkten Finger.

»Und wenn nicht ...«, sagte er, und sie blickte zu ihm auf. »Hast du zufällig jemanden in deiner Familie, der dabei ist Medizin zu studieren.«

»Da fällt mir was ein, was Veronika gesagt hat«, begann sie, froh darüber, einen Themenwechsel gefunden zu haben. »Sie meinte, dass es Krankheiten gibt, die nur Engel befallen, und wiederum Kräutertränke gibt, die bei Menschen nicht wirken. Was meint sie damit? Bekomm ich jetzt keine Erkältungen mehr und bin immun gegen ... keine Ahnung, alles, was Menschen gefährlich wird?«

Raphael entfuhr ein Lachen, und er schüttelte den Kopf. »Das hat so genau noch keiner herausgefunden. Soweit man weiß, betrifft es nur genetische Krankheiten. Aber auch nur bei reinblütigen Engeln beziehungsweise erwachten Halbblütern.

Und ja, es gibt einige Krankheiten, die nur Engel befallen und die meistens jedenfalls davon herrühren, dass man mit seinem Stein nicht richtig umgeht. Ihn zu oft einsetzt und damit seinen Körper zu sehr belastet. Mal abgesehen davon, dass zum Beispiel manche Engelspflanzen, also Pflanzen, die von Engeln erschaffen werden, giftig sind. Oder die Verbrennungen von Engelsfeuer viel schlimmer sind als die durch normales.

Die Kyaenas-Sippe hat mehrere Heilzentren auf der ganzen Welt errichtet.«

»Aber eine Erkältung ...«

»... kannst du immer bekommen.«

»Und was ist mit Krebs? Aids? Malaria?«

»Das Risiko ist vielleicht etwas geringer, aber es gab bereits Engel, die Krebs bekamen oder sich mit Aids infiziert hatten. Diese Krankheiten wirken bei uns wie bei den Menschen, nur...« Er seufzte leise. »... dass die menschlichen Mittel bei manchen Krankheiten nicht bei uns wirken. Aids und manche Arten von Krebs sind solche. Seit man dahintergekommen ist, versucht man natürlich, ein spezielles Heilmittel dagegen zu finden. Veronika und Aurora unterstützen diese Spezialeinrichtungen mit ihren Stiftungen, aber auch mit ihren Fähigkeiten. Aber bisher konnte man nur minimale Ergebnisse erzielen, soweit ich weiß. Jedenfalls was Aids angeht. Aber Krebs.«

Er schüttelte den Kopf. »Chemo und Strahlentherapie hilft nicht, das macht das Ganze etwas heikel.«

»Und die Heilpflanzen der Engel wirken nicht bei Menschen?«

Er nickte und verzog das Gesicht.

»Was?«, hakte Neila nach.

Raphael warf ihr einen schnellen Blick zu, antwortete jedoch nicht.

»Was denn?«

»Unser höchstes Gesetz ist die Geheimhaltung gegenüber den Menschen. Dafür wird alles getan«, sagte er eindringlich. Neila verstand erst nicht, doch dann machte es langsam Klick.

»Selbst wenn es bei Menschen wirken würde, wie sollte man ihnen erklären, woher es kommt, ohne dass sie misstrauisch werden. Jeder Wissenschaftler würde sich darauf stürzen und Nachforschungen anstellen, woraus es besteht. Hat man es eigentlich an Menschen getestet, wenn es so geheim ist?«

»Das weiß ich nicht. Nur, dass Versuche an Menschen seit hundert Jahren verboten sind, seit ein Wissenschaftler dadurch die Existenz der Engel entdeckte.«

»Will ich wirklich wissen, was man mit dem Mann gemacht hat?«, fragte Neila und wich etwas zurück.

Das brachte Raphael zum Lachen. »Er wurde nicht getötet. Nein ...« Er wurde wieder ernst und warf ihr erneut einen prüfenden Blick zu. »Seine Erinnerungen an diese Arbeit und alles, was damit zu tun hatte, wurde ihm genommen.«

»Ookaay ...«, machte Neila langsam und runzelte die Stirn. »Lass mich raten! Die Fähigkeit der Wächter der Ordnung? Oder die der weißen und schwarzen Steine.«

»Gedankenmanipulation. Ja.«

Also doch. Das war doch kein Traum gewesen. Und er hatte ihr die Erinnerung an ihre Begegnung bei den Mondlilien in dieser Nacht genommen. Da war sie sich plötzlich mehr als sicher. Die Frage war nun, ob sie ihn darauf ansprechen sollte. Ihr Gefühl riet ihr davon ab, daher fragte sie stattdessen: »Was könnt ihr denn noch? Warte!« Erschrocken über ihren Einfall wich sich zurück. »Könnt ihr etwa Gedanken lesen.«

»Nicht so, wie du dir das jetzt vorstellst«, Raphael hielt sie fest, als sie ihm reflexartig die Hand entziehen wollte.

»Also nicht Edward-like.«

»Edward? Ach warte, du meinst den Vampir aus *Twilight*. Nein, nein. Ich kann nicht deine Gedanken lesen. Nicht einfach so zumindest.«

Das hörte sich trotzdem beängstigend an. Neila schluckte krampfhaft. Panik breitete sich in ihr aus.

Dennoch schaffte sie es zu fragen: »Wie dann?«

»Ich kann nur die jüngsten Gedankenströme lesen, dazu muss ich aber deine Stirn berühren. Wir alle müssen das. Beruhig dich, oder sind deine Gedanken so schlimm, dass ich sie nicht hören darf?«

Der Kloß in ihrem Hals löste sich langsam auf, und auch Migina trug dazu bei, indem sie sagte: »*Selbst dann wird es noch sehr schwer für ihn. Liaras sagt, sie würde es nie zulassen, wenn du es nicht willst.*«

Da wurde ihr schlagartig bewusst, dass sie durch Liaras ja auch diese Fähigkeit besitzen konnte. Sie beruhigte sich nach und nach. »Es ist einfach beängstigend. Gedanken sind privat. Das geht einfach niemanden etwas an. Man kann doch auch fragen.«

»Ganz meiner Meinung. Ich hab es nur im Training mit Michael gemacht. Bisher musste ich es nie einsetzen.«

»Wann würdest du es denn einsetzen?«

»Wenn ich das Gefühl habe, jemand belügt mich und gefährdet dadurch andere. Außerdem ist das sehr anstrengend und kräftezehrend. Es ist viel einfacher, Gedanken zu projizieren, als in den Kopf eines anderen einzudringen.«

»Du meinst, du kannst zum Beispiel mir deine Gedanken übermitteln?«

»*Noch viel mehr!*«

»Das ist ...«

Raphael grinste vor sich hin. Aber ansonsten hatten sich seine Lippen nicht bewegt. Seine Stimme hatte in ihrem Kopf widergehallt, was ihren Körper zum Erschauern gebracht hatte.

»...echt cool«, vollendete sie, was ihn erneut zum Lachen brachte. »Wenn ich das jetzt auch könnte, dann könnten wir uns unterhalten ohne, dass es jemand bemerkt.«

»Du kannst es aber leider nicht«, unterbrach Raphael sie.

»*Wenn du wüsstest ...*«, ertönte Miginas leise lachende Stimme. Auch der Stein der Ewigkeit lachte.

Nur Liaras' Melodie blieb unbeeindruckt ruhig und gleichmäßig. Neila verdrängte sie wieder, als Raphael leise sagte: »Aber ich wüsste schon gerne, was du manchmal denkst.«

Ihr Herz machte einen Satz. »Du kannst mich ja einfach fragen.«

»Was denkst du, Neila?«

»Also gerade, dass ich wusste, dass du das jetzt fragen würdest. Dass die Autofahrt meinetwegen noch viel länger dauern könnte. Und jetzt ...« Sie sah lächelnd auf ihre Hände. »... erinnere ich mich gerade daran, wie ich meine Schulkameraden ausgelacht habe, weil sie mit ihrem Freund Händchen haltend durch die Schule gelaufen sind. Fand ich total kitschig und kindergartenmäßig. Aber jetzt versteh ich es irgendwie.«

»Soll das heißen, du und deine Exfreunde seid nie Händchen haltend durch die Schule gewandert?«

Neila schüttelte den Kopf. »Ging nicht. Sie waren auf einer anderen Schule beziehungsweise haben gearbeitet. Und außer in den Clubs waren wir nie viel unterwegs.«

»Clubs?« Raphaels Augenbrauen schossen in die Höhe.

»Gefälschter Ausweis und ... na ja... mit den entsprechenden Klamotten kam man ohne durch«, antwortete Neila leise und sah aus dem Fenster.

Raphael schwieg eine Weile, während sie weiter die Autobahn entlangfuhren. Sie erinnerte sich an die Abende. Nicht alle waren schlecht gewesen, doch im Nachhinein musste sie feststellen, dass ihr die eine oder andere Sache doch nicht so viel Spaß gemacht hatte, wie sie zunächst gedacht hatte. Sie hatte sie getan, weil es entweder alle getan hatten oder weil man sie überredet hatte und sie nicht als Spielverderber dastehen hatte wollen. Das restliche Schamgefühl hatte der Alkohol betäubt. So war auch ihr erstes Mal passiert. Im Auto auf dem Parkplatz eines Clubs. An viel erinnerte sie sich nicht, wollte sie im Nachhinein auch nicht.

»Wie alt warst du?«

»Vierzehn ...«, sagte Neila, bis sie merkte, dass er etwas anderes mit seiner Frage meinte. »Ach so, nein, meinen ersten gefälschten Ausweis hatte ich mit dreizehn, da hab ich mich aber noch als sechzehn ausgegeben und nicht als achtzehn.«

»Und was war mit vierzehn?«, hakte Raphael nach. Neila lief mal wieder leicht rot an und wandte den Blick ab. Das konnte sie ihm doch wirklich nicht sagen.

»Was? Na komm schon!«, forderte er sie auf. »Dein erster Rausch? Zigaretten? Drogen? Was?«

»Äh …« Ehe sie sich daran hindern konnte, rutschte ihr heraus: »Auch!«

Danach ließ Raphael nicht mehr locker, löste sogar seine Hand aus ihrer, um sie in die Seite zu zwicken.

»Dein erster Mord?«

»Was? Bist du verrückt!«, rief sie aus. »Ich bin doch kein Mörder. Könnte ich niemals.«

Vehement schüttelte sie den Kopf.

»Na dann wüsste ich wirklich nicht, was so schlimm ist, dass du es mir nicht sagen kannst. Jeder macht in dem Alter doch mal was Verrücktes oder Peinliches.«

Neilas Geduldsfaden riss, und sie zischte leise, ohne ihn anzuschauen: »Mein erstes Mal, das war mit vierzehn!«

Normalerweise hatte sie keine Probleme über Sex zu reden, aber mit ihm war es etwas anderes. Sie wollte nicht, dass er erfuhr, wie tief sie abgestürzt war. Was sie alles getan hatte. Er sollte einfach nicht schlecht über sie denken. So war sie nicht mehr.

Vorsichtig lugte sie zu ihm, sah, wie sich seine Hände um das Lenkrad verkrampften und er starr auf die beinahe leere Straße starrte.

»Jetzt wüsste ich gerne, was du denkst?«, sagte sie in die Stille hinein.

Es dauerte eine Weile, bis er antwortete:

»Ich frage mich …« Er zögerte. »… ob es schön für dich war. Oder ob er dich vielleicht sogar dazu gedrängt hat. Du brauchst darauf nicht zu antworten. Das geht mich nichts an. Aber das schwirrt gerade durch meinen Kopf. Und die grauenvollen Erinnerungen an mein erstes Mal.«

»Wie alt?«

»An meinem sechzehnten Geburtstag. Eine echt peinliche Nacht...« Raphael lachte in sich hinein.

Neila, bestärkt durch seine ehrlichen Worte, erwiderte: »Ich erinnere mich nicht mehr an all zu viel. War zu betrunken. Und bevor du denkst, er hätte mich abgefüllt oder so was, nein, das hat er nicht.«

»Wusste er, dass du Jungfrau bist?«

Neila merkte, wie es mit jedem Wort einfacher wurde, mit Raphael darüber zu reden. Es war zwar seltsam und ein wenig peinlich, aber es fühlte sich auch wieder richtig an.

»Ja, warum?«

»Arschloch«, zischte er, und Neila wurde warm ums Herz. Verdammt war es süß, wie er darauf reagierte.

»Er hat mich zu nichts gezwungen«, entgegnete sie halbherzig und beobachtete ihn weiter, der nun auf die rechte Spur wechselte und langsamer wurde.

»Nein, du warst nur durch den Alkohol so benebelt, dass du dich nicht mal daran erinnert hast. Noch dazu vierzehn, unerfahren. Kein anständiger Typ hätte dich da angefasst.«

»Süß!« Neila biss sich auf die Lippen. Ihre Wangen glühten, als ihr der Gedanke einfach entglitten war. Raphael stutzte und sah sie irritiert an.

»Der Typ?«

Sie kicherte leise, während sie den Kopf schüttelte. »Du. Und die Ampel ist grün!« Das hintere Auto hupte ungeduldig, und Raphael konzentrierte sich wieder auf die Straße, bis er schließlich plötzlich rechts auf einen kleinen, verlassenen Rastplatz am Straßenrand einbog. Nur ein einziger Wagen, ein kleiner dunkelblauer Ford, stand am anderen Ende, wirkte jedoch verlassen.

Der erste Gedanke, den sie hatte: »Will er jetzt etwa mit mir schlafen?« Was sollte Frau auch sonst denken nach so einem Gespräch?

Da hatte Raphael bereits sein Handy in der Hand und hielt es sich ans Ohr. Sein Blick hart auf etwas in der Ferne gerichtet. Neila folgte ihm, und dann sah auch sie es. Das Aufblitzen von grünem und gelbem Licht in dem kleinen Waldstück. Und da war auch noch rotes Licht.

»Brauche Verstärkung, bin gerade auf einem Schutzauftrag und kann nicht eingreifen. Ein Kampf von mindestens vier Engeln. Sehr auffällig«, hörte sie Raphael sagen, dann den Piepton, als Zeichen, dass er auch schon wieder aufgelegt hatte.

»Was ist das? Wen hast du angerufen? Und sollten wir nicht irgendwas machen?«

»Die nächstliegende Zentrale. So was wie die Engelspolizei. Und nein, du ganz bestimmt nicht. Hoffen wir einfach, dass sich da ein paar Freunde in die Haare bekommen haben, sonst nichts. In letzter Zeit treibt hier wohl eine illegale Sippe ihr Unwesen, die Engel beschatten und ihnen dann in einem unbeobachteten Moment den Stein abnimmt.«

Fünf Minuten später kam auch schon ein großer Jeep mit verdunkelten Scheiben neben ihnen zum Stehen. Raphael stieg aus, und Neila tat es ihm nach. Ebenso vier scheinbar ganz normale Menschen, wenn da nicht die vier Melodien gewesen wären, die in Neilas Kopf kurz volle Kanne dröhnten, bis sie sie wieder unter Kontrolle hatte. Zwei waren gelb, einer grün und einer orange.

»Sie ist erst vor ein paar Tagen erwacht«, meinte Raphael geschäftig, nachdem sie sich alle kurz vorgestellt hatten. Der Anführer der Gruppe, der mit dem orangen Stein, nickte einem der anderen zu.

»Janis wird hierbleiben.«

Neila seufzte leise bei dem Tonfall.

Auch dass man sie wie ein wehrloses Mädchen behandelte, gefiel ihrem Stolz überhaupt nicht.

»*Halte dich zurück, Sarakiel. Du bist noch nicht bereit*«, besänftigte sie Migina, daher nickte sie Raphael und den Männern lächelnd zu.

»*Ich bin gleich zurück!*«, ertönte Raphaels Stimme in ihrem Kopf. »*Und dann erklärst du mir, warum ich süß bin!*« Da war er auch schon mit den anderen drei verschwunden.

Neila lehnte sich, die Arme verschränkt, gegen den Mercedes, wobei sie Migina instinktiv vor dem Blick ihres Bewachers verbarg. Sie hatte keine Lust auf Fragen über ihren Stein oder die Erwählung. Er schien sich jedoch auch nicht besonders für sie zu interessieren und lümmelte nur gelangweilt am offenen Kofferraum herum, wo er mit einem Funkgerät spielte.

Die Autos rauschten an ihnen vorbei, doch ansonsten war es ruhig. Schließlich war es Neila zu langweilig, und sie schloss die Augen. Konzentrierte sich auf die Melodien um sich herum. Versuchte sie Stück für Stück zu lokalisieren. Raphaels konnte sie deutlicher vernehmen als die der Verstärkung. Aber auch die Melodien ...

Neila stutzte und richtete sich augenblicklich auf.

Die verschiedenen Melodien dröhnten lautstark in ihrem Kopf, aber sie konnte sie weitestgehend unterscheiden, um zu sagen, wie viele es waren. Ohne Raphaels Stein und die Melodie der Verstärkung waren es weitere acht, die Neila hören konnte. Ihrem wachsenden unguten Gefühl folgend konzentrierte sie sich noch stärker auf die acht. In Raphaels Nähe befanden sich nicht etwa vier Engel wie angenommen, sondern fünf.

Die anderen drei jedoch waren hier. Hinter ihr.

Noch im selben Moment verstummte die Lärmkulisse um sie herum, ihr Kopf drohte zu explodieren und sie fiel.

#14

Wenn man einen schwarzen Stein trug und in der Öffentlichkeit stand, kannte man solche Situationen leider, in der sich nun ein durchschnittlicher Mann ungefähr Ende dreißig befand.

Raphael hatte die Situation mit einem Blick erfasst. Vier vermummte Gestalten, die wie Raubtiere ihr Opfer eingekreist hatten. Eine davon war definitiv eine Frau, die genauso viel Spaß zu haben schien, mit ihrer Beute zu spielen, wie ihre Verbündeten. Lange würde der Mann nicht mehr durchhalten. Er blutete bereits am linken Arm, der nur noch schlaff herunter hang, und aus einer tiefen Wunde an der Schläfe, wodurch sein Gesicht blutverschmiert war.

Immer wieder schaffte er es mit letzter Kraft ihren Angriffen auszuweichen und sich die vier Gestalten mit Luftstößen vom Leib zu halten. Ein roter Engel also.

Raphael wartete auf das Zeichen des Kapitäns der Einheit, das alle auf ihren Positionen war. Seine Muskeln spannten sich an. Kühle, elektrisierende Energie floss von seinem rechten Arm binnen Sekunden in jeden einzelnen Körperteil. Seine Sicht wurde schärfer, seine Beine schneller, sein Gehör und Geruchssinn besser und seine Instinkte messerscharf. Sein Herzschlag war ruhig, wie sein Inneres, während er sein Ziel ins Visier nahm.

Dann kam das Zeichen. Zeitgleich stürzten sie sich auch schon aus allen Himmelsrichtungen auf die vier vermummten Gestalten, die sie in diesem Moment bemerkten.

Für Raphael kein Problem. Er ließ sich von den gelben Blitzen, die augenblicklich auf ihn einprasselten nicht beeindrucken und wich ihnen mit geübten, flinken Bewegungen aus.

Sein Sippenmal brannte auf seiner Handinnenfläche, als die schwarze Energie dort hervorbrach. Gedämpfte Schreie waren zu hören, und sein Gegenüber hielt angesichts der Energie für eine Sekunde erschrocken inne.

»Ein Wächter!«, rief die Frau rechts von ihm panisch aus. Raphael sah aus dem Augenwinkel, wie sie versuchte abzuhauen, aber an einem der Agenten scheiterte, der sie sofort in die Mangel nahm. Raphaels Gegner jedoch versuchte erst gar nicht zu fliehen. Er attackierte ihn weiter mit Blitzen und bewegte sich dabei so schnell, dass er für das normale Auge unsichtbar wurde.

Raphael sah ihn dank seiner geschärften Sinne kommen, war aber dann doch einen Tick zu langsam. Er wurde mit einem Ruck zurückgeschleudert und prallte gegen einen Baum, der sich unter dem heftigen Aufprall leicht nach hinten bog. Aber Raphael war sofort wieder auf den Beinen und wich einem erneuten Blitzhagel aus gelber Energie aus.

Binnen eines Wimpernschlags ging Raphael zum Gegenschlag über. Der Gelbe war zwar schnell, aber Raphael auch und die Energie seines Steines wesentlich stärker. Nach wenigen Sekunden bekam er den

Engel zu fassen, brachte ihn mit einigen Griffen zu Fall und ließ seine Energie den Rest machen, so dass er sich nicht mehr von der Stelle bewegen konnte.

Raphael richtete sich sofort auf und ließ seine Energie auf den Nächsten los. Der bullige Kapitän der Einheit, der diesen von der anderen Seite in Schach hielt, schaltete blitzschnell und trieb seinen Gegner direkt in Raphaels Arme. Ein kräftiger Tritt, und schon war der Nächste bewegungsunfähig und von schwarzer Energie gelähmt. Er wehrte sich heftiger als sein Kollege, weshalb der Kapitän kurzen Prozess machte und ihn bewusstlos schlug.

Raphael drehte sich inzwischen zu den anderen beiden um. Doch die beiden Agenten hatten ihre Gegenüber bereits ausgeknockt, sodass er nur noch dafür sorgen musste, dass sie nicht wieder abhauen konnten. Im Vergleich zu anderen Einsätzen, die Raphael schon miterlebt hatte, hatte dieser hier keine zehn Minuten gedauert und kam mehr einer Trainingsstunde gleich.

»Praktisch, so eine Fessel«, meinte einer der Agenten anerkennend und hob die vermummte Frau hoch.

Raphael überließ es ihnen, die vier Angreifer zusammenzutragen, zu demaskieren und ihnen ihre Steine abzunehmen und wand sich an ihr Opfer, dass sich abseits an einen Baumstumpf zusammengekauert hatte.

Raphael kniete sich neben den Mann und besah sich seine Kopfverletzung und den Arm, während er ihn nach seinem Namen und wie er in diese Situation geraten war fragte. Hauptsächlich, um ihn wach zu halten. Er war sichtlich erschöpft, aber sowohl die Verletzung an der Schläfe als auch am Arm, sahen schlimmer aus als sie waren.

»Ein Notfallteam ist schon unterwegs«, meinte der bullige Kapitän der Einheit, als er zu ihnen trat. »Ebenso ein Transporter für die da!« Er deutete auf die vier bewusstlosen, nun nicht mehr maskierten Gestalten.

»Gut«, meinte Raphael geschäftig und stand auf, um dem Mann auf die Beine zu helfen und sich auf den Rückweg zu machen. Ohne jede Vorwarnung hatte er plötzlich das Gefühl, als hätte ihm jemand ein Brett gegen die Stirn gedonnert.

Für eine Sekunde blieb ihm der Atem weg, und er taumelte unter dem brennenden Schmerz in seinem Kopf leicht zurück. Dann war er auch schon wieder verschwunden und nur ein leichtes Übelkeitsgefühl blieb.

»Hab wohl doch etwas abgekriegt«, sagte er auf den fragenden Blick des Kapitäns. »Manchmal würde ich schon gern ein Blauer sein. Dann würden mich wenigstens die Bäume abfangen und mir keine Beule verpassen.«

Der Kapitän lachte grimmig und griff zu seinem Funkgerät. »Alles unter Kontrolle!«

Raphael sah hinüber in die Ferne zu den vier Abtrünnigen und dachte gerade daran, dass das noch einmal gut gegangen war, als der Kapitän energischer sagte: »Janis, bitte melden!«

Langsam erhob sich Raphael und starrte auf das Funkgerät.

»Janis!« Wieder keine Antwort. Raphaels Magen verkrampfte sich noch stärker. Dann knackte es, und er seufzte erleichtert auf. Aber schon eine Sekunde später packte ihn die blanke Angst, als eine tiefe Stimme aus dem Gerät sagte:

»Der macht ein kleines Nickerchen. Keinen Schritt weiter, oder wir schneiden der kleinen Süßen hier die Kehle auf. Wäre ein Jammer, bei diesem Körper.«

Das Lachen löste Raphaels Starre. Augenblicklich begann seine Energie in ihm aufzuwallen.

Wie kleine Blitze legte sie sich über seinen Körper. Eiskalte Wut nährte sie, sodass es um ihn herum schwarz aufblitzte.

»Folgendes ...«, fuhr die Stimme gedehnt fort. »... meine Kollegen kommen jetzt gleich zu euch. Bis dahin befinden sich alle Steine in dem Sack meiner gefesselten Kollegen. Wenn sie dann wieder bei mir sind, lassen wir die Kleine gehen. Keine Tricks, und pfeift euer Notfallteam zurück. Ersteres gilt vor allem für den kleinen Wächter.«

Raphael starrte auf den Waldboden und versuchte die Worte zu begreifen. Verdattert starrte er auf sein Lederarmband hinunter. Michaels Worte hallten immer und immer wieder wie in Dauerschleife durch seinen Kopf:

»Deine wichtigste Aufgabe ist es, diesen Stein zu beschützen. Egal, was passiert. Der Stein muss in deinen oder den Händen der Familie bleiben. Du bist an allererster Stelle ein Wächter.«

Der Schwur den er damals voller Stolz geleistet hatte, zerriss ihn nun mit voller Wucht.

Denn dieses »Egal, was passiert!« war jetzt Neila.

Neila, die in den Händen dieses Mannes war.

Neila, die ihn gerade noch angelächelt hatte.

Es hieß Neila oder der Stein. Eine Entscheidung, die er unmöglich treffen konnte. Nein, es musste eine andere Lösung geben. Mit jeder Minute, die er fieberhaft nach einem Ausweg suchte, wuchs die Gefahr, dass man mit ihr diverse Sachen anstellte, die sich Raphael lieber nicht ausmalen wollte.

»Das können wir nicht machen!«, sagte einer der Agenten. »Das sind fünf Steine, davon ein schwarzer. Nicht wegen irgendeinem Mädchen.«

»Sie ist nicht irgendein Mädchen«, knurrte Raphael ihn an und ballte die Hände zu Fäusten. »Sie ist meine Cousine. Der Erbe von Schwarzbach ist ihr Vormund. Dieses Mädchen hat in den letzten Jahren beide Eltern verloren und einiges durchgemacht, also Klappe. Ich muss nachdenken.«

Ehe einer von ihnen noch etwas sagen konnte, knackte das Funkgerät, und die Stimme ertönte erneut.

»Na vielleicht müssen wir euch mal zeigen, wie ernst die Lage ist.«

Dann wurde es still, so dass das Knacken von Ästen aus der Ferne klar und deutlich zu hören war. Wie in Zeitlupe wand sich Raphael zu der Stelle um, von der die Geräusche kamen. Das Blut rauschte in seinen Ohren, und sein Herz hämmerte. Vorbei war es mit der inneren Ruhe. In ihm tobte ein Sturm, der immer größer wurde und seinen Atem beschleunigte. In seinem Kopf überschlugen sich seine Gedanken und kreiste immer mehr nur um sie. Neila. Was hatten sie mit ihr gemacht?

»Eine falsche Bewegung, und ich schneide ihr die Kehle durch!«

Raphael gab augenblicklich seine Kampfhaltung auf. Ihm drohte sich der Magen um, als Neila in seinem Blickfeld erschien. Das Messer an ihrer Kehle blitzte auf, als sie aus dem Schatten der Bäume auftauchte.

Schlaff und scheinbar ohne Bewusstsein, hing sie in den Armen eines Mannes, der sie wie ein Schutzschild vor sich hielt und das Messer demonstrativ nah an ihrer Kehle platziert hatte. Hinter ihm trat noch eine Gestalt aus dem Dickicht. Beide trugen eine schwarze Maske, doch Raphael brauchte nicht in ihre Gesichter zu sehen, um zu wissen, dass sie keinerlei Angst hatten. Ihre ganze Körpersprache war selbstbewusst und siegessicher.

Sein Instinkt sagte ihm, dass mit diesen Kerlen nicht zu spaßen war und sie es hier nicht mit ein paar kleinen Tieren zu tun hatten.

»Keiner rührt sich!«, hörte er sich selbst sagen. Mit einer seltsamen Stimme, die er selbst nicht erkannte. Reine Angst hatte ihn im Griff. Angst um Neila. Er brauchte schleunigst einen Plan. Aber sein Gehirn war von diesem Anblick wie gelähmt.

»Hört schön auf den Wächter«, sagte der hintere Typ. Und der andere: »Verstärkung zurückpfeifen. Und keine Tricks!«

Aber keiner von ihnen war die Stimme aus dem Funkgerät. Nummer drei hielt sich also im Hintergrund. Vielleicht sogar irgendwo ganz in ihrer Nähe.

»Macht schon!«

Raphael sah zum Kapitän, der zwar kurz zögerte, doch dann ein Handy hervorzog und klar und deutlich hineinsprach: »Zentrale, hier noch einmal Kapitän Jiller. Rufen sie die angeforderten Hilfskräfte zurück. Wir haben alles unter Kontrolle.«

Raphael wurde etwas ruhiger, als er hörte, dass der Kapitän einen anderen Namen benutzte. Die Zentrale hatte spezielle Codes für genau solche Situationen eingeführt. Das einzige, was er jetzt tun musste, war, sie hinzuhalten und Zeit zu gewinnen.

»Jetzt Steine her!«, knurrte der Typ, der Neila in seinen Fängen hatte.

Die beiden kamen noch ein wenig näher, so dass Raphael nun das Blut in Neilas Haaren bemerkte. Sein Inneres zog sich noch stärker zusammen. Wie lange war sie schon bewusstlos und wodurch? Was hatten sie mit ihr gemacht?

»Wird's bald?«, blaffte der hintere Typ ungeduldig. Als sich darauf immer noch keiner rührte, trat er vor, riss Neilas Arm an sich und fügte ihr mit einem zweiten Messer eine längliche und – so wie das Blut sofort herausfloss – tiefe Wunde zu.

Das Ganze passierte binnen eines Wimpernschlags, sodass Raphael keine Zeit hatte zu reagieren.

Es war, als hätte man ihm selbst gerade die Pulsadern aufgeschnitten.

»Nein!«, schrie er wutentbrannt auf und machte Anstalten loszulaufen.

Doch der Deckskerl hielt das blutige Messer empor und war plötzlich auf ihrer anderen Seite. Raphaels Körper weigerte sich sofort sich auch nur noch einen Millimeter von der Stelle zu rühren, als er es an ihrem anderen Arm ansetzte. Er hielt den Atem an und sah mit blanker Panik auf das Messer, das sich jedoch zu seiner Erleichterung nicht bewegte, sondern nur bedrohlich über Neilas Adern schwebte.

»Es liegt an dir, kleiner Wächter, wie schnell sie verblutet!«, sagte er mit einem hämischen Tonfall, und der andere Mann lachte leise.

Raphaels Blick wanderte von Neilas blassem Gesicht und dem Blut in den Haaren zum Arm und der Pfütze darunter.

»Steine her. ALLE!« Der Typ war eiskalt und ungehalten.

Raphael war so starr vor Angst, dass er sich nicht rühren konnte. Und dann fiel ihm noch etwas auf. Ein brennender Schmerz hatte von seinem rechten Unterarm Besitz ergriffen. Genau dort, wo bei Neila der lange Schnitt war. Er fühlte ihre Schmerzen. Das brachte ihn um den Verstand.

»Steine her!«, sagte er tonlos, ohne Neila aus den Augen zu lassen, und hob seine linke Hand.

»Aber ...!«, protestierte einer der Agenten hinter ihm. Auch die anderen konnte er ähnliche Widerworte murmeln hören.

»STEINE her!«, brüllte er, und um ihn herum wurde es schlagartig wieder still.

Dann nahm er, ohne den Blick zu senken, sein Lederarmband ab. Augenblicklich erfüllte ihn eine seltsame Leere, doch das Gefühl, das er hatte, wenn er Neilas leblosen Körper vor Augen hatte, war um Welten schlimmer. Hinter ihm konnte er Bewegungen hören und das leise Klirren der Metalle der Schmuckstücke, als sie eingesammelt wurden.

Ohne zu zögern, ließ er sein Armband zu den anderen in einen kleinen Sack fallen. Dennoch zog er den Moment in die Länge. Doch weit und breit keine Verstärkung.

»Stell ihn da in die Mitte.«

»Was ist mit euren Freunden, wollt ihr die nicht auch wiederhaben«, warf der Kapitän ein.

»Die sind nutzlos. Mach schon, kleiner Wächter.« Ohne es weiter hinauszuzögern, machte Raphael die erforderlichen Schritte.

»Lasst sie los, dann schmeiß ich euch den Sack rüber!«, sagte er, ohne den Dreckskerl, der das Messer über Neilas Arm hielt, aus den Augen zu lassen. »Sie hat damit überhaupt nichts zu tun!«

»Selbst schuld, wenn man sich mit einem Engel anfreundet.«

Raphael stutzte und verfluchte sich innerlich, als sein Blick wie von selbst zu ihrer rechten Hand glitt, wo noch immer der Ring war. Dem Dreckskerl war seine Reaktion nicht entgangen, worauf er Neilas Hand hoch riss und einen leisen Pfiff ausstieß.

»Sie ist eine von uns!« Raphael spannte sich unwillkürlich an. Was war er nur für ein Idiot? Das hatte ihm gerade noch gefehlt. Er verhielt sich gerade wie der letzte Volltrottel, der keine Ahnung hatte, was er zu tun hatte.

Dabei müsste er es doch eigentlich wissen. Er war ein Wächter. Seine Ausbildung hatte ihn auf solche Situationen doch eigentlich vorbereitet.

Wo war dieses verdammte Wissen darüber, was er jetzt machen sollte, wenn man es brauchte?

Doch in seinem Inneren hatte nur eines Platz. Neila und die immer größer werdende Blutpfütze.

»Was ist mit diesem Stein. Ich habe noch nie von einem halbmondförmigen Götterstein gehört. Antworte, Wächter!«

Das Messer blitzte wieder auf. »Es gibt nur wenige solcher verformten Steine.«

»Also selten.« Der Dreckskerl hob mit einem triumphierenden Laut die messerfreie Hand und griff nach dem Stein. Raphael schoss gerade durch den Kopf, dass er diese Ab-lenkung irgendwie nutzen sollte, da blieb die Zeit für einen Augenblick stehen.

Wie in Zeitlupe sah Raphael, wie sich die Hand um den silbernen Ring an Neilas Hand legte. Es blitzte Aquamarin auf, und der Dreckskerl wurde fünf Meter gegen eine dicke Buche geschleudert, wo er mit dem Hinterkopf aufschlug und bewusstlos in sich zusammen sackte. Raphael bekam das nur aus den Augenwinkeln mit, denn seine Aufmerksamkeit war von zwei großen, saphirblauen Augen gefesselt. Wütende Augen, die sich langsam zu kleinen Schlitzen verengten.

Neila war wach!

Augenblicklich griff Raphael in den Beutel, um seinen Stein herauszuholen, aber kaum dass sich seine Finger um das Leder gelegt hatten, erbebte die Erde unter ihm.

Ihm klappte die Kinnlade hinunter, als er sah, wie Neilas unverletzte Hand nach der des Mannes mit dem Messer an ihrer Kehle griff. Ehe er dreimal geblinzelt hatte, hatte sie ihrem überraschten Geiselnehmer den Ellbogen in den Bauch gerammt, ihm das Handgelenkt mit dem Messer verdreht und ihn dann mit einer blitzschnellen Drehung zu Fall gebracht.

Raphael machte augenblicklich einen Schritt vorwärts, verlor jedoch augenblicklich sein Gleichgewicht, als der Boden unter ihm sich ruckartig auf und ab zu bewegen begann. Mit einem lauten Krachen, barst die Erde vor ihm und Wurzeln schossen hervor, die sich binnen Sekunden unerbittlich um den Typen schlossen, so dass er vor Schmerzen aufschrie und lautstark zu fluchen begann. Eine weitere Sekunde später war es auch schon wieder still und die Erde bewegte sich nicht mehr. Raphael rappelte sich auf und sah gleichzeitig, wie Neila wenige Meter vor ihm das Messer neben sich aufhob und sich zu ihm umdrehte.

Als sie Raphael ansah, zog sich ihm der Magen zusammen. Seine Welt begann sich zu drehen und vor seinen Augen zu verschwimmen. Es war ihm egal. Er ignorierte den Schock und die Angst und rannte los.

»Nein!« Er erreichte Neila in dem Moment, in dem sie krampfend zusammenbrach. Ihre Augen verdrehten sich nach innen, und Blut quoll ihr aus Nase und Mund.

»Nein, nein, nein.« Er hielt sie, so gut es ging, fest und holte mit der anderen Hand sein Handy aus der Hosentasche. Aurora nahm ab, nachdem es ein paarmal geklingelt hatte.

»Komm sofort her! Neila hat einen energetischen Schock und verliert gleichzeitig zu viel Blut.« Dann legte er auch schon auf, fotografierte die Bäume vor sich und schickte es an Auroras Handy.

Einer der Agenten kam ihm zur Hilfe, hielt Neilas krampfenden Körper fest, so dass Raphael sein T-Shirt zerreißen und mit dem Fetzten ihren Arm abbinden konnte, um die Blutung zu stoppen. Doch das Wissen, dass er nicht die Mittel hatte, die sie jetzt wirklich brauchte, hinderte ihn daran ruhig zu bleiben und sein Zittern unter Kontrolle zu bekommen.

Als er es schließlich nach dem vierten Anlauf geschafft hatte, flimmerte die Luft vor ihm blau, und Aurora tauchte aus dem Nichts auf. Nur Sekunden später folgte ein Mann, den Raphael als den Chefarzt der Spezialklinik in Traunstein erkannte, bei dem er ein Praktikum gemacht hatte.

Raphael trat weiterhin zittern und schwer atmend zurück, um ihnen Platz zu machen. Als er jedoch aus den Augenwinkeln sah, wie der Dreckskerl, der Neila die Pulsadern aufgeschlitzt hatte, gerade von dem Kapitän und einem der Agenten auf die Beine gezogen wurde, packte ihn bodenlose Wut. Der dritte Agent suchte ihn gerade nach weiteren Steinen ab, als er aufwachte und nur wenige Sekunden später Raphaels Faust im Gesicht hatte.

»Ganz ruhig!« Der Kapitän legte Raphael bestimmt eine Hand auf die Brust und drängte ihn ein wenig zurück, als er erneut ausholte.

»Das reicht.« Plötzlich hob er winkend die Hand zu etwas hinter Raphael.

Die Verstärkung war da.

»Na endlich«, stöhnte einer der Agenten neben ihm, und Raphael konnte ihm nur zustimmen.

Jedoch musste er noch eins klarstellen. Dazu gebrauchte er sein Armband, das nun wieder um sein Handgelenk lag.

»*Der halbmondförmige Stein ist streng geheim. Kein Wort!*«, übermittelte er den drei Männern, die allesamt kurz zusammenzuckten, dann aber nickten.

Danach trat Raphael an den Dreckskerl heran, der nun stark aus der Nase blutete, widerstand dem Drang immer und immer wieder auf ihn einzuprügeln und legte ihm stattdessen die Hand auf die Stirn. Seine Haut stand augenblicklich wieder unter Strom, als er dessen Bewusstsein durchkämmte und alle Erinnerungen an den halbmondförmigen Stein für immer auslöschte.

»Wir konnten den Abtrünnigen am Wagen fassen. Doch für Agent Möller kam jede Hilfe zu spät«, hörte er eine rauchige Frauenstimme sagen, als er damit fertig war und sich wieder erhob.

Auf der kleinen Lichtung tummelten sich jetzt jede Menge schwarzgekleidete Agenten, die die immer noch bewusstlos Frau und ihre drei Kumpanen Richtung Parkplatz schleppten oder Neilas Geiselnehmer aus dem Wurzelwerk befreiten. Auf der anderen Seite scharrten sich zwei Ersthelfer in den neon-gelben Jacken um das Opfer des Überfalls, das Raphael bereits vollkommen vergessen hatte. Ihre Kollegen hoben unterdessen Neila in diesem Moment auf eine Trage.

Raphael fing Auroras Blick auf und folgte ihrer stummen Aufforderung. Er überließ den letzten der Abtrünnigen den Agenten der Zentrale und lief zu ihr.

Gemeinsam folgten sie Neila auf den Parkplatz, der inzwischen abgesperrt und von dem Blaulicht eines Krankenwagens erleuchtete war. Die kurze Welle der Wut verebbte so schnell, wie sie gekommen war und machte wieder der Angst Platz. Er wusste ganz genau, was ihr Zustand bedeutete und dass er sie immer noch verlieren konnte. Und das einzige, was er jetzt tun konnte, war zu hoffen, dass sie es noch rechtzeitig in die Klinik schaffte.

Erst als Aurora neben ihm aufkeuchte, wurde seine Aufmerksamkeit von der Gruppe um Neila abgelenkt. Er folgte ihrem Blick und erspähte eine große Blutlache unter einer schwarzen Folie, abseits der Autos. Ein paar Meter daneben sah er, wie zwei Agenten einen Mann fesselten, der sich heftig zur Wehr setzte. Als sie ihn gewaltsam auf die Beine zerrten, blitzte etwas auf.

»WARTET!«, rief Raphael und rannte auf die Gruppe zu. Die Agenten hielten inne, und der glatzköpfige Mann sah ihm mit einem hämischen Lächeln entgegen.

»Na, geht's deiner Freundin gut, kleiner Wächter?«

Raphael ignorierte ihn und zog ihm Neilas Halskette über den Kopf. »Bringt ihn weg.« Ohne ihn eines Blickes zu würdigen, machte er auf dem Absatz kehrt. Nur das Bewusstsein, dass Neila diese Kette brauchte, hielt ihn davon ab, seiner Wut erneut freien Lauf zu lassen. Aber bis zu Neila kam er erst gar nicht.

Aurora fing ihn auf halben Weg ab, als die Krankenwagentüren zugingen. »Na los, wir fahren hinterher!«, sagte sie.

»Ich ...« Raphael sah hinunter auf die silberne Kugel in seiner Hand. »Sie braucht das!«

Aurora zog ihn mit sich zu ihrem Auto. »Deshalb fahren wir auch hinterher. Komm schon. Ich fahr, und du ruhst dich kurz aus. Du bist ganz blass und zitterst.« Raphael merkte das gar nicht.

Als der Motor des Krankenwagens ansprang, hörte er auf zu protestieren und eilte zum Wagen. Nur widerwillig stieg er auf den Beifahrersitz, da er den Fahrstil von Aurora kannte. Sie fuhr wie eine alte Oma. Viel zu langsam!

»Es geht ihr gut. Ich hab ihr ein Mittel gegeben, dass den Schock behandelt, und Doktor Rasfeld versorgt sie mit Blut. Und du erzählst mir jetzt in Ruhe, was passiert ist.«

Das tat er nur stockend, denn immer wieder musste er daran denken, dass es seine Schuld war. Er hatte sich auch unbedingt da einmischen müssen. Noch dazu hatte er die Lage vollkommen falsch eingeschätzt und war leichtsinnig mit ihrem Schutz umgegangen. Warum zum Teufel hatte er das nicht die Agenten allein regeln lassen und war selbst bei ihr geblieben?

»Du hättest nicht wissen können, dass es von ihnen noch mehr gab«, versuchte Aurora ihn zu beschwichtigen, als sie nach einer gefühlten Ewigkeit auf das Klinikgelände einbogen. Sie wusste natürlich mal wieder, was in ihm vorging.

Bis auf eines.

Raphael vergrub das Gesicht in seinen Händen. »Ich konnte ihre Schmerzen fühlen! Ich hab gespürt, wie sie den Schlag auf den Kopf bekam, obwohl ich hundert Meter entfernt und außer Sicht war. Und ich hab diese Wunde am Arm gespürt.« Seine Stimme brach. Allein die Erinnerung daran ließ ihn wieder heftiger zittern.

»Ich hab's geahnt.«

Raphaels Kopf fuhr ruckartig hoch. Aurora parkte, stellte den Motor ab, seufzte und sah ihn dann eindringlich an.

»Behalte das für dich, Raphael. Hörst du. Wir sprechen später darüber. Jetzt lass uns erst einmal nach Neila sehen.«

#15

Ihr Körper fühlte sich schwer an. Matt. Da waren Schmerzen. Ganz besonders in ihrer Brust und ihrem Kopf, der sie immer wieder in die Bewusstlosigkeit abgleiten ließ.

Dann nahm sie irgendwann leise Stimmen wahr. »Die Mixtur gegen den energetischen Schock zeigt bereits Wirkung. Alle Organe, außer dem Herz, haben sich beinahe vollständig erholt. Sie hat eine schwere Gehirnerschütterung, aber ansonsten konnten wir keine weiteren Verletzungen am Kopf feststellen. Wir haben ihr mehrere Konserven 0- gegeben sowie Antibiotika, um einer Infektion entgegenzuwirken. Sie dürfte aber bald wieder fit sein«, sagte eine Frauenstimme, die sie nicht kannte.

Sie begann wieder abzudriften, als eine tiefere, männliche Stimme erwiderte: »Warum geben sie ihr 0- und nicht ihre Blutgruppe?«

»Das ist ihre ...« Der Rest der Worte verlor sich in der Leere ihres Kopfes, während sie wieder abdriftete.

Das Nächste, was sie wahrnahm, war eine warme Hand, die ihre drückte. Eine große, starke Hand, die ihr Trost spendete. Ihr half, die Schmerzen zu überstehen.

Sie war nicht mehr da, als sie das nächste Mal wieder leise Stimmen hörten. Doch sie waren so gedämpft, dass sie sie nicht verstehen konnte, also ließ sie sich wieder in die Dunkelheit fallen.

»*Sarakiel? Sarakiel?*«, hallte eine Stimme durch ihren Kopf. Die Melodie wurde lauter. Ließ sie leise aufseufzen. Wo war sie gewesen? Sie wurde immer lauter. Die wunderschöne Melodie erfüllte sie mit Wärme.

Wurde aber durch ein leises Piepsen gestört, das Neila an einen Überwachungsmonitor in einem Krankenhaus erinnerte. Wie sie es vor zwei Jahren schon einmal beim Aufwachen gehört hatte. Ebenso dieses seltsame kalte Ding an ihrem Finger, dieses seltsame Ding in ihrer Nase, das hinter ihren Ohren klemmte, und das ziehende Gefühl einer Nadel in der Beuge ihres Arms. Und dann dieser sterile Geruch. Genau wie damals.

Neila öffnete prompt die Augen. Ihr Kopf wanderte augenblicklich hin und her und erblickte den Monitor auf der einen und eines dieser fahrbaren Nachtkästchen auf der anderen Seite. Sie versuchte sich aufzusetzen, kniff jedoch bei den Schmerzen nur die Augen zusammen und ließ es bleiben. Verfolgte auf dem Monitor, wie sich ihr Herz beruhigte. Ihre Mutter hatte es ihr erklärt, als sie sie nach Elions Geburt im Krankenhaus besucht hatte, und dann noch einmal, als sie selbst in einem der Krankenbetten gelandet war.

Diagnose Alkoholvergiftung, auf Grund dessen ihr Herz aufgehört hatte zu schlagen. Man hatte sie reanimieren können, aber der Arzt hatte ihr mehr als deutlich gemacht, dass sie großes Glück gehabt hatte.

»Was hab ich jetzt schon wieder gemacht?«, brachte sie heiser hervor. Sie begann in ihren Erinnerungen zu kramen, doch das verursachte ihr nur Kopfschmerzen.

»*Du hast gar nichts gemacht. Du warst klasse!*«, ertönte die Stimme in ihrem Kopf, die zu der glockenspielartigen Melodie gehörte.

»Migina!«, flüsterte Neila leise, und nach und nach erinnerte sie sich.

»*Der Typ hat mir eine übergebraten!*«, dachte sie entrüstet und wollte sich reflexartig aufrichten.

»Scheiße!«, fluchte sie laut und griff sich an die Brust. Sie hustete, als die Schmerzen dort besonders stark wurden. Das Piepsen des Monitors wurde lauter, beruhigte sich aber mit Neilas Herzschlag wieder.

Ehe sie fragen konnte, was passiert war, ging die Tür auf. Neila kniff noch immer die Lippen zusammen und versuchte mit den Schmerzen klarzukommen. Eine rothaarige Frau mit Pferdeschwanz und in einer lavendelfarbenen Hose und einem T-Shirt kam herein. An ihrer Brusttasche hing ein weißer Ausweis, den Neila jedoch nur verschwommen sehen konnte.

»Gleich wird's besser«, sagte sie, und Neila konnte aus den Augenwinkeln sehen, wie sie einen der Beutel an einem Haken über ihr wechselte und an dem Rädchen drehte.

Dann erst sah sie lächelnd zu Neila.

»Ich bin Schwester Nina, deine Nachtschwester. Du bist in der privaten Schwarzbach-Klinik in Traunstein. Du hast einen Tag lang geschlafen, weil du viel Blut verloren hast, aber das wird wieder.«

Während sie sanft auf sie einredete, konnte Neila die kühle Flüssigkeit von ihrer Fusion spüren. Bald schon ließen die Schmerzen nach, und die Benommenheit schien sie in den Schlaf zurückzuziehen. Doch sie hatte Fragen.

»Was ist passiert? Ich weiß nur noch, dass ich gewartet habe«, krächzte sie.

»Das weiß ich auch nicht genau. Schlaf noch ein bisschen.« Schwester Ninas Stimme wurde immer leiser, während sich Neila nach und nach entspannte und schließlich Miginas Melodie lauschend in einen ruhigen Schlaf hinüberglitt.

Als sie wieder aufwachte, sah die Welt schon viel besser aus. Und auch ihr Körper schien sich langsam zu erholen, denn sie konnte sich ohne größere Schmerzen in der Brust oder dem Kopf langsam aufsetzen. Ihr war kurz schummrig, aber das verflog, so dass Neila sich umsehen konnte.

Die Vorhänge zu ihrer Rechten waren zugezogen, aber man konnte durch einen Spalt erkennen, dass es draußen bereits hell war.

Ansonsten erinnerte die restliche Einrichtung eher an ein Hotel und nicht an ein Krankenhauszimmer. An der sonnengelben Wand ihr gegenüber war ein Flachbildschirm angebracht und in der Ecke rechts gegenüber von ihr stand eine gemütlich aussehende Couch mit dunkelblauen Bezügen.

Um ihr Bett standen außerdem noch mehrere dazu passende Sessel, so als hätte dort noch vor wenigen Minuten jemand gesessen. Links führte eine breite weiße Tür vermutlich in das Badezimmer, denn die andere schräg links ging in dem Moment auf, und Schwester Nina kam herein.

Das Stimmengewirr von draußen verstummte als die Tür hinter ihr auch schon wieder zu schwang. Dafür drang etwas anderes in ihren Kopf. Eine Melodie, sanft und gleichzeitig voller Kraft. Die eines blauen Steins, den die Frau in ihrer Halskette trug, die sich schemenhaft unter diesem lavendelfarbenen Schwesternhemd abzeichnete. Wie selbstverständlich langte Neila an ihre Brust.

»Nein!«, keuchte sie auf, als ihre Hand ins Leere griff. Liaras war weg.

Hektisch sah sie sich um und ignorierte das Piepsen und die Panik in ihr. Das war nicht wahr? Nein!

»Wo ist sie?«

»Ganz ruhig.« Schwester Nina hielt sie an den Schultern fest, doch Neila wehrte sich. »Was?«

»Meine Kette. Die Kette von meiner Mutter. Wo ist sie? Ich hatte sie um!« Tränen stiegen in ihr auf, als sie plötzlich registrierte, dass da keine warme, belebende Melodie zu hören war. Nirgendwo. Und auch nicht die freche des Ewigsteins.

Das gab ihr den Rest. Panisch versuchte sie aus dem Bett zu kommen, aber die vielen Schläuche und Nadeln hielten sie ab. Da ging die Tür auf, und eine weitere Schwester kam herbeigeeilt.

Gemeinsam hielten sie Neila auf beiden Seiten fest. Aber diese tiefe Melodie war nicht Liaras.

»Die Kette?«, fragte die neue Schwester, als Nina erklärte um was es ging. »Mit einer silbernen Kugel an einer langen Schnur?«

Neila sah sie flehend an und hörte für einen Moment auf, sich zu wehren.

»Die hatte dein Cousin gestern die ganze Zeit in der Hand. Ich glaube, er hat sie wieder mitgenommen. Aber er kommt bestimmt bald und bringt sie mit. Ich ruf ihn auch gerne an, um ihn daran zu erinnern, wenn du das willst.«

Neila nickte, aber beruhigen wollte sie sich nicht. »Und der schwarze Beutel in meiner Jeans? Da war ein schwarzer Beutel mit meinem Glücksstein in meiner Hosentasche.«

»Wenn du mir versprichst, dich zu beruhigen, schau ich gleich nach!«, sagte die Frau entschlossen.

»Wir haben dir die Sachen ausgezogen, als du herkamst. Sie liegen wahrscheinlich noch im Behandlungsraum. Ich bring es dir gleich, okay.«

Als Neila etwas ruhiger atmete und nickte, ließ die Schwester sie los und machte Anstalten zu gehen. »Es sind die einzigen Dinge, die mich an meine Eltern erinnern«, flüsterte sie leise, weil sie das Gefühl hatte, sich für ihr panisches Verhalten rechtfertigen zu müssen.

Die Schwester warf ihr ein mitfühlendes Lächeln zu und verschwand, während Schwester Nina sie zurück ins Bett verfrachtete. Immer wieder redete Neila sich ein, dass der Ewigstein noch da war und ihn keiner entdeckt hatte. Dass alles gut war.

Sie nahm kaum wahr, wie die Vorhänge sich von selbst aufzogen und Schwester Nina um sie herumwuselte. Erst als die Tür wieder aufging, seufzte sie kaum merklich auf. Da war sie, die Melodie, die sie wie so oft auslachte. Sie kam immer näher.

Die andere Schwester, die wesentlich älter war und bereits einen grauen Haaransatz hatte, stellte eine schwarze Kiste neben ihr ab und holte Neilas Jeans hervor.

»Hier!«

»Danke!«

Neila hätte am liebsten geweint vor Erleichterung, doch nicht versagt zu haben. Sie schloss das schwarze Säckchen in ihre Hände.

»Tut mir leid, dass ich so ausgerastet bin ...«, murmelte sie leise und warf der Frau neben ihr einen entschuldigenden Blick zu.

»Ich habe Leute schon wegen wesentlich belangloseren Dingen eine Panikattacke bekommen sehen. Mach dir keinen Kopf. Die Besuchszeit beginnt in einer Stunde, dann wird dir dein Cousin deine Kette bringen. Er stand auch gestern schon pünktlich auf der Matte. Ich bin übrigens Maria.«

»Neila!«, erwiderte sie lächelnd, bis ihr klar wurde, dass sie das bestimmt schon wussten. »Welchen Tag haben wir denn?«

»Mittwoch den 4. September, und wenn du's noch genau wissen willst, kurz nach acht Uhr morgens.«

»Ähm ...«, hielt Neila sie zurück, als sie sich aufmachte zu gehen. »Was ist mit dem Katheter?«

»Das entscheidet Doktor Rasfeld, wenn er zur Visite kommt. Wahrscheinlich so in einer halben Stunde. Ruh dich noch ein bisschen aus.«

Nachdem sich Schwester Nina verabschiedet hatte, war sie wieder allein. Neila döste tatsächlich erneut weg und wachte erst wieder auf, als mehrere Melodien gleichzeitig hereinkamen. Vier an der Zahl zusammen mit Schwester Marias. Allesamt blau.

»Hallo, Neila. Ich bin Doktor Rasfeld«, stellte sich der gut aussehende Arzt in Hemd, Krawatte und Arztkittel vor. Hinter ihm standen noch drei Ärzte, die auf dessen Anforderungen Neilas Krankengeschichte herunterratterten, wobei sie nur irgendwas von einem Organschock und lauter Fachbegriffen redeten.

Neila verstand nur Letzteres: »Schwere Gehirnerschütterung, aber keinen ersichtlichen inneren Schäden an der vorderen Schädeldecke. Platzwunde und Schnittwunde am rechten Arm wurden genäht. Keine Anzeichen einer Infektion der Wunden.«

»Wem hab ich die denn zu verdanken«, unterbrach Neila den Brillenträger und hob leicht ihren rechten Arm.

Doktor Rasfeld setzte sich auf ihre Bettkante und lächelte sie an, während er sich das Stethoskop in die Ohren steckte. »An was erinnerst du dich? Darf ich?«

Er half ihr, sich aufzusetzen, und horchte sie kurz ab. »Nur daran, dass mir jemand eine übergebraten hat. Wie aus dem Nichts. Sollte ich mich an mehr erinnern?«

Der Doktor drückte auf einen Knopf, und ihr Kopfende fuhr langsam hoch, sodass sie etwas besser sitzen konnte. »Man hat dir wohl einen kräftigen Schlag auf den Hinterkopf verpasst, worauf du nach vorne gefallen bist und dir diese Platzwunde an der Schläfe zugezogen hast. Wie sind die Schmerzen? Fällt dir das Atmen schwer?«

»Es geht. Nein, nur manchmal. Vorhin, da hatte ich eine kleine Panikattacke«, antwortete sie, während er die Stirn runzelte und immer wieder einen Blick auf den Monitor warf.

»Ja, davon hab ich gehört. Geben Sie ihr eine Dosis Leroxelixier und weiter Sauerstoff. Machen sie noch einen Ultraschall und ein Echokardiogramm.«

»Was ist ein Leroxelixier?«

»Doktor Hildemann?«, gab Doktor Rasfeld an die einzige Frau mit dem kurzen Pferdeschwanz ab.

»Ein Heilelixier, das in aller Linie aus einer Pflanze namens Lerox gewonnen wird. Es wird verwendet, um das Herz bei der Regenerationsphase zu unterstützen, wenn es durch die Energie zu sehr beansprucht wurde.«

»Wow!« Neila konnte sich den Kommentar nicht verkneifen. »Eine Ärztin, die einen nicht mit Fachchinesisch zutextet.«

Die Ärzte lachten allesamt.

»Und ich hätte da noch zwei Fragen. Erstens, was ist dieser energetische Organschock, und zweitens, wann werde ich den Katheter los?«

»Mal schauen.« Doktor Rasfeld wandte sich an den dritten Arzt, einen Mann, den Neila insgeheim Grinsebacke nannte. »Doktor Maier. Energetischer Organschock?«

Der Mann schien kurz zu überlegen, dann trat er einen Schritt auf sie zu. »Setzt ein Engel die Energie seines Steines frei, so wird der Körper belastet. Stück für Stück muss er sich an die überschüssige Energie gewöhnen. Wird er aber zu schnell mit zu viel Energie belastet, oder wie in deinem Fall gleich zum ersten Mal, können die Organe nicht damit umgehen und erleiden einen Schock. Unbehandelt kommt es innerhalb von ein paar Stunden zum Organsterben.«

»Eine Überdosis Energie also?«

Doktor Grinsebacke nickte breit lächelnd.

»Soll das heißen ...«, beendete Neila einen ihrer Gedanken laut. »... ich hab die Energie von meinem Stein eingesetzt? Daran erinnere ich mich aber nicht. Kein bisschen! Keine Erklärung?«

»Es könnte eine Art Abwehrmechanismus gewesen sein, der ausgelöst wurde, als man versuchte, dir deinen Ring abzunehmen. In dem Moment wurdest du wach und...« Doktor Rasfeld schien nicht zu wissen, was er davon halten sollte. »Nun laut Augenzeugen, hast du den Mann, der dich als Geisel genommen und dir ein Messer an die Kehle gehalten hat, zu Fall ge-bracht und anschließend mit Baumwurzeln gefesselt. Pflanzen dazu zu bringen, sich zu verformen, gehört zu den schwierigeren Fähigkeiten und verlangt eine Menge Energie.«

»*Redet der da von mir?*« Sie sollte einen Mann zu Boden gebracht haben? »*Der Selbstverteidigungskurs hat also doch was gebracht*«, dachte Neila erstaunt.

»*Sag ich ja*«, meinte Migina. »*Du warst klasse!*«

»Da macht man einmal was Cooles und erinnert sich nicht dran«, schimpfte sie laut und brachte damit die Ärzte wieder zum Schmunzeln, was ihr wesentlich besser gefiel als diese ernsten, nachdenklichen Mienen.

»Vielleicht kommt die Erinnerung noch zurück.« Doktor Rasfeld stand auf.

»Der Katheter? Und wenn ich so darüber nachdenke, würd ich mich gern waschen und was anderes anziehen. Meine Mom meinte immer, je früher ein Patient aus dem Bett kommt und seinen Kreislauf wieder in Schwung bringt, desto schneller geht's ihm besser. Zumindest hat sie das immer zu mir gesagt, wenn ich krank war.« Hoffnungsvoll sah sie ihn an. Flehte zum Himmel. Doch sie wurde nicht erhöht.

»Warten wir ab, wie das Elixier anschlägt, und wenn du heute Mittag etwas mehr Farbe bekommen hast, sehen wir weiter.«

Neila musste es einfach so hinnehmen, das wusste sie. Trotzdem murrte sie. »Dann besorg ich mir einfach Rouge.«

Wieder lachten die Ärzte und gingen dann ihrer Arbeit nach. Die Ärztin kam schließlich mit ein paar Geräten zurück und machte die verordneten Untersuchungen. Neila nahm es seufzend hin.

»Dein Herz erholt sich wesentlich langsamer als deine anderen Organe«, erklärte sie auf Neilas Frage hin. »Auf das Elixier, das man normalerweise bei einem Organschock verabreicht, schlägt es nicht so an, wie es sollte. Deshalb das Lerox.«

Sie hob eine Spritze mit einer gelblichen Flüssigkeit in die Höhe und spritzte es in ihren Zugang.

»Es ist sehr stark, und du wirst dadurch etwas müde. So, und jetzt sorg ich dafür, dass du was zu essen bekommst«, sagte sie, als sie fertig war. Neilas Magen bedankte sich dafür mit einem lauten Knurren.

Schwester Maria kam schließlich wieder zu ihr und brachte ihr eine Kanne Tee und etwas Leichtes für den Magen.

Neila überlegte gerade, ob sie sich vielleicht den Fernseher zu ihrem Frühstück anschalten sollte, als sie Liaras' Melodie vernahm. Zwar nur schwach, doch sie wurde immer lauter. Schließlich wurde die Türklinke hinuntergedrückt, und mit einem Luftzug traf sie die Wärme des Lebenssteins mit voller Wucht. Liaras hatte sich Sorgen gemacht, dass konnte sie spüren.

Neila wandte lächelnd den Kopf, als sie auch die beiden anderen Melodien am Rande wahrnahm.

»Wie geht's dir?«, fragte Onkel Michael und kam an ihr Bett. In seinem Blick reine Sorge, aber auch etwas anderes, das sie nicht deuten konnte.

»Mein Herz will anscheinend nicht so wie meine anderen Organe. Deshalb tut meine Brust wohl auch noch weh. Aber die Schmerzmittel helfen ganz gut. Ich will jetzt einfach schnell diesen Katheter loswerden. Musst du nicht arbeiten? Überhaupt, solltest du nicht in München sein?«

»Na hör mal«, tadelte er sie und stellte die Umhängetasche, die Neila erst jetzt bemerkte, an ihrem Fußende ab. »Ich bin immerhin dein Vormund. Allerdings muss ich tatsächlich bald wieder los. Mutter wollte gegen Mittag vorbeischauen, wenn sie Elion vom Kindergarten abgeholt hat. Cecilia und Melina lassen dich schön grüßen. Du sollst anrufen, wenn du dich langweilst oder Raphael dir auf die Nerven geht.«

»Ach ja ...«, fiel Neila in dem Moment wieder ein. »Melina hat morgen Geburtstag. Geht's ihr gut?«

»Nur etwas ungeduldig und mürrisch, weil sie nicht raus darf, das ist alles. Ach, und die Hohepriester haben sich gemeldet.«

Neila blinzelte, weil sie erst nicht wusste, was er meinte, dann erinnerte sie sich. Es schien Wochen her zu sein.

»Sie sagen, sie kommen vorbei, sobald du entlassen bist und geben dann auch gleich Melina ihren Namen.«

»Du weißt nicht zufällig, wie lange das noch sein wird?«

»Wenn alles gut läuft, Freitag oder Samstag.«

Das hob Neilas Stimmung augenblicklich. Sie hatte schon befürchtet, ein paar Wochen hier ans Bett gefesselt zu sein. Andererseits hätte das auch bedeutet, dass sie die ersten Schultage verpasste. Beim bloßen

Gedanken an den nächsten Mittwoch wurde ihr anders zumute.

»Hab gerade an die Schule gedacht«, beruhigte sie Onkel Michael, der ihre Grimasse gesehen hatte. Darauf verdrehte er die Augen.

»Gut, ich rede mal mit den Ärzten. Bis gleich.«

Neila folgte ihm, wie er aus dem Zimmer ging. Dann fiel ihr Blick auf Raphael, der die Arme vor der Brust verschränkt an der Wand lehnte.

»Geht's dir gut?«, fragte sie, als er keine Anstalten machte, zu ihr zu kommen.

Ihm entfuhr ein Schnauben. »Ich lieg nicht in einem Krankenhausbett.«

»Du siehst aber so aus als würdest du jeden Moment hier landen«, erwiderte Neila. Sie hob eine Hand und forderte ihn stumm auf, endlich herzukommen.

Er folgte, und sie entlockte ihm ein Lächeln, als sich ihre Finger ineinander verhakten. »Ich hab wenig geschlafen, das ist alles.«

»Du gibst dir doch nicht etwa die Schuld an dem Ganzen?«

Raphael strich ihr mit dem Daumen über ihre Hand und setzte sich schließlich auf ihre Bettkante. »Aurora und Mom haben bereits dafür gesorgt, dass ich es nicht tue. Nur Mel lässt es mich spüren. Sie ist leicht genervt wegen ihrem Erwachen und wegen Mom, die eine Riesensache draus macht, deshalb kann ich sie gerade nicht ernst nehmen.«

»Und warum hast du dann nicht schlafen können?«

»Es ...« Er sah sie an und lächelte traurig, sodass Neila das Bedürfnis verspürte, ihn in den Arm zu nehmen und zu trösten. »... war nicht gerade ein toller Anblick, dich mit einem Messer an der Kehle zu sehen. Abgesehen von dem Blut. Und danach ...«

Raphaels Stimme erstarb, als Neila sich vorbeugte und ihn in eine Umarmung zog. Ihr Rücken und ihre

Brust protestierten, aber in ihrem Magen tanzten die Schmetterlinge, und das altbekannte warme Gefühl breitete sich über sie aus.

Raphael zögerte eine Sekunde, doch dann erwiderte er die Geste und vergrub sein Gesicht an ihrer Schulter.

»Mir geht's gut«, flüsterte sie leise lächelnd und strich ihm durch die Haare, während seine Stirn an ihrer Schulter ruhte. Sie wusste, was passieren würde, wenn er aufsah, und Vorfreude machte sich in ihr breit. Das vertraute Prickeln wurde zu Feuer, als sich seine Lippen auf ihre legten. Nur kurz, doch der Kuss war intensiv in dem, was er bei ihr auslöste.

Sie lachte leise, als das Piepsen schneller wurde. Raphael wich zurück. Seine Hand blieb jedoch an ihrer Wange.

»Bestimmt denkt Schwester Maria jetzt, ich hätte schon wieder eine Panikattacke gehabt«, scherzte sie.

»Panikattacke?«

Sie verdrehte die Augen, als er sofort wieder ernst wurde. »Ich dachte für einen Moment, ich hätte die Kette von Mom verloren. Da bin ich etwas durchgedreht. Du hast sie nicht zufällig ...«

Raphael griff an seinen Kragen und holte unter seinem T-Shirt die Kette hervor. »Sie hat mich irgendwie beruhigt. Tut mir leid, ich wollte sie hierlassen ...«

Neila würgte ihn ab. »Schon okay. Freut mich, dass sie dir helfen konnte.« In Gedanken fügte sie hinzu: »*Danke, Liaras!*«

Ihre Melodie wurde kurz lauter, dann ertönte Miginas Stimme: »*Sie sagt, sie hat es gern gemacht. Er ist halb verrückt vor Sorge um dich geworden, sagt sie.*«

»Tut mir leid, dass ich dir so einen Schreck eingejagt habe.«

Die Tür ging wieder auf. Raphaels Hand verschwand sofort von ihrer Wange, und er rückte ein

Stück von ihr ab, als Onkel Michael gefolgt von der Ärztin hereinkam.

»Hallo, Raphael!«, sagte sie, und der erwiderte ebenfalls lächelnd: »Regina.«

Neilas Augenbrauen schossen in die Höhe bei dieser vertrauten Anrede. Raphael entging das nicht, worauf er kurz erklärte, dass er bei ihr ein Praktikum gemacht habe und sie außerdem eine Freundin von Tante Cecilia und Aurora sei.

»Neila, ich wollte dir nur kurz ein paar Fragen stellen. Ich möchte die Ursache für das Problem mit deinem Herzen herausfinden.«

»Sollen wir rausgehen?«, warf Onkel Michael ein.

Als Neila den Kopf schüttelte, fuhr die Ärztin fort: »Hattest du in den letzten Jahren irgendwelche Probleme mit dem Herzen. Einen Unfall oder Ähnliches?«

Neila seufzte leise.

»Herzinfarkt und Herzstillstand auf Grund von Alkoholvergiftung vor zwei Jahren. Ein Partywochenende. Aber ansonsten war ich nie wirklich krank. Na ja, Windpocken und Masern hatte ich mal, glaub ich.«

Neila vermied es bewusst, Raphael und Onkel Michael anzusehen, und hielt dem Blick der Ärztin stand, die nachdenklich nickte.

»Danach hattest du keine Herzprobleme mehr?«

Sie schüttelte den Kopf.

»Gut, falls dir doch noch etwas einfällt, sag Bescheid. Herr von Schwarzbach. Raphael.« Sie verabschiedete sich und ging. Im Zimmer wurde es unangenehm ruhig.

»Ich hab seitdem keinen Alkohol mehr angerührt«, durchbrach Neila die unangenehme Stille. Sie sah erst zu Onkel Michael und dann zu Raphael, die beide die gleiche düstere Miene machten.

»Wo dachte deine Mutter, dass du warst?«

»Bei einer Freundin. Es war kurz nach Daniels Festnahme. Sie war nach der Arbeit ständig bei ihm.

Elion hat sie bei unserer Nachbarin gelassen oder mitgenommen. Könnt ihr mich jetzt bitte nicht so böse anschauen. Ich hab Scheiße gebaut und daraus gelernt.«

Wieder Stille, dann seufzte Onkel Michael und rieb sich die Schläfe. »Ich versuch mal, ob ich deine Krankenakte doch irgendwie auftreiben kann. Weißt du, in welchem Krankenhaus du damals warst?«

Neila nannte es ihm, und er verabschiedete sich mit dem Versprechen, am Abend noch mal vorbeizuschauen.

»Meine Krankenakte ist verschwunden?«, wandte sie sich an Raphael, der augenblicklich wieder ihre Hand nahm.

Der zuckte nur mit den Schultern. »Michael vermutet, dass eure Eltern zur Sicherheit alle Akten vernichtet haben, weil sie nicht gefunden werden wollten. Als Ärztin ist deine Mutter an die leicht rangekommen. Mach dir darüber keinen Kopf. Ruh dich aus.«

»Du bleibst doch?«, fragte sie leicht panisch, als er aufstand. Sofort umklammerte sie seine Hand fester.

»Ich fahr heute Abend mit Michael nach Hause, falls du mich bis dahin aushältst.«

Er bückte sich und holte etwas aus der Tasche. Einen iPod, mit zwei Paar Ohrstöpsel. Er zog sich einen Stuhl heran und reichte ihr ein Paar davon. Lächelnd nahm Neila sie entgegen und lauschte ein paar Sekunden später Bruno Mars' »Just the Way You Are.«

Sie kuschelte sich, so gut es ging, unter die Decke und legte den Kopf so, dass sie sein Gesicht direkt vor sich hatte, wie er da ganz nah in dem Sessel fläzte und ihren Blick erwiderte.

Allein die Tatsache, dass er hier war. Dass er sich Sorgen um sie gemacht hatte, gab ihr zum ersten Mal seit Langem das Gefühl von Geborgenheit. Vielleicht sogar Liebe. Soweit wollte Neila jedoch nicht denken. Es war zu früh, zu neu für sie beide, um es zu benennen.

Doch sie wusste auch eines mit Sicherheit. Raphael bedeutete ihr bereits jetzt sehr viel mehr als alle ihre Exfreunde zusammen. Wenn er bei ihr war, war die Trauer um ihre Eltern nicht ganz so schmerzhaft. Er war wie Liaras und Migina zu jemandem geworden, der die Leere in ihrem Inneren füllte. Mit jedem Tag mehr.

Als hätte er ähnliche Gedanken gehabt, beugte er sich vor und strich ihr zärtlich durch das Haar. Dann küsste er sie sanft. Neila erwiderte ihn. Es kam ihr wie eine Ewigkeit vor, als würde die Welt um sie herum stehen bleiben. Niemand und nichts störten diese zärtlichen Küsse, sodass sich ihr Körper mehr und mehr entspannte.

»Schlaf, Neila. Ich bleib hier.« Ihre Augenlider wurden schwerer. Die zärtlichen Streicheleinheiten von ihm über ihr Gesicht und den Hals trugen ihren Teil dazu bei, dass sie schließlich lächelnd einschlief.

Neila blieb noch den gesamten Donnerstag im Krankenhaus, doch ohne Katheter und frisch geduscht, sodass sie sich wesentlich wohler fühlte. Und das Elixier schlug gut an.

Als Doktor Hildemann sie am Mittwochabend noch einmal untersucht hatte, waren ihre Brustschmerzen bereits nahezu Vergangenheit.

Donnerstag hatten sie sie noch zur Beobachtung dabehalten wollen, doch am Freitagmorgen konnte sie keiner mehr aufhalten.

Zu ihrer Überraschung stand jedoch nicht wie am Tag zuvor Raphael um Punkt zehn Uhr auf der Matte, sondern Michael und Elion, der sofort total aufgeregt irgendetwas von einem Ausflug erzählte.

Neila wusste nicht, was sie davon halten sollte, als ihr Onkel ihr erklärte, dass er sich freigenommen hatte und sie bis Sonntag in die Berge fahren würden. Nur sie drei.

»Warum?«, fragte sie ihn schließlich, als sie in seinem Audi vom Krankenhausparkplatz fuhren. »Ich dachte, heute ist Melinas Geburtstagsfest. Warte! Hat das etwas damit zu tun?«

»Neila ...« Ihr Onkel warf ihr einen undefinierbaren Blick zu und seufzte. »Du hast Doktor Hildemann doch gehört. Du sollst dich ausruhen und noch schonen. Zur Feier würde ich dich also sowieso nicht lassen. Außerdem dachte ich mir, du hast bestimmt noch einige Fragen, die wir am Abend alle klären können, wenn du willst. Und so ein Ausflug war schon längst mal überfällig.«

Irgendwie kaufte sie ihm das in dem Moment nicht ab, doch im Laufe des Tages, in dem sie ihm dabei zusah, wie er Elion seine Aufmerksamkeit schenkte, während sie es sich in dem rustikalen kleinen Haus am Rande eines Abhangs gemütlich machte und die Aussicht auf Schloss Neuschwanstein genoss, sah sie eine Seite an ihrem Onkel, die sie bisher nicht zu Gesicht bekommen hatte. Sie sah ihn sogar, als er mit Elion durch den Garten fegte. Der Mann konnte also doch mit Kindern umgehen.

Am Abend, nachdem Neila Elion ins Bett gebracht hatte, wartete Michael unten im Wohnzimmer auf sie. Sie hatte sich bereits den ganzen Tag darüber Gedanken gemacht, was sie als Erstes fragen wollte.

Schließlich fing sie mit den jüngsten Ereignissen an. »Wer waren diese Typen? Raphael meinte, es wäre eine illegale Sippe, oder so«, fragte sie, nachdem sie sich mit einer Tasse Tee in eine kuschlige Wolldecke eingewickelt hatte. Ihr Onkel saß ihr zugewandt am anderen Ende der breiten Couch.

»Jeder Engel gehört durch die Zugehörigkeit der Eltern zu einer Sippe, deren Aufgabe es ist, für die Sicherheit ihrer Mitglieder zu sorgen, aber auch dafür, dass sie sich an die Regeln halten, also ihre Identität vor Menschen geheim halten«, begann er ruhig.

»Man kann die Sippe wechseln. Wenn die Oberhäupter beider Sippen damit einverstanden sind, beziehungsweise wenn man heiratet. Aber man kann auch aus einer Sippe verstoßen werden. Je nachdem, was man getan hat, kann man von anderen Sippen aufgenommen werden, aber wenn nicht, ist man ein Abtrünniger, ein verstoßener Engel. Den Stein der Sippe muss man bei seinem Austritt abgeben.

Manche schließen sich mit anderen Abtrünnigen zu nicht anerkannten Sippen zusammen, weil sie aber keinerlei Steine und meist auch kein Geld besitzen, besorgen sie sich welche bei den Anerkannten. Seit dem ersten Sippenkonsulat vor über zweitausend Jahren und der Entstehung der Wächter und der acht ehrwürdigen Sippen, auch Ältesten genannt, gibt es Ausgestoßene.

In der Vergangenheit haben sie sich schon öfters zusammengetan, wurden aber meistens nach einiger Zeit von den Ältesten und den Wächtern gestoppt.

Eine von ihnen wurde vor hundertfünfzig Jahren anerkannt, allerdings ohne dass sie Gewalt angewandt oder die anderen Sippen bestohlen hatte. Die Initia-Sippe ist seitdem unter anderem die einzige Sippe, die jeden Ausgestoßenen aufnimmt, wenn dieser das will.

Manche wollen das aber nicht. Die Gruppe, die ihr gestört habt, war tatsächlich Teil einer nicht unbekannten illegalen Sippe hier in Deutschland. Sie nennen sich ›Revange‹ oder ›Racheengel‹. Gut organisiert, noch besser getarnt, und die Mitglieder schneiden sich lieber die Pulsadern auf, als dass sie irgendwas preisgeben. Man weiß so gut wie gar nichts von ihnen. Noch nicht einmal, wer sie anführt.

Nur, dass sie bisher lediglich in Deutschland, Polen und Tschechien aktiv waren, was aber nicht heißt, dass es nicht auch kleine Gruppen von ihnen in anderen Ländern geben könnte.«

»Was passiert jetzt mit ihnen?«, unterbrach Neila ihn.

»Sie sitzen in einem, sagen wir, Spezialgefängnis für Engel.«

»Und wer entscheidet darüber?«

»Das Gericht. So wie ich Anwalt geworden bin, werden einige Engel Richter, andere werden zu Agenten der Zentrale. Wir sind in allererster Linie Menschen, Neila. Und wie die Menschen haben wir unterschiedliche Vorstellungen darüber, wie ein Leben auszusehen hat.«

»Du meinst, ob man sich nun vor den Menschen verstecken oder sich ihnen ... ähm... offenbaren sollte?«

Auch Onkel Michael schmunzelte über ihre Wortwahl. Er nickte. »Zum Beispiel. Diese Diskussion gibt es, seit es Engel gibt. Allerdings ... hat die Vergangenheit gezeigt, dass die meisten Menschen auf diese Offenbarung nicht positiv reagieren und dass mehr Unschuldige dabei zu Schaden kommen.«

Neila hob fragend die Augenbrauen, und er fügte hinzu: »Hexenverfolgung ist das beste Beispiel. Ausgelöst durch einen weiblichen Engel, der sich in einen menschlichen Mann verliebte und ihn einweihte. Der rannte sofort zur Kirche. Sie war allerdings der einzige Engel, der jemals auf einem Scheiterhaufen verbrannt wurde. Dafür aber hunderttausend unschuldige Frauen.«

»Warum sind sie dann nur auf die Frauen losgegangen und nicht auch auf die Männer?«

»Weil angeblich nur Frauen so schwach waren, um sich vom Teufel verführen zu lassen. Die Geschichte mit den Engeln glaubten die Kirche und auch der Mann keine Sekunde. Sie stempelten sie sofort als

Hexe ab und hatten damit ihren Beweis, dass es Hexen gibt.«

»Und warum hat sich die Frau nicht gewehrt, als man sie verbrannt hat?«

Michael verzog das Gesicht. »Die einen behaupten, dass sie nicht mehr leben wollte, nachdem ihre vermeintlich große Liebe sie verraten hatte, die anderen sagen, die Ältesten hätten sie dazu gezwungen, weil sie sonst alle in Gefahr gebracht hätte.«

»Haben sie sie gezwungen?«, hakte sie zaghaft nach. Irgendwie schwer vorstellbar für sie, denn zu den Ältesten gehörte immerhin auch Billys Sippe.

Michael zuckte mit den Schultern.

»Man weiß es nicht. Alle Aufzeichnungen über und von unserer Welt wurden nach diesem Vorfall restlos vernichtet. Das Wissen darüber wurde nur mündlich weitergegeben, aus Angst, entdeckt zu werden. Einige Engel legten danach sogar ihre Steine für immer ab. Sippen lösten sich auf.«

»Ist das schlimm, wenn Engel keinen Götterstein haben?«

»Nein, in erster Linie nicht«, antwortete er ihr kopfschüttelnd. »Allerdings gewöhnt sich der Körper mit den Jahren an die Energie des Steines. Verschwindet sie, leidet der Engel sozusagen unter Entzugserscheinungen. Je länger er den Stein hatte, desto schlimmer. Er ist in dieser Zeit anfälliger für Krankheiten, weshalb viele der Engel damals an der Pest starben.«

»Aber ...«, warf Neila nach einer kurzen Pause ein, »... die Menschen sind doch viel aufgeklärter heute. Auch durch diese ganzen Fantasy-Serien und -Bücher. Sie stehen ja auch nicht mehr so unter der Fuchtel der Kirche. Sind toleranter. Da könnte man es doch eigentlich wagen, oder?«

Michael sah sie eine ganze Weile lang schweigend an.

Zu gern hätte sie gewusst, was in seinem Kopf vorging. Schließlich sagte er leise: »Das hat man vor hundert Jahren auch gedacht. Man glaubte, die Menschheit wäre reif dafür. Die Ältesten und die Wächter haben um 1900 herum diese Diskussion aufgenommen. Es ging 39 Jahre so, bis eine kleine Gruppe es nicht mehr nur diskutieren wollte und sich einem ganz bestimmten Menschen anvertraute.« Die Gesichtszüge ihres Onkels wurden hart und finster.

»1939? Begann da nicht ...?«

»Der Zweite Weltkrieg, ja. Der Mann, dem sie sich anvertraut haben, war Adolf Hitler. Fest im Glauben, dass die Engel in seiner Rassenideologie ganz oben stehen würden.«

Neila klappte der Mund nach unten. Sie traute ihren Ohren nicht.

Ihr Onkel fuhr unterdessen fort: »Um genau zu sein, waren es schwarze Wächter, die ihm davon erzählten, dass es übernatürliche Wesen gibt. Sie wollten, dass unsere Sippe an der Spitze stand und stellten sie daher als die mächtigsten aller Engel da, verrieten ihm aber auch die einzelnen Hauptsitze, unter anderem den in Österreich, Spanien, Polen und hier in Deutschland. Dresden war zu der Zeit der Hauptsitz des europäischen Oberhaupts der Atrea-Sippe.«

Jetzt war Neila vollkommen sprachlos. Michael sah sie nickend an. »Keine zwei Wochen nach ihrem Besuch bei ihm, als die Sippe sich in Dresden traf, um darüber zu beraten, was sie angesichts der Entwicklungen in Europa unternehmen sollte, wurde das Anwesen gestürmt. Die Verräter ließen sie sogar herein, im Glauben, dass Adolf Hitler mit ihnen verhandeln wolle. Sie befolgten blind seine Befehle, ohne misstrauisch zu werden. Als sie es wurden, waren sie auch schon tot. Mein Vater und ein paar wenige waren die einzigen Überlebenden. Die Atrea hatten zu diesem Zeitpunkt gut 700 Mitglieder.

Nach dieser Woche, in der man auch die Hauptsitze in den anderen Ländern entweder gleich in die Luft sprengte oder stürmte wie in Dresden, waren es keine 300 mehr, wobei die Hälfte davon in den USA oder Asien lebte. Keiner hatte damit gerechnet, und als man bemerkte, was los war, war man bereits so gut wie tot. Gegen einen überraschenden Kugelhagel und Bomben kommen selbst Engel nicht an.«

Stille. Neila klappte irgendwann den Mund wieder zu. Tiefes Mitgefühl für den Grafen breitete sich immer schneller in ihr aus.

»Mein Vater und die anderen flüchteten zu anderen Sippen, wurden aber verfolgt. Bis auf meinen Vater lebt keiner von ihnen mehr. Er war der Einzige, der nicht nach Polen oder Österreich floh, sondern es bis nach England schaffte. Die weißen Wächter haben dort einen ihrer Hauptsitze. Sie hatten nichts davon mitbekommen, leiteten aber sofort Maßnahmen ein. Allerdings schafften sie es nicht, an Adolf Hitler heranzukommen. Nach Kriegsende fanden sie ein paar Aufzeichnungen. Anscheinend war er davon überzeugt gewesen, die ›unnatürlichen Parasiten‹ ausgelöscht zu haben. Man verbrannte die Aufzeichnungen, und mein Vater kehrte nach Traunstein zurück.«

»Und ...« Neila musste sich räuspern. »Was ist mit Aurora? Und wann kam dann Dad zu ihm und warum?«

»Er war damals so alt wie du, als er aus Deutschland floh. Gerade erwacht und in der Ausbildung mit seinem Stein. Sein Vater hatte ihn zu diesem politischen Treffen mit den anderen Wächtern mitgenommen, weil es zu seiner Ausbildung zu einem Wächter und seinem Nachfolger dazugehörte.«

»Ookaay, jetzt ist mir wirklich schlecht.« Sie schüttelte sich vor Abscheu. Die Bilder ihrer Vergangenheit schossen ihr durch den Kopf. Ihre Mutter in ihrem Blut und ihr Dad, wie er zweimal in die Brust getroffen wurde und vorne überkippte. Der Graf hatte in ihrem Alter eine viel schlimmere und grausamere Gewalt erlebt. Kein Wunder, dass er so hart und verschlossen war.

»Meine Mutter lernte er erst bei seiner Rückkehr nach Kriegsende kennen, als auch die anderen schwarzen Sippenmitglieder aus Spanien und Österreich, die entkommen und überleben hatten können, nach Deutschland kamen, um zu besprechen, wie es weitergehen sollte. Die Kyaneas-Sippe unterstützte sie, weil unter ihnen ja auch meine Tante, deine Großmutter, war.

Die meisten von den Überlebenden kehrten dann nach Österreich und Spanien zurück oder schlossen sich den Familien in den USA oder Asien an. Meine Eltern und die übrig gebliebenen, darunter ein paar befreundete weiße Wächter und deine Großeltern, trugen die schwarzen Göttersteine über die folgenden zehn Jahre wieder zusammen. Die Nazis hatten etliche davon zu zerstören versucht, doch diese Steine können nicht vernichtet werden, weshalb sie sie versteckten. Allerdings waren sie da nicht die Einzigen. Die ›Racheengel‹ gab es damals schon, und sie sahen ihre Chance. Man verfolgte meinen Vater und die Suchtruppen und lauerte ihnen auf, als sie das Versteck der Nazis fanden.

Dabei starben deine Großeltern und einige der anderen. Auch zwei weiße Wächter. Mein Vater spricht darüber nicht. Ich weiß nur, dass er plötzlich in der Tür stand, deinen Dad auf dem Arm und Cecilia an der Hand, und dass meine Mutter danach monatelang geweint hat.«

»Wie alt warst du?«

»Acht. Dein Dad auch. Cecilia war zehn. Danach hörten die langen Reisen meines Vaters auf.«

»Und die Steine?«

»Liegen seitdem unter dem Schloss beziehungsweise unter den anderen Hauptsitzen in Europa, so
wie früher, nur dass die Schlösser besser gesichert
sind. Gegen Menschen und Engel.«

»Wir haben also noch andere Angehörige in Österreich, Spanien und Polen?«

Ihr Onkel verzog das Gesicht. »In Polen lebt keiner
mehr. Genau genommen stammen wir alle von ein
und derselben Familie ab, die schon vor 2000 Jahren
die schwarzen Wächter stellten. Jetzt sind wir allerdings nur noch über tausend Ecken mit ihnen verwandt. Eine Sippe muss nicht immer nur aus einer Familie bestehen. Eigentlich sind das nur die Wächter-
sippen und die Ältesten. Man gehört nur zu dieser
Sippe wenn man hineingeboren wird oder einheira-
tet. Einfach auftauchen und sagen, hey, ich will bei
euch mitmachen, geht nicht.«

»Gibt es viele Sippen außer den acht Ältesten? Es
sind doch acht?«

Er nickte. »Ja, sind es. Und ja, mit der Zeit entstanden viele Sippen. Kleinere, aber auch größere. Jede
einzelne von ihnen stammt allerdings von mindesten
einer Ältesten ab.«

War nur logisch, wenn sie die ersten Sippen gewesen waren. Sie brauchte jetzt erst einmal eine kurze Pause, um sich diese Geschichte, ihre Familienge-
schichte genau genommen, durch den Kopf gehen zu
lassen.

Neila konnte jetzt verstehen, warum man zögerte,
der Menschheit zu zeigen, was sie wirklich waren.
Ihre schlechten Erfahrungen hielten sie davon ab.

»Sind die Ältesten dann so etwas wie die Regierung der Engel?«, fragte sie aus ihrem Gedanken heraus.

»Sagen wir, sie sind die Verantwortlichen dafür,
dass wir unerkannt unter den Menschen leben können. In manchen Ländern sind Sippenmitglieder der

Ältesten an der Macht oder zumindest in hohen politischen Ämtern. In Deutschland ist das allerdings eher nicht der Fall. Es gibt Engel, die in der Politik mitmischen, aber dann auf ganz normalem Weg, wie jeder Mensch auch. Dafür sorgen mein Vater, Billy und das Oberhaupt der Roseus-Sippe. Die rosa Sippe, auch Rosensippe genannt«, fügte er erklärend hinzu.

»Okaay ...«

Michael lächelte angesichts ihrer Verwirrung. »Das Ganze ist etwas kompliziert. Im Grunde lebt jede Sippe, ob Älteste oder nicht, nach den Gesetzen des Landes, in dem sie sich aufhält. Allerdings behalten sie natürlich die Regierungen immer im Auge. Solange die jüngeren Sippen nichts tun, was sie als übernatürliche Wesen enttarnen könnte, machen die Ältesten ihnen keine Vorschriften, wie sie zu leben haben. Die Wächter und sie schalten sich nur dann ein, wenn sie die Engelswelt gefährden. Roseus, Kyaneas und wir haben uns dazu entschlossen, die Regierung nur zu beobachten und es Engeln zu erlauben, in die Politik zu gehen, solange sie fair spielen.

Andere Älteste übernehmen die Regierungsgeschäfte in ihrem Land. Der Pallidus-Orden, also die graue Sippe, gehört aber zum Beispiel zu denen, die sich vollkommen von den Menschen abschotten. Ihre geheimen Tempel sind über die ganze Welt verteilt, und sie kommen nur heraus, wenn sie einem Engel seinen Namen geben sollen. Bisher haben sie sich in keinen einzigen Krieg verwickeln lassen. Selbst aus den Weltkriegen hielten sie sich raus.«

»Haben Engel sich denn in die Kriege der Menschen eingemischt?«

»Man kann darüber nur spekulieren, weil sich die Engel damals nicht trauten, etwas niederzuschreiben. Selbst die Bibliotheken der Ältesten und der Wächter wurden zerstört, um auf Nummer sicher zu gehen. Ich weiß nur, dass sich die meisten Sippen an den Weltkriegen beteiligten. Sie wurden wie jeder normale Mann eingezogen, und man ergriff automatisch Partei seines Vaterlandes. Billy meinte mal, dass auch etliche aus den deutschen Sippen von den Parolen der Nazis beeindruckt waren und glaubten, dass Adolf Hitler der richtige Mann an der Spitze sei. Wenn du mehr darüber erfahren willst, musst du mit ihm darüber reden. Oder mit meiner Mutter.«

Neila schüttelte nach einer Weile den Kopf. »Ihnen ging es wohl genauso wie vielen anderen Deutschen in dieser Zeit. Das hatte ich schon zur Genüge in der Schule.«

Bis weit nach Mitternacht quetschte sie ihren Onkel über die Engelswelt und die Sippen aus. Fragte nach den Standorten der anderen Ältesten Sippen und erfuhr, dass sie so gut wie auf jedem Kontinent vertreten waren.

Europa, das als Ursprungsland der Engel galt, war jedoch am dichtesten besiedelt. Genau genommen war das exakte Ursprungsland laut alten Sagen Griechenland, wo man in der Antike die ersten Göttersteine fand.

Da es keinerlei Aufzeichnungen gab, sondern nur die mündlich weitergegebenen Geschichten, wusste man auch nicht, woher die Steine kamen oder wie sie entstanden waren. Nur, dass der Großteil von ihnen in Europa ›erschienen‹ war, wie die Legende es formulierte.

Inzwischen gab es sie überall auf der Welt, wo sich neben den Nachkommen der Ältesten neue Sippen gebildet hatten. Und das alles, ohne dass die Menschen etwas davon mitbekamen.

Neila hätte nur zu gern gewusst, wie die Familie ihrer Mutter es geschafft hatte, wiederum von den Engeln unentdeckt zu bleiben. Eine Frage, die sie schließlich Liaras stellte, als sie sich in dem kleinen Bad im ersten Stock neben ihrem und Elions Zimmer eingeschlossen hatte, nachdem sie sich vergewissert hatte, dass ihr Onkel ins Bett gegangen war.

»*Das kann ich dir nicht so beantworten, wie du es dir erhoffst*«, erwiderte sie. Neila starrte leicht enttäuscht auf ihre von innen glimmenden Hände. »*Ich bin nur Teil des Geschehens durch die Verbindung eines Engels. Durch dich und deine Gedanken sehe ich.*«

Liaras wollte noch mehr sagen, doch in dem Moment hörte Neila eine Tür draußen auf dem Flur aufgehen, und sie packte Liaras schnell weg.

Gerade noch rechtzeitig, denn als sie sich am Waschbecken hochzog, klopfte es an der Tür und die Stimme ihres Onkels erklang.

Neila war es zu riskant, Liaras noch einmal zu berühren, solange Michael um sie herum war, deshalb ließ sie es. Sie würde mit ihr bei ihrer Rückkehr reden.

Denn die Fragen zu der Familie ihrer Mutter, den Klangengeln und den Steinen der Schöpfung waren die einzigen, die noch offen waren. Sie hatte gehofft, Liaras könnte ihr wirklich die meisten von ihnen beantworten, doch ihre Aussage gerade eben, ließ sie daran zweifeln. Wenigstens war das Chaos von vor einer Woche so langsam geordnet worden.

Sie musste sich wahrscheinlich daran gewöhnen, dass einige ihrer Fragen unbeantwortet bleiben würden. Das würde sich in nächster Zeit einfach zeigen, wenn sie sich an ihr neues Leben gewöhnt hatte.

Ein Leben als Vollwaise, als Schwester, als Teenager und Schülerin samt Adelstitel, als frisch erwachter Engel, als Mitglied der schwarzen Wächtersippe Atrea, als Besitzerin des Mondsteins samt dessen Heilfähigkeiten, als verdeckt lebender Klangengel und als Gebieterin der Ewigkeit, die geschworen hatte, den Todesstein zu finden.

Wie sollte man sich an das alles gewöhnen, ohne dabei den Verstand zu verlieren?

#16

Die Blase aus purer Erleichterung und Glück zerplatzte mit einem großen Knall. Raphael wurde schlecht, als er immer wieder über die wenigen Zeilen in einer alten Handschrift auf vergilbtem Papier las. Doch so oft er sie auch las, der Inhalt blieb gleich. Ihm wurde schlecht, und er kämpfte gegen die Schlussfolgerung aus diesen Worten an, die ihm die Kehle zuschnürte.

Mit zitternden Händen schlug er schließlich das kleine, dünne Buch zu. Starrte auf den leeren Ledereinband, ehe er aufsah. Seine Stimme klang seltsam, als er fragte: »Was soll das heißen?«

Sein Verstand kannte die Antwort, doch alles in ihm sträubte sich dagegen. Beinahe flehend sah er Aurora an, die ihm das Buch aus der Hand nahm. Die Miene ernst und ohne jedes Anzeichen, dass sie eine andere Antwort für ihn parat hatte.

»Das, was es bedeutet, Raphael«, sagte sie eindringlich mit unnachgiebigem Blick. »Du weißt, was du tun musst.«

Stille. Totenstille.

Dann nickte er ganz langsam. »Gut.«

Auroras ernster Blick wurde sanfter. Sie kam auf ihn zu und legte ihm eine Hand auf die Schulter.

Sagen musste sie nichts. Das »Es ist das Beste« stand in ihren mitfühlenden Augen. Raphael wich ihrem Blick aus, schüttelte ihre Hand ab und ging zu der Geheimtür des versteckten Sippenarchivs, die in die Bibliothek führte. Er brauchte jetzt einfach Zeit für sich. Zeit, um sich für sein Vorhaben zu wappnen.

»Um sieben im Blauen Salon!«, rief Aurora ihm hinterher. Er hob die Hand zum Zeichen, dass er sie verstanden hatte, dann machte er, dass er von hier wegkam.

Obwohl es wie aus Eimern schüttete, verbrachte Raphael den gesamten Sonntagnachmittag dort, wo er sich schon als Kind immer versteckt hatte. Im Baumhaus, dessen Dach er vor zwei Wochen mit Elion repariert hatte.

Er überlegte hin und her, kam jedoch immer wieder zu dem gleichen Schluss. Aurora hatte recht. Sie hatte immer recht.

Ihre Sippe war die erste gewesen, die wieder angefangen hatte, Aufzeichnungen über die Engelswelt niederzuschreiben. Legenden und Fakten aus den letzten zweihundert Jahren, von denen einige verloren gegangen, andere erhalten waren.

»Bist du nicht langsam zu alt dafür?«
Er schreckte zusammen, als Melina plötzlich pitschnass in der offenen Tür stand. »Du nicht auch?«

Sie ging auf seinen Kommentar noch nicht einmal ein, sondern kam rein, schloss die Tür und ließ sich dann neben ihm auf den Holzboden plumpsen.

»Was ist passiert?«, fragte er.

»Wusstest du ...«, zischte sie augenblicklich und funkelte ihn von der Seite an, »... dass sie für mich einen Bodyguard geordert haben? Der mit mir auf die Schule geht, hier lebt und mich keine Sekunde aus den Augen lassen soll, wenn ich nicht im Schloss bin?«

Unbeeindruckt nickte er. »Hatte ich doch auch. Jan Bugner, er war eine Klasse über mir und hat mich immer zur Schule gefahren. Man gewöhnt sich dran, und ich hab mich ziemlich gut mit ihm verstanden. Es ist zum Schutz des Steines und zu deinem, Mel.«

»Ja, ja! Schon gut! Nur hieß dein Bodyguard nicht mit Nachnamen DeWhite!«

Für einen Moment vergaß Raphael seine Sorgen und richtete sich auf.

»DeWhite? Der Graf würde das ...«

»Er hat keine Wahl!«, brummte Melina mit einer Grimasse. »Dank dir!«

Raphael stand auf dem Schlauch und sah sie verwirrt an.

»Du hättest doch beinahe deinen schwarzen Stein an diese Racheengel abgegeben. In meinen Augen die absolut richtige Entscheidung, aber die Wächter sehen das eben anders. Mom meint, dass die Racheengel wohl in den letzten Jahren immer öfters aufgetreten sind. Die Wächter wollen nicht riskieren, dass ein schwarzer Stein in ihre Hände fällt, also bekommen wir am Dienstag einen neuen Mitbewohner. Mom meint, er wird zwei Jahre bleiben und auf der Akademie seinen Abschluss machen. Neila hat's so gut. Ihr kann man diesen Ring nicht abnehmen, aber mir ...«

Raphael folgte ihrer Hand mit den Augen, die in diesem Moment die schlichte goldene Kette mit dem ovalen schwarzen Stein berührte. Solange man es noch nicht gewöhnt war, die Energie des Steins zu gebrauchen, konnte man auch das Gestell um ihn nicht verändern. Er selbst hatte das erst nach zwei Jahren Training geschafft. Bis dahin war er immer mit einer ähnlichen Kette herumgelaufen. Die erste Gestalt, wie man es nannte, war meistens eine Kette oder aber ein

Ring. Eines der Phänomene, denen man nie auf den Grund hatte gehen können.

»Ich hab jetzt schon das Gefühl durchzudrehen, wenn ich mir vorstelle, dass man ihn mir wegnimmt«, schloss seine Schwester leise.

Raphael lächelte sie matt an. »Abhängigkeit ist eine der Nebenwirkungen. Pass einfach auf und lass den DeWhite seine Arbeit machen.«

»Und pass auf …« Melina äffte gekonnt ihre Mutter nach, was Raphael sofort ein Lachen entlockte. »… dass er nicht zu sehr in unseren Sippenangelegenheiten herumschnüffelt.«

Raphael hätte ihr am liebsten gesagt, dass sie darauf wirklich aufpassen musste, ahnte aber, dass das ihre Mom bereits zur Genüge getan hatte, weshalb Melina jetzt so genervt war. Manche weißen Wächter warteten nur darauf, dass die Sippe der schwarzen einen Fehler machte, damit sie sie als unfähig hinstellen konnten, die Aufgaben der Wächter weiterhin zu tragen. Dieses Spiel trieben die schwarzen und weißen seit dem Zweiten Weltkrieg miteinander.

Manche weißen Wächter waren der Ansicht, dass es eine Schande sei, so viele schwarze Steine unbenutzt herumliegen zu lassen, anstatt sie zu gebrauchen. Ihre Sippe war so groß, dass jeder weiße Stein im Einsatz war und die anderen Engel mit farbigen ausgestattet werden mussten. So wie es auch bei ihrer Sippe vor siebzig Jahren noch der Fall gewesen war.

»Onkel Charly hat dich vorhin übrigens gesucht«, sagte Melina in die Stille, die sie eine Weile lang umgeben hatte, nachdem der Regen aufgehört hatte.

»Mich wundert's, dass du nicht wie gestern die ganze Zeit bei ihm warst. Ihr seid doch sonst so unzertrennlich. Alles in Ordnung?«

Raphael schwieg. Sofort schossen ihm Aurora und sein Vorhaben in den Kopf.

»Du machst dir doch nicht immer noch Vorwürfe wegen dem Angriff, oder?«

Langsam schüttelte er den Kopf und log, ohne sie anzusehen: »Hat was mit der Uni zu tun. Mach dir keinen Kopf.«

Um seine Worte zu unterstreichen, stand er auf, wobei er sich bücken musste, um nicht gegen die Holzdecke zu stoßen. Er wollte allein sein.

»Ich mach mich dann mal fertig. Solltest du übrigens auch machen. Immerhin bekommst du heute deinen Namen.« An der Tür hielt er noch einmal inne. »Michael schon zurück?«

»Er hat Mom vorhin angerufen und gesagt, dass sie im Stau stecken.«

Er nickte nur und verschwand dann über den schlammigen Waldboden in Richtung Schloss.

So wie in den letzten beiden Tagen zog er sich nach einer heißen Dusche, einen seiner Anzüge an. Abendgarderobe war Pflicht, wenn sie Gäste hatten. Ganz besonders bei diesen.

Der Graf, Aurora und vor allem seine Mutter legten viel Wert darauf, Eindruck zu schinden, wenn die Oberhäupter von Nordamerika zu Besuch aus den Staaten kamen. Für Raphael waren es an allererster Stelle jedoch seine Großeltern väterlicherseits. Dass gleichzeitig seine Tante sowie der Ehemann der verstorbenen jüngeren Schwester seines Vaters sie besuchten, war das letzte Mal an seinem siebzehnten Geburtstag vorgekommen. Die Familie seiner Tante fehlte jedoch, da seine jüngere Cousine wegen einer Viruserkrankung das Bett hüten musste.

Als Raphael kurz nach sieben in den Blauen Salon gegenüber dem Speisesaal kam, waren sie dort bereits alle versammelt. Zusammen mit Billy, Veronika und deren ältesten Söhnen mit ihren Ehefrauen.

Melina und ihre Mutter stießen wenige Minuten später zu ihnen, während Raphael es sich neben seinem Onkel Charly gemütlich gemacht hatte und sich mit Fußball ablenkte. Er zwang sich, nicht immer zur Tür zu schauen, was ihm erstaunlich gut gelang. Er sah erst auf, als eine vertraute piepsige Stimme quer durch den Raum »Raphi!« rief.

Elion rannte, ohne auf die anderen zu achten, auf ihn zu. Raphael hörte seine Mom und Melina »Oh wie süüß!« seufzen und musste ihnen recht geben. In seinem Anzug sah der fünfjährige Blondschopf so süß aus, dass man sich nicht über das Getuschel der Frauen im Raum wunderte.

»Hallo, Elion. Na, wie war der Ausflug in die Berge?«

Die großen graugrünen Kulleraugen strahlten ihn an, dass nicht nur er unwillkürlich lachen musste.

»KLASSE! Ich hab mit Michael Fußball gespielt und bin mit ihm auf einen Baum geklettert, und wir haben Eichhörnchen gesehen, die sind ganz schnell von einem Baum in den anderen ...«

Elion verhaspelte sich, doch das hielt ihn nicht davon ab weiterzuerzählen. Raphael konnte da nur lächeln und nicken. Onkel Michael kam schließlich zu ihnen, begrüßte Onkel Charly und nahm Elion mit, um ihm die anderen im Raum vorzustellen. Kaum hatte er gehört, dass Raphaels Tante Clair gerne malte, hing er an ihrem Rockzipfel und löcherte sie mit Fragen. Raphaels Tante störte das kein bisschen. So wie alle im Raum schloss sie den strahlenden kleinen Kerl sofort in ihr Herz. Für etliche Minuten war Elion der Mittelpunkt ihrer kleinen Runde.

Bis sie kam.

In einem einfachen, ärmellosen schwarzen Cocktailkleid, dunkler Strumpfhose und hohen schwarzen Schuhen kam Neila herein. Die Haare seitlich hochgesteckt und mit stolzer Haltung. Sie zog sofort alle Blicke auf sich.

Für einen Moment vergaß er alles andere und genoss es, sie zu beobachten, wie sie einem nach dem anderen vorgestellt wurde. Sein Lächeln erstarb für einen Moment, als der Graf auf sie zuging und ihr ohne jedes Wort die Hand hinstreckte. Eine stumme Aufforderung, der Neila gelassen nachkam.

»Nicht ...«, warnte sie ihn, doch der Graf wollte sich selbst überzeugen und versuchte ihr den Ring abzunehmen. Innerhalb eines Wimpernschlags flog er quer durch den Raum. Mit einer einfachen Drehung landete der Graf lässig auf beiden Beinen und rückte sich unbeeindruckt sein Jackett zurecht.

Zum Glück hatte seine Tante Elion bereits aus dem Zimmer gelockt, ansonsten hätten sie jetzt seine Erinnerung an das hier löschen müssen, ehe er sich bei seinen Freunden im Kindergarten verplapperte.

Zwei tiefblaue Saphiraugen trafen ihn, und er musste unwillkürlich grinsen. Als der Blickkontakt brach, fing er Auroras Blick auf, und schlagartig kehrte er in die Realität zurück. Rasch wandte er ihr, aber auch Neila den Rücken zu.

»Alles in Ordnung mit dir?«, fragte sein breitschultriger, durchtrainierter Onkel mit den dunkelbraunen Haaren. Wie so oft, wenn er über etwas nachdachte, fuhr er mit der Handfläche über sein stoppliges Kinn.

»Passt schon. Sag mal ...« Er senkte die Stimme. »Steht das Angebot von deinem Freund eigentlich noch?«

Die Augenbrauen seines Onkels schossen in die Höhe. »Glaub schon. Heißt das, dass du ...?«

Noch nie war ihm ein Nicken so schwergefallen. Er ignorierte die misstrauische Miene seines Onkels und wandte sich erneut ab, sodass er sehen konnte, wie der Graf mit drei Hohepriestern hereinkam.

Den rechten davon kannte Raphael von seiner eigenen Zeremonie vor vier Jahren, hatte aber seinen Namen schon wieder vergessen. Sie machten auch keine Anstalten, sich vorzustellen, sondern blieben einfach in der Mitte des Raumes stehen. Überraschenderweise trat nicht seine Mom mit Melina vor sie, sondern sein Onkel.

»Michael wird sie trainieren?«, flüsterte ihm Onkel Charly ins Ohr. Auch die anderen flüsterten leise. »Hat er dafür denn Zeit?«

Raphael zuckte nur mit den Schultern. Er war auch davon ausgegangen, dass seine Mom Melinas Ausbildung übernehmen würde, aber so wie es schien, übernahm das jetzt sein Onkel. Wahrscheinlich auch besser so. Melina und seine Mom würden sich eh nur an die Gurgel gehen.

Die anderen scharten sich nun im Kreis um Melina, Onkel Michael und die Hohepriester, deren mittlerer schließlich Melinas Hand in seine nahm.

Im Raum wurde es still.

Nach nur wenigen Sekunden sagte die zerbrechliche, zittrige Stimme des Mannes: »Erwacht bist du, Dina, Gelehrte der Weisheit.«

Keine große Überraschung. Dieser Name kam häufig in ihrer Familie vor. Im Vergleich mit seiner Namensgebung vor vier Jahren machte keiner überraschte Laute. Sein Name, Seriel, Beschützer des Mondes, war da schon einen Tick seltener in ihrer Sippe.

Melina und Onkel Michael machten schließlich Neila und Aurora Platz, die nach außen hin absolut cool und gelassen wirkte. Raphael richtete sich auf, gespannt, was jetzt kam und ob diese Hohepriester auch Wissenslücken haben würden.

Wieder reichte Neila ihm die Hand, und wieder zog sich die Stille in die Länge. Zwei Minuten, drei Minuten. Der Hohepriester schien wie erstarrt und alles andere als gewillt, Neilas Hand loszulassen. Im Gegenteil, er schien sie immer mehr zu zerquetschen.

»Ehrenwerter Bruder?«, fragte einer seiner Begleiter tonlos. Wie von der Tarantel gestochen ließ er Neilas Hand los und bedeutete seinen Ordensbrüdern vorzutreten.

Beide ergriffen nacheinander Neilas Hand, und beide brauchten ebenfalls mehrere Minuten, um sie wieder loszulassen.

Langsam wurde Raphael, aber auch die Umstehenden ungeduldig. Konnte das denn so schwer sein, einen Namen auszusuchen oder zu erfinden?

Der Mittlere räusperte sich schließlich nach einem kurzen Blickaustausch mit seinen Brüdern. Seine nun lauteren Worte schienen im Raum widerzuhallen.

»Erwacht seist du, Sarakiel, Engel der Heilung.«

Klirr! Irgendwo im Raum zerbrach ein Glas. Raphael war das absolut egal.

Die Stille darauf war gespenstisch. Sein Magen krampfte sich zusammen, sodass er fürchtete, sich zu übergeben. Keinen Millimeter konnte er sich rühren. Seinen Blick starr auf sie gerichtet. Das war doch jetzt wohl ein Scherz oder?

»Daran ...« Raphael konnte sich nur wundern, wie Aurora in dem Moment sprechen konnte. Seine eigene Kehle war wie zugeschnürt und völlig ausgetrocknet. Mal abgesehen davon, dass sich weder sein Mund noch seine Zunge bewegen wollten. Pure Angst lähmte ihn, während sein Gehirn arbeitete und ihm die Auswirkung dieses einen Satzes klarmachte.

»Daran besteht kein Zweifel?«

»Keiner!«, kam es dreistimmig zurück. Die Hohepriester verneigten sich tief vor Neila, ehe der mittlere zu ihr sagte: »Wir werden uns wiedersehen, Sarakiel.« Dann verschwanden sie.

Die Tür schlug zu, und neben ihm erwachten die ein oder anderen aus ihrer Starre. Leises Flüstern drang an sein Ohr, doch erst Neilas leicht genervte, aber klare Stimme ließ seinen Körper langsam wieder auftauen.

»Könnte mir bitte freundlicherweise jemand erklären, was hier gerade passiert ist?«

Alle verstummten. Ihr Blick traf seinen, doch er konnte nicht. Onkel Michael lenkte schließlich Neilas Aufmerksamkeit von ihm ab, als er vortrat und ihr eine Hand auf die Schulter legte. Sein Gesicht konnte Raphael nicht sehen, aber er wusste auch so, dass er genauso geschockt war wie alle im Raum.

»Ich hab dir doch erzählt, dass es einige Engelsnamen wie Sand am Meer gibt. Andere sind etwas seltener. Und dann gibt es da noch dreizehn Namen, die bisher nur zweimal in der Geschichte vorkamen. Nun ja, zwei von ihnen mittlerweile dreimal beziehungsweise jetzt drei von ihnen. Man nennt sie nur die Heiligen. Um jeden von ihnen ranken sich Legenden. Die ersten dreizehn waren es, die die Melinail stürzten. Es heißt, die Melodien ihrer Seelen wären so stark gewesen, dass die Klangengel ihnen nichts anhaben konnten. Sie haben sich geopfert, um der Tyrannei ein Ende zu setzten.«

»Man sagt ...«, hörte er Aurora fortfahren, »... dass sie dann geboren werden, wenn sie gebraucht werden. Alle dreizehn über ein Jahrzehnt verteilt. Bisher sind drei von ihnen erwacht. Du, Neila ...«

»... klar, bin die Vierte!« Neila stieß einen erstickten Fluch aus. »Was denn noch, bitte schön! Ich bin doch schon der Freak unter euch. Musste ich da jetzt noch unbedingt ein ›heilig‹ davor bekommen samt ›Rette die Welt!‹-Mission. Echt, das wäre wirklich nicht notwendig gewesen.«

Obwohl ihm alles andere als nach Lachen zumute war, tat er es, während sie noch weiter auf diese niedliche Art vor sich hin fluchte.

Bis der Graf sie unterbrach und mit einem Kästchen, das Raphael ebenfalls zuletzt vor vier Jahren gesehen hatte, an sie herantrat. Es enthielt das sogenannte Sippenrelikt. Eine Art Stempel, der mit Hilfe der Energie eines Göttersteines aktiviert wurde. Wie damals bei ihm nahm sein Onkel Melinas linke Hand in die seine, sodass ihre mit der Innenseite nach oben lag. Aurora tat das Gleiche mit Neila daneben.

Schweigend sah Raphael zu, wie der Graf das flache Wappen aus schwarzem Granit an dem langen Stiel auf Melinas Haut drückte und es nur Sekunden später darum schwarz flimmerte.

Das Gleiche wiederholte er, ohne zu zögern, bei Neila, die, kaum dass der Graf das Relikt wieder in die Kiste gelegt hatte, Aurora etwas zuraunte und dann zur Terrasse hinaus verschwand.

So langsam fanden die Umstehenden ihre Sprache wieder. Kein Wunder, denn in ihrer Welt wurden diese dreizehn Namen wie Götter verehrt. Bei der Ernennung einer davon dabei zu sein war eine große Sache. Bald schon wurden die erschrockenen und überraschten Mienen um ihn zu breiten, stolzen Grinsebacken.

Bis auf eine.

Aurora zog ihn, als sie alle nach nebenan gingen, um endlich zu essen, zurück in den Salon.

»Hol sie!« hieß so viel wie »Tu es sofort!«.

Und sie hatte absolut recht. Die Entscheidung rastete endgültig ein. Die Angst ließ seinen Versuchen, nach einem anderen Weg zu suchen, keinen Raum mehr.

Fest entschlossen wandte er sich zur Terrassentür, um Neila nachzugehen.

Zum letzten Mal.

Aus alter Zeit sind uns Phänomene überliefert worden, die zum Schutz aller Legenden bleiben sollten. Unnatürliche Bindungen aller Art, welche die Betroffenen in ihrem freien Geist beschränken und eine vollkommene Abhängigkeit mit sich führen. Teilen Leid, teilen Schmerz, teilen Tod, wenn die Bindung nicht rechtzeitig wird getrennt.

Epilog

Daniel tobte und raste vor Wut.

Schwer atmend saß er auf dem Bett, die Hände zu Fäusten geballt hatte, sodass die Haut bereits weiß wurde. Alles, um seine kleine Zelle nicht in Schutt und Asche zu legen. Er spürte das vertraute Prickeln, das sich in ihm aufbaute und ihn zu beruhigen versuchte, aber genauso wütend war wie er.

»*Eine Aufgabe ...*«, dachte er hitzig und schlug erneut gegen die Matratze. »*Er hatte nur die eine Aufgabe.*«

»*Es ist alles gut gegangen*«, ertönte die dunkle, verruchte Stimme von Terex. Daniel konnte spüren, dass der schwarze Stein jedoch genauso sauer war wie er selbst. Kein Wunder.

»*Sarakiel ist stark, Samuel. Das war sie seit ihrer Geburt. Niemand kann sie brechen. Sie ist das Leben selbst.*«

»*Sie ist immer noch ein menschliches Wesen und meine kleine Schwester*«, giftete Daniel in Gedanken zurück. Diese Worte hatte er schon öfters gehört. Dennoch konnte er sie nicht richtig begreifen. Vor seinen Augen sah er das süße Mädchen mit rosa Ballettrock oder auf der Geige spielend. Das Mädchen, dessen Lieblingsfarbe Pink gewesen war, ganz verrückt nach Disneyfilmen. So unschuldig und süß.

»Er hätte auf sie aufpassen müssen!«, zischte er so leise zwischen seinen Zähnen hervor, dass es kaum ein Flüstern war.

Doch Terex hörte es ohnehin in seinen Gedanken.

»Vielleicht ist es an der Zeit, Samuel. Sie haben bewiesen, dass sie nicht auf sie aufpassen können. Der Einzige, der das wirklich kann, bist du!«

Daniel schloss genervt die Augen und biss sich auf seine Lippe, um nicht laut zu fluchen und damit die Nachtruhe zu stören.

Etwas Salziges traf auf seine Zunge, als er sich seine Lippen blutig biss, aber das war ihm egal.

»Das geht nicht. Noch nicht«, hallte es in seinem Kopf wider, und schließlich sprang er fluchend auf. Die Augen immer noch geschlossen, stieß er innerlich wüste Flüche aus, wie er es oft tat, seit er erfahren hatte, dass seine kleine Schwester nach einem Angriff im Krankenhaus gelandet war.

Er rief sich wieder ins Gedächtnis, warum er hier war, und nach und nach wurde er ruhiger. Die Sorge um seine kleine Schwester verschloss er schließlich in der hintersten Ecke seines Kopfes. Richtete seine Gedanken auf sein Ziel.

Alles andere hatte keinen Platz. Nichts war wichtiger als das! Rein gar nichts. Für einen Moment hatte er zugelassen, dass ihn diese Nachricht ablenkte, ihn schwach werden ließ, doch jetzt war er wieder ganz so wie vorher.

Unerbittlich und eiskalt auf sein Ziel fixiert.

>>>>>>ENDE<<<<<<

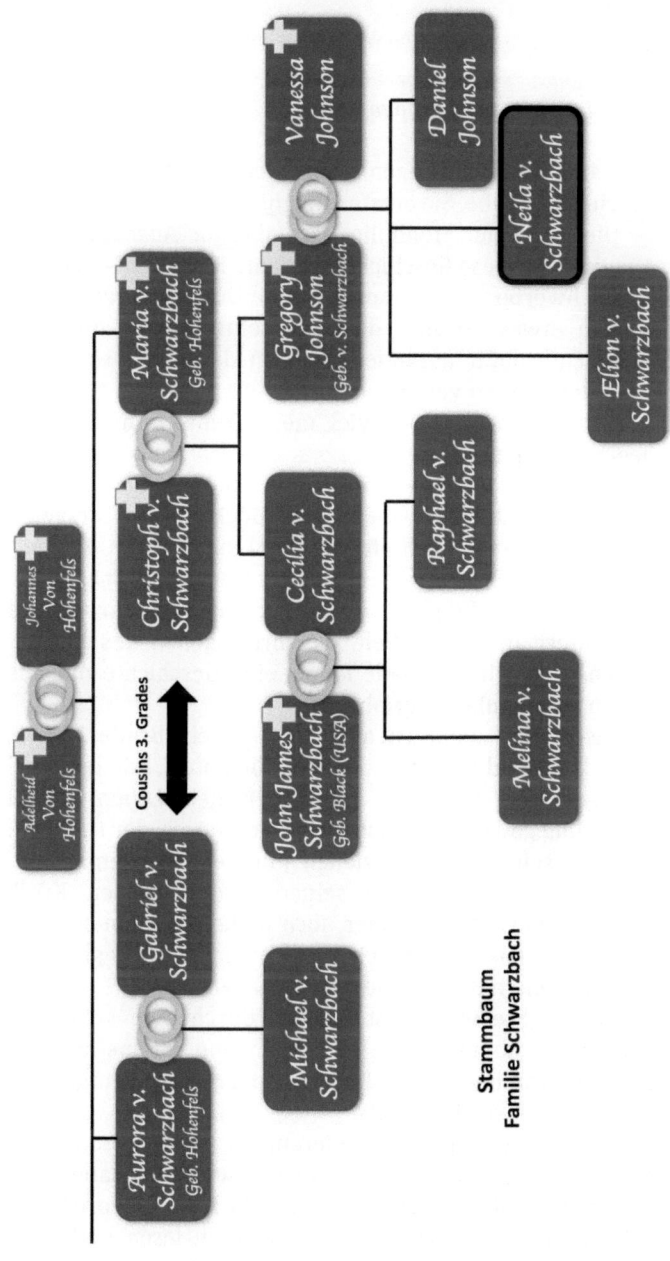

Stammbaum
Familie Schwarzbach

Liebe Leser und Leserinnen,

ich kann nie genau sagen, woher ich die Ideen für meine Geschichten habe. Sie entstehen einfach.

Die »Saga der Mondlilie« ist dabei die Ausnahme. Der Auslöser für diese Geschichte war eine Kette von – Achtung Schleichwerbung – Thomas Sabo. Der Anhänger hatte einfach etwas an sich, dass ich sofort anfing, mir eine Geschichte dafür auszudenken. Von da an hat sich alles ziem-lich schnell von allein entwickelt. Erst jetzt wird mir allerdings bewusst, wie viel meine Umwelt mich dabei beeinflusst hat.

So war für mich generell von vornherein klar, dass ich die Geschichte aus mehreren Blickwinkeln erzählen möchte. Ich frage mich oft, wie wohl die anderen die Welt um mich sehen, wie sie denken oder warum sie so handeln, wie sie es tun. Es gibt so viele verschiedene einzigartige Charaktere in dieser Welt, die ihre eigenen Geschichten haben, dass ich es schade fände, eine Geschichte nur aus einem Blickwinkel zu erfahren.

Inspiration dafür ist allen voran mein Bruder. Er ist sowohl Vorbild für Elion, als auch für Daniel. Ich liebe und ich hasse ihn. Ohne ihn wäre aber mein Leben extrem langweilig gewesen und ich nicht der Mensch, der ich heute bin. Mit seiner ganz speziellen pfiffigen Art, den unend-lichen Diskussionen und seiner schonungslosen Kritik bringt er mich dazu, immer noch mehr aus meinen Ideen herauszuholen. Danke! Ich kann mich wirklich glücklich schätzen einen Bruder wie dich zu haben.

Zum Schreiben selbst bin ich durch eine sehr gute Freundin gekommen, der ich irgendwann von meinen ver-rückten Träumen erzählt habe und die mir schlicht geraten hat: »Schreib sie doch auf!«
Ohne sie oder eine der anderen, die in den letzten 10 Jahren alles gelesen haben, was ich geschrieben habe, wäre aus einem einfachen Zeitvertreib nicht mehr geworden. Zu sehen, wie gerne sie meine Geschichten lesen und Spaß dabei hatten, gab mir den Anstoß mehr zu schreiben,

besser zu werden und davon zu träumen, mehr Menschen damit zu unterhalten.

An dieser Stelle: Danke!

Wenn ihr noch mehr über mich oder aber Neilas Welt erfahren wollt schaut doch auf meiner Website vorbei: **www.anna-donig.de**

Ich würde sehr gerne wissen, ob euch die Geschichte gefallen hat oder was euch gestört hat, deshalb nehmt euch bitte fünf Minuten Zeit und schreibt eine kleine Rezension auf Amazon oder einer anderen Plattform. Vielen herzlichen Dank!

Ich hoffe, ihr hattet genauso viel Spaß beim Lesen wie ich beim Schreiben.

Eure
Anna

Ihr findet mich übrigens auch auf
Facebook, Twitter oder Instagram!
Ich freu mich über jeden Like ;-)

Die Saga geht weiter!

€ 3,99 (E-Book)
€ 17,00 (Printausgabe)
ISBN 978-3-95818-912-6

Originalausgabe bei Forever
Forever ist ein Digitalverlag der
Ullstein Buchverlage GmbH, Berlin September 2017
© Ullstein Buchverlage GmbH, Berlin 2017
Umschlaggestaltung: zero-media.net, München
Titelabbildung: © FinePic
Satz: Pinkuin Satz und Datentechnik, Berlin
Druck- und Bindearbeiten: CPI books GmbH, Leck